서재에
흘린 글
·
제2집

이불 잡문집(二不雜文集)

서재에
흘린 글

·

제2집

김학주 지음

明文堂

앞
머
리
에

　중국의 학자나 작가들은 루신(魯迅)처럼 수필보다도 잡문을 더 많이 썼다. 필자도 그 영향을 받은 탓일까? 책을 쓰거나 번역을 한 글 이외에 쓴 글은 모두 잡문들이다. 책의 제목을 『서재에 홀린 글』이라 하였지만 모두가 서재에서 공부하는 중에 남겨진 여러 가지 잡다한 글이다.

　잡문집의 첫 번째 「나의 고전 번역」은 공부하다가 깨닫게 된 간단한 사항들을 적어놓은 것이다. 따라서 거기에는 글 내용의 가볍고 무거운 차이가 없을 수가 없다. 두 번째 「선비 정신의 자기 반성」은 공부하는 중에 느끼고 생각하게 된 여러 가지 일들을 적어놓은 것이다. 세 번째 「사람들의 만남과 나눔」은 특히 공자(孔子)를 중심으로 하는 유가사상을 접하면서 여러 가지로 깨닫고 느낀 점들을 적어놓은 글들이다. 공자의 유가사상을 이해하는 데에 도움이 되리라고 믿는다. 네 번째 「먼저 가신 분들 생각하며」

는 이미 작고하신 선생님에 관하여 얘기하거나 그분들을 추모하는 글이 중심을 이루지만 나의 후배들을 추도하는 글도 섞여 있다. 먼저 가신 분들 모두가 필자에게는 무척 소중한 분들이기에 이런 글들이 남게 된 것이다.

외람되게도 중국의 루신의 것과 같은 종류의 잡문이라 생각하면서 독자들이 이 잡문집을 대해주길 간절히 빈다. 그리고 어려운 여건에도 양서 출판에 전념하고 있는 출판사 명문당의 무궁한 발전을 아울러 빈다.

2013년 12월 25일
김학주 인헌서실에서

차례

I / 나의 고전 번역

IV 먼저 가신 분들 생각하며

I.
나의 고전
번역

나의 고전 번역

– '번역의 의미와 가치'에 대신하여 –

1. 나의 전공과 번역

나는 타이완(臺灣) 유학을 마치고 돌아와 1961년 3월부터 서울대학교 중문과의 시간강사로 강의를 맡아 하기 시작하였다. 당시는 교수요원이 확보되어 있지 않아서 학과의 풋내기인 나는 윗분들이 시키는 대로 초급 중국어로부터 시작하여 중국고전문학 강의에 이르기까지 중국어학 문학 관련 강의라면 맡아 보지 않은 것이 거의 없을 정도이다. 이제 막 학문의 길로 접어든 판이라 학문과 교육에 대한 열의는 대단한 때였다. 타이완의 대만대학(臺灣大學)에서 『탕현조(湯顯祖) 연구』로 석사학위를 받고 돌아온지라 그 사이 공부해온 자료를 정리하여 강의하는 틈틈이 논문도 써서 여러 편 발표하였다. 「나례(儺禮)와 잡희(雜戲)」(1963)·「향악잡영(鄕樂雜詠)과 당희(唐戲)와의 비교 고석」(1964)·「종규(鐘馗)의 연변과 처용(處容)」(1965) 등인데, 모두 고려대학교 아세아문제연구소에서 내는 『아세아연구(亞細亞研究)』(6·7·8권)에 실린 것이다. 당시의 중국관계 학보로는 『아세아연구』가 국내 유일한 것이었기 때문이다. 내 논문에 대한 국내외 학계의 반향이 매우 좋았다.[1] 1964년에 중국학회(中國學會)가 조직되고 『중국학보(中國學報)』가 발행되기 시작하면서 중국어문학 관련 학자들에게 좀 더 편리한 논문 발표지가 생겨났다.

일이년 대학 강의를 하면서 크게 답답했던 것은 중국어며, 중국문학이며 학생들이 공부를 하고 싶다 해도 우리나라에는 우리말로 된 공부할 책이 없다는 것이었다. 중국어문학과 학생들뿐만이 아니라 공부를 하는 모든 학생들이 중국 고전을 좀 읽었으면 좋겠는데 학생들에게 읽으라고 권할만한 책이 전혀 없었다. 이에 우리나라 학계며 학생들의 나에 대한 요구는 나의 전공에 관한 연구가 아니라 중국학을 공부할 자료를 마련하고, 또 그 방면의 공부를 할 분위기를 조성하는 것이라고 내 스스로 반성하게 되었다. 중국어는 나도 시원찮은 수준이

----

1 「儺禮와 雜戲」는 日本·臺灣·中國의 학술지에 번역 소개되었다.

라 어쩔 수가 없지만 우리나라의 중국문학 공부와 중국 고전에 대한 소양을 학생들이 쌓을 수 있는 바탕은 내가 만들어야 겠다고 결심하게 되었다.

1963년 무렵부터 나는 내 전공을 완전히 버렸다. 그 뒤에도 희곡 관계 논문이 몇 편 나왔지마는 모두 이전에 써놓았던 것이거나 이전에 준비가 다 되어있던 것들을 더 손질하여 발표한 것이다. 그리고 우선은 학생들과 어울리고 열심히 강의를 하면서 무엇을 할 것인가 내 일을 찾기 시작하였다. 이 때문에 나는 결국 우리 학계에서는 전공이 없는 유일한 학자가 되고 말았다.

2. 고전읽기 운동과 고전연구회

뜻이 있으면 이루어지기 마련이다. 밖에서 초 · 중 · 고로부터 대학에 이르는 학생들을 상대로 고전읽기 운동을 하겠다는 김창수(金昌洙)라는 정열적인 사람을 만났다. 그는 미국 시카고대학의 핫친스라는 총장이 100종의 고전을 발간하고 그것으로 학생들을 교육하려고 노력한 것에 감동을 받아 그를 본떠서 우리 학계에 고전읽기 운동을 전개하겠다는 것이었다. 따라서 그의 머릿속에는 학생들에게 읽힐 고전으로 서양고전이 중심에 자리 잡고 있었다. 나는 적극적으로 그가 전개하는 고전읽기 운동에 참여하면서 우리나라에 있어서는 서양고전보다도 동양고전, 특히 중국고전이 가장 중요함을 강조하여 그쪽으로 더욱 힘쓰도록 그 단체를 이끌었다. 그와 조직한 모임이 '한국자유교육추진위원회(韓國自由敎育推進委員會)'였다. 이 운동은 한동안 크게 발전하였다. 나도 학교 강의 이외에 전국을 돌아다니면서 강연과 고전경시 같은 행사에 참여하느라 눈코 뜰 새가 없었다. 그리고 학생들에게 중국고전을 많이 읽도록 유도하게 되어 보람을 느끼기도 하였다. 한편 무엇보다도 필요한 중국 고전의 현대적인 번역에도 몰두하기 시작하였다. 여러 해 뒤 이 모임에 막대한 재산이 쌓이게 되자 몇 사람 사이에 싸움이 붙어 이 모임이 와해되었다. 나는 이때 부회장이라는 직위에 있었으면서도 재정문제에는 전혀 관여하지 않아 오랫동안 법정투쟁까지 벌였음에도 그 모임을 와해로 이끈 다툼의 전말이나 결과는 전혀 모른다.

한편 학교에서는 학생들과 고전연구회라는 동아리를 조직하고 자진하여 지도교수로 활약하였다. 그때 고전연구회의 주도 학생은 의예과 학생들이었고 인문 사회계 학생들 못지 않게 공대 학생들도 많이 참여하였다. 우선 『사서(四書)』를 교재로 정하고 학교 강의가 시작되기 한 시간 전에 서울대 본부에 가장 가까운 인문대 제1동 제1호 교실에 모여 함께 책을 읽으며 토론을 하였다. 이 시절은 학생 데모가 한창이던 때라서 특별한 이 동아리 활동은 곧 학교본부에도 알려져 학교본부에서는 이 고전연구회는 가장 모범적인 동아리라 하여 우리 활동에는 적극적으로 아낌없는 지원을 해 주었다. 나는 봄가을로 학생들과 어울리어 서울 근교로 나가 하루나 이틀씩 읽은 책을 토대로 토론도 하고 연구회의 나갈 길을 모색하며 함께 공부하면서 놀고 즐기기도 하였다. 그러나 이 동아리도 여러 해 뒤 인문 사회 계열 학생들이 많아지면서 끝내는 전교 학생들의 데모를 이끄는 데모중심 동아리로 발전하여 지도교수의 골치를 아프게 하다가 결국은 없어져 버렸다.

3. 『서경(書經)』·『시경(詩經)』과 기타 중국 고전의 번역

자유교양추진위원회에서는 곧 중국 고전을 학생들이 많이 읽어야 할 터인데 좋은 번역된 책이 없으니 나에게 직접 번역에 힘써달라고 요구해 왔다. 나도 중국 고전은 제대로 된 현대적인 번역 책이 없다고 생각되어 내 자신이 번역에 손을 대어야겠다고 생각하고 있었다. 그러나 문제는 나 자신의 번역 능력이다. 생각 끝에 내 능력을 알아보기 위해서는 중국 고전 중에서 내가 가장 읽기가 어렵다고 생각하고 있는 『서경(書經)』

을 먼저 번역해 보아야겠다고 작심하게 되었다.

『서경』을 첫 번역 대상으로 한 데에는 대만대학에서 취완리(屈萬里, 1907-1979) 교수의 『서경』 강독 강

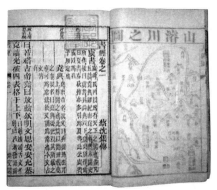

채침(蔡沈)의 『서경집전(書經集傳)』 첫머리

의를 들었다는 점도 작용하였을 것이다. 그러나 실제로 번역에 손을 대어보니 무척 어려웠다. 우선 첫 머리 요전(堯典)의 첫 번째 대목부터 그대로 읽고 넘어가던 때와는 무척 다른 문제들이 생겼다.

첫 구절 "왈약계고제요(曰若稽古帝堯)"부터 큰 문제가 생긴다. 보통 "왈약"을 별 뜻이 없는 조사라고들 풀이하는데, 별 뜻이 없는 두 글자를 옛날 글쓰기가 매우 불편한 시절에 더구나 위대한 전적의 첫 머리에 공연히 두 글자나 붙여놓을 이유가 전혀 없다고 생각되었다. 그러나 아무리 따져보아도 그 두 글자의 각별한 뜻은 찾을 수가 없어 그대로 넘어갔다. 그리고 뒤의 주서(周書)에 가서는 주공(周公)의 말을 인용하면서 "왕약왈(王若曰)" 같은 구절이 많이 나왔다. 이 경우도 주공이 "왕명으로 이와 같이 말하였다." 하고 옮겼는데, 왜 쓸데없이 "이와

같이"란 말을 넣었는지, 또 "왕왈(王曰)"이란 표현도 많이 보이는데 "왕명으로 말하였다." 하고 옮기기는 하였지만 주공의 말인데 왜 "왕"자가 들어가 있는지 도대체 알 수가 없었다.

뒤에 금문(金文)과 갑골문(甲骨文) 연구를 바탕으로 『시경연구(詩經研究)』를 낸 일본 학자 시라가와시즈가(白川靜)라는 학자가 한자에 많이 쓰이는 구(口)자가 입의 모양을 그린 글자가 아니라 신에게 제물을 올리는 그릇에 비는 글(祝辭)을 담은 모습을 그린 글자라 하고, 약(若)자는 신 앞에 미친 듯이 날뛰는 무당 모습 앞에 그 그릇이 놓인 모습을 나타내는 문자라 하였다. 따라서 본래의 글자 뜻은 "신이 비는 뜻을 받아들여 준다." 또는 "따라준다"는 뜻이라 하였다.[2] '왈(曰)' 자도 그는 신에게 제물을 올리는 그릇에서 나온 글자라 하였다. 그러니 "왈약(曰若)"이며 "왕약왈(王若曰)" 모두 신 또는 신성한 것과 관련이 있는 것도 같은데 자신이 없어 새로 옮긴 『서경』을 최근에 다시 내면서도[3] 모두 그대로 두는 수밖에 없었다.

그 밑에 이어지는 글도 뜻을 파악하기가 간단치 않다. 우선 문장구조상으로도 채침(蔡沈, ?-1890)의 『서집전(書集傳)』처럼 "방훈흠명(放勳欽明), 문사안안(文思安安).---" 하고 읽었으면

· · · · · · · · · · · · · · · · · · · ·

2 白川靜 『漢字』(1970, 岩波新書), 『漢字百話』(1978, 中公新書) 등.

3 새로 옮긴 『서경』(명문당, 2012. 2.)

좋겠는데, '방훈'을 요(堯)임금의 이름이라 보는 대세에 밀려, "방훈, 흠명문사, 안안———"으로 떼어 읽었다. 그것으로 문제가 다 끝나는 것은 아니다. "흠명문사"를 한 글자 한 글자가 모두 독립된 뜻을 지닌 단어라고 보느냐, 그렇지 않으면 두 글자씩 나누어지는 단어라고 보느냐 하는 문제도 간단하지 않았다. 이는 지금까지도 어느 편이 옳다고 하는 소신이 없다. 이런 갈등은 뒤로 가서도 조금도 줄어들지 않았다.

특히 뒤쪽의 주서(周書)는 주희(朱熹, 1130-1200)조차도 어렵다고 한 부분이니 더 말할 필요도 없다. 이번에 정정본을 내면서 이전 책을 교정할 적에 빨간 볼펜으로 새빨갛게 책 전부를 고쳐야 했을 정도이다. 어떻든 그 초판본은 2년 가까운 시간의 노력을 기울인 끝에 1967년 3월 광문출판사(光文出版社)[4]를 통하여 힘들게 모습을 드러내었다. 무척 걱정을 하였으나 책이 나온 뒤 여러 사람들의 평이 괜찮은 편이라 이로부터 중국 고전 번역에도 열의를 내게 되었다. 1970년까지 『순자(荀子)』·『한비자(韓非子)』·『묵자(墨子)』·『손자(孫子)』등 다급한 나머지 체재나 내용면에서 불완전한 번역을 많이 내었다.

그러나 한편 지금까지도 나와 깊은 인연이 이어지고 있는 명문당(明文堂) 출판사에는 내가 주선하여 1970년에 장기근(張

....

4 자유교육추진위원회 소속 출판사임.

基槿) 선생님의 『논어(論語)』와 차주환(車柱環) 선생님의 『맹자
(孟子)』와 함께 내 『대학(大學)』과 『중용(中庸)』을 보태어 사서
(四書)를 내고, 1971년에는 나의 『시경』과 『서경』에다가 고려
대학에 계시던 김경탁(金敬琢) 교수의 『역경(易經)』을 보태어
삼경(三經)을 내었다. 이 사서삼경의 출판은 독서계뿐만이 아
니라 출판계까지도 크게 자극하여 사서삼경의 출판 붐을 일으
키게 하였다. 이때 내가 『서경』을 뒤이어 번역한 『대학』·『중
용』과 『시경』은 상당히 번역에 공을 들인 것이었다.

특히 『시경』의 번역은 『서경』 번역 못지않게 공도 들였고
애도 먹었다. 대학에서도 『시경』 강의는 계속 맡으려 했기 때
문에 이 번역은 좀 더 잘하고 싶은 욕심이 있었다. 그러나 시
의 번역은 산문보다도 문장의 이해에 문제가 더욱 많았다. 우
선 첫째 주남(周南) 「관저(關雎)」 시 첫 구절부터 옮기는 게 쉽
지 않았다. "관관저구(關關雎鳩), 재하지주(在河之洲)"를 직역하
면 "관관하고 물수리가 황하의 섬에 있다."이다. 이런 글의 구
성은 초등학생 수준만도 못한 것 같은 것이다. 그리고 첫머리
의 "관관"이 물새가 우는 소리라고 모든 학자들이 해석하고
의문을 제기한 학자는 한 사람도 없으나 세상에 "관관"하고
우는 물새가 어디에 있다는 말인가? 적당히 "구욱구욱 물수리
가 황하 섬 속에서 울고 있네."[5] 하고 옮기기까지 몇 번이나

5 2010년, 개정판, 명문당 발행.

다시 손을 대었는지 알 수 없는 정도이다. 다음에 오는 "아리 따운 고운 아가씨는(窈窕淑女), 군자의 좋은 배필일세(君子好逑)."라는 구절과는 어떻게 연결시켜야 하는가도 큰 문제였다.

『서경』에서도 글의 문법적인 맥락 때문에 큰 애를 먹었으나 도저히 문법적으로는 풀지 못할 글이 시에는 더욱 많아졌다. 보기로, 주남(周南) 끝머리 시「인지지(麟之趾)」만 보더라도 전체 시가 이렇게 이루어져 있다.

> 기린의 발이어(麟之趾)!
> 점잖은 제후의 아드님들은(振振公子),
> 아아! 바로 기린일세(于嗟麟兮)!

'린'은 기린이고, '지'는 '발'을 뜻한다. 다음 구절의 '진진'은 '점잖은 것' 또는 '훌륭한 것'을 형용하는 말이며, '공자'는 제후의 아들을 뜻한다. 끝 구절의 '우차'는 감탄사이다. 우선 문법적으로는 이 세 구절이 연결되지 않는다. 독자가 자기의 상상력과 지식을 살려서 이를 연결시켜 주어야 한다. 그리고 '제후의 아들'을 '기린'에 비긴 것은 이해가 가지만 기린의 '발'은 왜 읊었는지 아는 수가 없다.

그러나 중국 시에 있어서 이러한 표현방법은 다른 어떤 언어에서는 볼 수 없는 풍부한 함축을 가져와 후세의 시나 사곡에 있어서 더욱 세련되고 발전한다. 이러한 어려움을 극복하고 『서경』과 『시경』의 번역을 끝낸 다음 더욱 본격적으로 중국 고전 번역에 뛰어들게 된다.

4. 고전 번역의 의미

"문화 사이의 커뮤니케이션에는 자연히 번역이 개입하게 되고, 번역을 하려면 번역 대상인 문화에 대한 깊은 이해 없이는 오역(誤譯, mistranslation)을 낳게 마련이다."[6]

옳은 말이다. 말을 바꾸면, 번역은 문화 사이의 커뮤니케이션을 위하여 꼭 필요한 것이고, 또 번역을 올바로 하자면 상대 문화에 대한 깊은 이해가 있어야 한다는 것이다. 때문에 한 나라의 번역을 보면 그 나라 사람들의 상대 문화에 대한 이해 정도를 알 수 있게 된다. 곧 한국의 중국 고전이나 중국 책들의 번역을 보면 한국 사람들의 중국문화에 대한 이해 정도를 알게 된다는 것이다. 특히 한국의 중국어문학자나 중국어문학계의 수준을 그대로 반영하고 있다. 때문에 우리 중국어문학계가 시급히 반성해야 할 큰 문제는 우리 학계가 번역에 대하여 너무나 무관심하고 방임 상태라는 것이다.

....

6 이재호, 『문화의 오역』(2005. 동인), p.13.

번역은 그 문화에 대한 이해를 바탕으로 해야 하기 때문에 중국에 관한, 특히 중국 고전에 관한 번역은 그에 관한 전문가에 의하여 행해져야만 한다. 내가 보기에 우리나라에 『사서삼경(四書三經)』의 번역이 많이 나와 있지만 대부분의 역자들이 그 문화에 대한 깊은 이해는 말할 것도 없고, 『서경』·『시경』을 놓고 말하면 역자 중에는 『서경』의 금문(今文)과 고문(古文)의 차이도 이해 못하고 『시경』의 모전(毛傳)이나 삼가시(三家詩)가 무언지도 모르는 사람들이 적지 않다는 것이다. 일본의 번역을 바탕으로 이중번역을 하는 경우도 많았다. 이런 번역이 아무런 비판도 받지 않고 버젓이 나오고 있는 이상 우리 중국어문학계와 중국어문학자들은 외부로부터 제대로 대우를 받을 수가 없는 것이다.

특히 중국어문학계에는 번역에 대한 비평 풍토가 진작되어야 한다. 영어영문학계 같은 분야는 상당히 일찍부터 번역을 서로 비평하고 토론하는 분위기가 이루어져 있어서 지금은 잘못된 번역이 극히 적어졌다. 성균관대학 교수를 역임한 이재호(李在浩) 교수는 이미 1959년 11월부터 12월에 이르기까지 서울대학교 『대학신문』에 3차에 걸쳐 「T.S. 엘리어트 번역(翻譯)의 시비(是非)」라는 글을 연재하여 대학자로 명성이 자자했던 양주동(梁柱東) 교수의 오역을 지적하였다. 그리고 영국 유학을 하고 돌아와 대학교수가 된 뒤에도 연구와 강의의 틈을 내어 꾸준히 번역에 대한 비판을 계속하였다. 영문학계에는 이 교수 이외에도 많은 사람들이 번역 비평에 참여하고 있다. 최근(2010?)에도 영문학회의 학술회의에서 엘리어트 시의 번역을 놓고 시에 나오는 "smell of the chestnut"가 시의 배경이런던 시내 거리라서 이를 번역할 때 "밤꽃 냄새"냐, "밤을 굽는 냄새"냐를 두고 토론이 벌어졌었다는 얘기를 영문과 교수로부터 들은 적이 있다.

나는 늘 우리 중국어문학계에도 이재호 교수 같은 분이 나와 주었으면 좋겠다는 말을 해왔다. 우리는 우리 동료들의 저서나 번역에 대하여 좀 더 적극적인 관심을 지녀야 한다. 개인보다도 중국어문학계에는 상당히 많은 학회들이 학교별 지역별로 있으니 학회 단위로도 번역과 저술에 더 많은 관심을 가져야만 한다. 여러 『학보』에는 우리나라에 출판된 책의 서평과 함께 적극적인 번역평이 많이 실리기를 바란다. 우리 현실에 있어서 외국어문학 관련 학회의 업무로는 연구 못지않게 중요한 것이 번역에 대한 비평이라 생각한다.

나는 정년퇴직 뒤의 나의 중요한 일로 생각하고 종사하고 있는 것이 역서와 저서를 다시 교정하는 작업이다. 앞에서도 『시경』의 교정본을 2010년에 내고, 『서경』의 교정본을 올해 2월에 냈는데, 교정 원고는 이전에 낸 책을 온통 새빨갛게 고친 것이었다고 하였다. 용어가 달라져 고친 것도 있지만 옮긴 글이 부적절하거나 잘못되어 고친 것도 상당히 많다. 우리 학계가 번역에 관심을 지니고 있었더라면 좀 더 정신을 차리어 그런 잘못이 보다 적었을 것이라 여겨진다. 가끔 내 저서나 번역을 읽고 그 책의 잘못된 글자, 잘못 읽은 글자, 잘못 옮긴 말을 자세히 적어 내게 전해주는 친구들도 있었다. 나는 그들이 얼마나 고마웠는지 모른다. 그런 일을 공개적으로 하는 분들이 많이 나오기를 바란다.

이재호 교수는 작고하기 몇 년 전에 자신 평생의 번역비평 활동을 종합하여 『문화의 오역』(2005. 동인)이란 책을 내었다. 그 책의 '제1부 1.'이 「오역의 여왕 "Queen"」인데, Queen을 왕비인데도 여왕이라고 잘못 번역해 놓은 보기를 많이 들면서 sister, brother 등 쉬운 말의 오역들도 지적하고 있다. 그리고 문학작품 및 저서의 제목에 이어 영화·음악·미술 등의 제목에서도 수많은 오역들을 찾아놓은 것을 보고는 크게 놀라는 수밖에 없었다. 그리고 문화에 대한 이해의 부족이 오역을 낳은 보기로는, 안선재·정종화 교수가 공역한 이문열의 「시인」[7] 중에서 "발 없는 말이 천리를 간다고 뒤따라 소문이 들어오면---"의 속담 부분을 You know the saying 'A horse with no legs goes a thousand leagues?' 로 번역한 것을 들고 있다.

····················

7 The Poet, 1995, London.

한국 사람이면 '말'이 horse가 아니라 word임은 다 알 터인데, 이 부분은 아무래도 영국 출신인 안선재 씨가 번역한 것 같다. 『고등국어 2』에 실려 있는 양주동 교수의 「면학(勉學)의 서(書)」에 인용된 키츠의 소네트의 오역, 『중학교 3-2』에 '오비우스 지음, 이윤기 옮김'이란 제하에 실린 「길 잃은 태양마차」의 엉터리 번역의 지적 같은 것은 정말 심각하였다.

우리는 이제껏 이 문제를 건드린 사람도 없으니 우리 분야는 더욱 심각하리라 여겨진다. 우리 학계도 앞으로는 우리에게서 나오는 저서와 역서에도 보다 깊은 관심을 기울이고, 또 제발 영문학계의 이재호 교수 같은 학자가 우리 학계에도 많이 나오기를 간절히 바라는 마음을 여기에 담아 우리 학회로부터 나에게 주어진 주제인 "번역의 의미와 가치"에 대신할까 한다.

2012. 5. 21

2
나의 『시경(詩經)』공부를
되돌아보면서

나는 정년퇴직을 하기 전에 서울대학교 중문과에서 20여 년 거의 쉬지 않고 계속하여 『시경』을 강독하여 왔다. 때문에 『시경』 관련 서적은 상당히 많이 보아온 셈이다. 이 『시경』 강의를 준비하면서 나를 주눅들게 한 것은 우리 선조들도 한자를 공부하고 한문을 써왔고 늘 선비의 나라였음을 자랑하고 있는데 『시경』 강의에 참고할만한 연구 업적은 많지 않다는 것이다.

그런 느낌은 국제학술대회에 참가하여 논문을 발표할 적에도 늘 체험하여 왔다. 나는 전공이 중국 고전문학이라 참가한 학술회의는 주로 대만과 중국 및 일본에서 개최된 것이었다. 중국이나 일본 학자들은 늘 그들 발표 논문에 자기 나라 학자들의 업적을 적지 않게 인용하고 있는데 반하여 내 논문에는 우리 선배나 동료들의 연구업적을 인용할 기회가 거의 없었기 때문이었다. 외국 친구들이 우리나라 학술풍토를 형편없이 생각할까 하여 은근히 걱정도 되었다.

우리나라의 선배 학자들은 대체로 일본 학자들의 연구업적을 시원찮은 것으로 간단히 소개하기가 일쑤여서 처음에는 그들의 업적을 별로 중시하지 않았다. 그러나 곧 일본을 내왕하면서 일본 학계의 중국문학 연구업적에 대하여 크게 눈을 뜨게 되었다. 『시경』 연구만 하더라도 일본에는 강의에 꼭 참고하여야 할 뛰어난 업적이 무척 많았다. 한국 중국학계에서는 손도 못 대고 있는 중국 고대사와 고대문화 여러 방면에 걸친 연구업적도 무척 많았다. 나는 그들로부터 적지 않은 새로운 지식을 얻었다.

나는 『시경』을 강의하면서 『시경』에 주석을 보탠 번역서를 내고 그 사이의 강의노트를 정리하여 『시경』의 특징과 성격을 전반적으로 해설하는 통론(通論) 성격의 책도 구상하고 있었다. 그러나 일본 학자 시라가와시즈가(白川靜)라는 사람이 낸 자기의 대학원에서의 강의안을 정리했다는 『시경연구(詩經研究)』[1]를 읽고는 그 계획을 포기하였다. 그리고 나는 그 속에서

---

1 1981년 日本 京都 朋友書店 發行.

조선 간 『시경 언해』

두세 편의 논문만을 살려놓았다. 나는 중국문학사를 쓰기 위하여 중국의 고전문학 전반에 걸쳐 관심을 갖고 있는데 비하여 그는 『시경』 연구에만 전념하고 있으니 그럴 수 있는 그들의 풍토가 무척 부러웠다. 그의 『시경연구』 뒤편에 붙인 글에 의하면, 『시경연구』를 통론과 해석의 두 권 이외에도 민속·훈고(訓詁)·총고(叢考)의 도합 5권으로 계획했었다고 하였다. 내가 『시경』을 십여 년 강의를 하고 그에 관한 통론과 번역 주석의 두 책을 계획했던 것과는 천양지판인 것 같다.

그는 『시경연구』에 앞서 이 연구를 뒷받침하기 위하여 이미 『금문통석(金文通釋)』과 『갑골집(甲骨集)』·『금문집(金文集)』 5책을 내고 고문자 연구를 더 널리 하여 『설문신의(說文新義)』

16책도 내고 있었다. 그 밖에도 일반 독자들을 위하여 『갑골문(甲骨文)의 세계(世界)』(1972)와 『금문(金文)의 세계』(1971)도 내고 있다. 이런 단단한 기초 위에 『시경』을 연구하고 해석하고 있기 때문에 그 성과는 뛰어나지 않을 수가 없는 것이다. 우리나라 형편을 보면 성균관 대학의 전광진(全廣鎭) 교수가 타이완(臺灣)에서 공부를 한 뒤 『양주 금문 통가자 연구(兩周金文通假字研究)』[2]라는 대저를 내고 있는데, 역시 우리 학계의 특성상 전 교수도 귀국하여서는 금문에만 매달리지 못하고 문자학 전반에 걸쳐 널리 연구하고 있다.

『시경』의 대아(大雅)에는 금문에 많이 보이는 황제가 밑의 사람들을 특별한 자리에 봉(封)할 때 쓰는 책명(冊命) 형식의 글이 많다. 그러한 글은 서주(西周) 이후의 청동기에 많이 보이기 시작한다. 이 금문의 글과 대아의 글을 견주어 보더라도 『시경』이란 책은 서기 기원전 1000년 전후의 서주 초기의 자료도 들어있음이 분명하다. 그리고 이 금문은 『시경』의 글을 올바로 읽는 데에도 큰 도움을 주었다. 보기를 들면, 대아의 숭고(崧高) · 증민(蒸民) · 강한(江漢) · 상무(常武) 같은 시의 경우이다. 아래에 청동기에 새겨진 금문의 책명 일부분과 『시경』 대아의 한 대목을 보기로 든다.

....

2 1986년 臺北 學生書局 刊.

모공정(毛公鼎)³에 새겨진 글의 일부;

그대에게 검은 기장 술 한 병과 제사에 쓰는 보배로운 구슬 잔과 ---을 내리는 바이다. 나는 그대에게 이것들을 선물하여 철따라 제사지낼 때에 쓰고 적을 정벌할 때에 쓰게 하려는 것이다.

모공 음은 천자의 위대하고 아름다운 은덕에 보답하고 그 위업을 드날릴 것이며, 그 징표로 이 존귀한 그릇 정을 만들어 대대로 영원히 보배로 삼으며 써야 한다.

錫汝秬鬯一卣, 祼圭瓚寶, -- 錫汝茲贈, 用歲用征.
석 여 거 창 일 유　　관 규 찬 보　　　　석 여 자 증　　용 세 용 정

毛公瘖對揚天子皇休, 用作尊鼎, 子子孫孫, 永寶用.⁴
모 공 음 대 양 천 자 황 휴　　용 작 존 정　　자 자 손 손　　영 보 용

· · · · · · · · · · · · · · · · · ·

3 毛公鼎은 臺北 國立古宮博物院 所藏이며 西周 厲王으로부터 宣王 卽位 전에 이르는 共和時代(B.C.841-B.C.827)에 만들어진 靑銅器. 500자나 되는 긴 글이 새겨져 있음. 본문은 지금도 쓰이는 한자로 몇 글자 바꾸었음.

4 毛公鼎의 본문은 편의상 W.A.C.H. Dobson의 Early Archaic Chinese- A Descriptive Grammar (University of Toronto Press, 1959)에 인용된 抄錄文을 바탕으로 하고 몇 글자 알기 쉽도록 바꾸었으며, 그 번역문도 Dobson 교수의 영역을 참고하였다.

『시경』 대아 강한(江漢) 시 5 · 6장 ;

그대에게 구슬잔과

검은 기장술 한 병을 내리노니

선조들께 아뢰시오!

산과 땅을 내리노니

주나라의 명을 받들고

소공 할아버지 본을 따르오!

소호는 엎드려 머리 조아린 다음

천자님 만세를 빌었네.

釐爾圭瓚, 秬鬯一卣, 告于文人!
이 이 규 찬   거 창 일 유   고 우 문 인

錫山土田, 于周受命, 自召祖命!
석 산 토 전   우 주 수 명   자 소 조 명

虎拜稽首, 天子萬年.
호 배 계 수   천 자 만 년

소호는 엎드려 머리 조아린 다음

임금님의 아름다운 은덕에 보답하고 그 위업을 드날리고

할아버지 소공의 뜻을 잘 받들겠다고 하며

천자께서는 만년토록 수하시기를 비네.

밝고 밝으신 천자께서는

아름다운 명성 끊임 없으시며

당신의 훌륭한 덕을 펴시어

온 세상 평화롭게 하시네.

虎拜稽首, 對揚王休. 作召公考, 天子萬壽.
호 배 계 수   대 양 왕 휴   작 소 공 고   천 자 만 수

明明天子, 令聞不已. 矢其文德, 洽此四國.
명 명 천 자   영 문 불 이   시 기 문 덕   흡 차 사 국

꿔머러(郭沫若, 1892-1978)는 그의 『청동시대(靑銅時代)』주대 이기진화관(周代彝器進化觀)에서 「강한」 시는 지금 전해지고 있는 청동기인 소백호궤(召伯虎簋)와 같은 때의 일을 읊은 것이라 하였다. 그리고 '소백호궤'에 새겨진 아래와 같은 글을 인용하고 있다.

나의 선대 임금들의 아름다운 덕에 보답하고 그 위업을 드날리기 위하여

그 징표로 그대 할아버지 소공을 칭송하는 그릇 궤를 만들었노라.

對揚朕宗君其休, 用作列祖召公嘗簋.
대 양 짐 종 군 기 휴   용 작 렬 조 소 공 상 궤

따라서 꿔머러는 「강한」 시의 "작소공고" 구절의 '고'자를 금문의 보기를 따라 청동기의 한 종류인 궤(殷)자로 해석하고 있다. 나는 위성우(于省吾, 1896-1984)가 그의 『시경신증(詩經新證)』에서 금문에서는 '고(考)'와 '효(孝)'가 통용되고 있다고 한 주장을 따라 뜻을 옮겼다. 그러나 주희(朱熹, 1130-1200)도 『시집전(詩集傳)』의 「강한」 시의 이 대목 해석에서 '고'자를 성(成)의 뜻이라 풀이하고 있지만 5장과 6장의 대의를 다음과 같이 설명하고 있다.

　　이것은 왕이 소공에게 내린 책명(策命)의 말이다. 곧 '그대에게 구슬 잔과 기장 술 한 병을 내린다.'는 것은 그로 하여금 그의 선조를 제사지내도록 하는 것이다. 또 '선조들에게 아뢰시오, 산천과 밭을 내리오.'라고 한 것은 그가 봉해 받은 땅을 넓혀주는 것이다.--- 그래서 '소공은 엎드려 머리를 조아리고 왕이 내린 책서(策書)를 받은 것이다.'(5장)[5]

　　곧 소목공(召穆公)이 임금이 내려주신 것을 받은 다음 마침내 천자의 아름다운 책명에 보답하기 위하여 할아버지 강공(康公)의 사당에 모실 청동기 그릇을 만들고 왕의 책명의 말을

----

[5] 此敍王賜召公策命之詞. 言錫爾圭瓚秬鬯者, 使之以祀其先祖. 又告于文人, 而錫之山川土田, 以廣其封邑.---而召公拜稽首, 以受王命之策書也.

거기에 새기어 그 뜻이 이루어지도록 하고 아울러 천자가 만년 수하시기를 빈 것이다. 옛날 청동기 그릇에 새겨진 글에 "변이 엎드려 머리를 조아리고 감히 천자의 아름다운 책명에 보답하고 위업을 드날리려고, 그 징표로 나의 할아버지 공백(龔伯)을 칭송하는 청동 그릇을 만들었노라. 변은 오래 수하시기 빌면서 만년토록 장수하시라고 하였다." 하였는데, 서로 비슷한 말투이다.(6장)[6]

주희도 이 대목은 서주시대 청동기에 새겨진 책명과 같은 성질의 글임을 알고 있었던 것이다. 더구나 '대양(對揚)' 같은 말은 후세 사람들의 글에는 잘 보이지 않는 말인데, 『시경』의 여러 곳에 보이고 『서경』의 상서(商書) 열명

서주(西周)시대 청동기

(說命)편 끝머리에도 "감대양천자지휴명(敢對揚天子之休命)"이

----

6 言穆公旣受賜, 遂答稱天子之美命, 作康公之廟器, 而勒王策命之詞, 以考其成, 且祝天子之萬壽也. 古器物銘云; 邢拜稽首, 敢對揚天子休命, 用作朕皇考龔伯尊敦. 邢其眉壽, 萬壽無疆. 語正相類.

란 구절이 보인다. 공전(孔傳)에 "'대'는 답(答)의 뜻이다. 아름다운 명을 받은 데 보답하고 그것을 드날린다는 것이다.(對, 答也. 答受美命而稱揚之.)"고 풀이하였고, 『시경』의 모전(毛傳)에서는 "대는 이룬다(遂)는 뜻"이라 하였고, 정전(鄭箋)에서는 앞의 공전과 같은 풀이를 하고 있다. 따라서 막연히 '대'는 임금의 명에 대하여 보답하는 것이고, '양'은 그 명을 드날리는 것이라 이해하여 왔다. 고대 언어학의 연구를 바탕으로 『시경』과 『서경』 해석에 빼어난 업적을 남긴 스웨덴의 중국학자 Bernhard Karlgren 은 Glosses on Ta-ya and Sung[7]의 주송(周頌)「청묘(清廟)」시의 해설에서, 그 시에 보이는 '대월(對越)'이란 말은 「강한」시의 "대양왕휴(對揚王休)"의 '대양'과 같은 말임을 증명하면서 "대월재천(對越在天)" 구절을 "그들은 저 하늘에 계신 분들에게 대답을 하고 또한 찬양한다."는 뜻으로 풀고 있다. 그러나 뒤에 청동기에 새겨진 글들을 종합하여 보고나서 '대'는 책명을 내려준 임금의 은덕에 보답한다는 뜻이고, '양'은 그러한 명을 내린 임금의 위대한 업적을 온 세상에 드날리도록 힘쓰겠다는 뜻으로 쓰이고 있음을 확인하게 되었다.

우리나라 중국문학계도 여러 학자들의 연구업적이 앞으로는 보다 더 심오한 경지로 발전하고 쌓여질 것으로 믿는다.

2012. 10. 11

....

7 Bulletin of the Museum of Far Eastern Antiquities Vol.14, 1948.

3
향적사(香積寺)를 찾아가서

　당대의 자연시인으로 유명한 왕유(王維, 701-761)에게 「향적사를 찾아서(過香積寺)」라는 시가 있다. 동료들과 중국을 방문한 길에 션시(陝西)성의 시안(西安)에 갔다가 마침 왕유의 이 시 생각이 나서 택시를 잡아타고 시안 교외에 있는 향적사를 찾아간 일이 있다. 왕유의 시의 아름다움을 직접 체험해보려는 욕심에서였다. 우리를 시안의 교외로 이끈 왕유의 시는 아래와 같다.

　　향적사 있는 곳 알지도 못하고
　　몇 리 길을 걸어 구름 덮인 산봉우리 사이로 들어갔네.
　　고목 사이엔 사람 다니는 길이란 없는데

깊은 산 어디에선가 종소리 들려오네.

샘물 흐르는 소리 높다란 바위 밑에서 흐느끼듯 나고

햇빛은 푸른 소나무에 차게 비치고 있네.

해질 무렵 고요한 연못 구비에는

나쁜 용을 물리치려는 듯 좌선하는 스님 계시네.

不知香積寺, 數里入雲峰.
부 지 향 적 사　수 리 입 운 봉

古木無人徑, 深山何處鐘.
고 목 무 인 경　심 산 하 처 종

泉聲咽危石, 日色冷青松.
천 성 열 위 석　일 색 랭 청 송

薄暮空潭曲, 安禪制毒龍.
박 모 공 담 곡　안 선 제 독 룡

　　산봉우리 사이에 바위 골짜기가 있고 고목이 우거진 깊은 산속에 유원(幽遠)한 정토(淨土)를 펼쳐놓은 것 같은 풍경이 담긴 시이다. 향적사는 장안의 남쪽에 있는 종남산(終南山) 기슭에 자리 잡은 무측천(武則天) 때(706) 세워졌다는 절이다. 작자 왕유의 망천별서(輞川別墅)와는 다른 쪽 산기슭에 있다고 한다. 그는 빼어난 20경(景)이 있는 넓고 아름다운 별장에서 유유자적하면서 아름다운 자연을 시로 읊고 그림으로도 그렸다. 그리고도 틈이 나면 종남산을 중심으로 이곳저곳을 유람하면

서 눈에 들어오는 아름다운 경치를 시로 노래하였다. 이 시는
자기 별장이 있는 종남산의 다른 쪽 골짜기를 유람하다가 우
연히 향적사라는 절을 찾아가 지은 것이다.

　시인은 "향적사가 있는 곳을 알지도 못하고", 꼭 그곳에 가
보겠다는 의식도 없이 구름 덮인 종남산의 산봉우리들이 솟아
있는 골짜기를 몇 리 걸어 들어갔다. 주위에는 고목이 우거져
있고 사람 다니는 길도 없는 깊은 산인데 어디에선가 종소리
가 들려온다. 작자는 종소리를 듣자 그쪽에 절이 있음을 알고
방향을 다시 잡아 그곳으로 향하였다. 절을 찾아가는 길옆에
서는 "샘물 흐르는 소리 높다란 바위 밑에서 흐느끼듯 나고"
푸른 소나무 가지에 비치고 있는 햇빛이 차갑게 느껴진다. 조
용한 산속의 절에 와 보니 한 스님이 해가 저무는 속에 절 앞
의 연못가에 앉아 망념(妄念)을 털어버리려는 듯 좌선(坐禪)을
하고 있다.

마치 해탈(解脫)의 구도(求道) 과정을 읊은 것도 같아서 이 시의 끝 구절을 작자인 왕유 스스로가 향적사 앞에 이르러 연못가에 앉아 번민을 털어버리려고 조용히 좌선하였다고 풀이하는 사람도 있다. 맨 끝머리의 독룡(毒龍)은 『열반경(涅槃經)』에 나오는 사람들을 해치는 포악하고 무서운 '악한 용'으로 사람 마음속의 여러 가지 번민이나 속되고 어지러운 생각들을 상징하는 말이다. 그러나 이 시에서 읊고 있는 것은 절의 스님이 좌선하고 있는 것으로 봄이 자연스러울 것이다. 스님의 좌선을 통하여 향적사의 유심(幽深)하고 청정(淸淨)한 분위기가 더 잘 살아난다고 여겨지기 때문이다.

필자가 몇몇 친구들과 먼지가 나는 길을 한참 달려 향적사를 찾아갔을 때 무엇보다도 절이 서 있는 자리가 산골짜기가 아닌 평지여서 이상하였다. 절이며 주변 풍경이 왕유의 시를 통해서 알고 있던 향적사와는 너무 달라 무척 섭섭하였다. 절에 도착하자마자 먼저 이화여대 이종진 교수가 왜 종남산도 보이지 않느냐고 불만을 드러내었다. 정말 아무리 살펴보아도 절의 위치가 종남산 골짜기는 아닌 것이 분명하다. 햇빛이 가끔 보이는 날씨인데도 안개 탓인가, 공기 오염 탓인가 산이나 산봉우리는 전혀 보이지 않았다. 왕유의 시에 따르면 향적사는 고목이 우거진 산속에 있고 절 밑의 골짜기에는 맑은 물이 흐르고 연못도 있어야 하는데, 이 절 주변에는 우거진 나무도 없고 냇물이나 연못도 없다. 이런 차이를 개발과 자연 재해 탓으로만 돌리기는 정말 싫었다.

한 교수가 이건 왕유가 읊은 향적사가 아니라 두보(杜甫, 712-770)에게도 향적사 시가 있으니 두보가 읊은 향적사가 아닐까 하고 의문을 제기하였다. 두보에게 「부성현향적사관각시(涪城縣香積寺官閣詩)」가 있는데 이렇게 시작되고 있다.

> "절 밑의 봄 강물은 깊어서 흐르지 않는 듯하고,
> 산허리의 관각은 멀리서 시름만 더해주네.
> 바람 실린 푸른 절벽에는 외줄기 가는 구름 걸려있고,
> 해를 등진 단풍나무 같은 나무가 빽빽하게 서 있네."

寺下春江沈不流, 山腰官閣迴添愁.
사 하 춘 강 침 불 류   산 요 관 각 형 첨 수

舍風翠壁孤雲細, 背日丹楓萬木稠.
함 풍 취 벽 고 운 세   배 일 단 풍 만 목 조

『두시경전(杜詩鏡銓)』 주에는 "부성현은 재주(梓州)에 속하는 현이다."라고 풀이하면서 『환우기(寰宇記)』를 인용하여 "향적산(香積山)은 부성현 동남쪽 3리 되는 곳에 있고 북쪽 아래 부강(涪江)이 흐른다."고 설명하고 있다. '재주'며 '부강' 모두 쓰촨(四川)성에 있으니 장안과는 전혀 다른 곳이다. 그리고 이

시의 절 주변 풍경의 묘사도 여기의 향적사와는 전혀 다르다.

절의 건물이라도 천수 백 년이 넘은 오래된 절이란 느낌을 주어야 할 터인데 그렇지 않다. 건물이야 옛날 것은 낡고 불타 버리어 후세 사람들이 시원찮은 솜씨로 다시 짓고 보수했기 때문이라고 보면 될 것이다. 안내판이나 중국 사람들은 이것이 당대의 향적사라고 하는데 믿음이 별로 가지 않는다. 최근에는 일본 사람들이 찾아와 시주를 많이 한 탓일까? 일본과의 연관 흔적만이 특히 많이 눈에 들어왔다. 아무래도 당나라 무측천(武則天) 때 지은 왕유가 읊은 향적사는 아닌 것만 같다. 후세에 종남산 골짜기로부터 내려와 다시 새로 지은 절이 아닐까? 향적사를 일부러 찾아갔던 우리 일행 모두가 이곳 방문을 만족스럽게 느낄 수가 없었다.

2008. 2. 12

4

「조선아가(朝鮮兒歌)」를 읽고

필자가 번역 편집한 『명대시선(明代詩選)』[1]을 수정하면서 다시 명나라 초기의 시인 고계(高啓, 1336-1374)의 「조선아가」를 읽게 되었다. 조국의 소중함을 다시 한 번 가슴 깊이 느끼게 하는 시이다. 작자는 시의 제목 밑에 "내가 주검교(周檢校) 댁에서 술을 마실 적에 고려(高麗)의 두 아이가 춤을 추었다."고 주를 달고 있다. 시인은 '아이(兒)'라는 말로 춤추고 노래한 이들을 표현하고 있지만 20세는 가까이 되었을 젊은이가 아니었을까 짐작을 해본다. 여하튼 시인이 술자리에서 두 명의 고려에서 온 아이들이 춤추고 노래하는 것을 보고 읊은 것이 이 시

....

1 명문당, 2012년 간행.

이다. '검교'는 벼슬 이름인데, '주검교'가 어떤 사람인지는 잘 알 수가 없다. 1368년 시인이 33살 때 명 태조(太祖) 주원장(朱元璋)이 명나라를 세우고 1374년에 시인이 죽었으니, 이 시는 그 사이에 명나라 도읍인 금릉(金陵, 지금의 南京) 근처에서 지은 시일 것이다. 시 제목에 "조선 아이"라는 말을 쓰고 있지만 이때는 아직 조선왕조가 서지 않은 고려시대이다. 조선이란 나라가 선 것은 1392년이니, 시인이 시 제목 밑에 단 주에서 말한 것처럼 여기에서 노래하고 춤춘 두 젊은이는 '고려'로부터 온 친구들이다.

고계 시인은 이 시의 앞머리에서 두 명의 조선 젊은이의 모습과 그들이 술자리에서 노래를 부른 정경을 다음과 같이 읊고 있다.

조선의 아이는,
검은 머리 막 잘라 두 눈썹 위에 가지런하고
잔치자리에 밤에 불려나와 둘이서 노래하며 춤을 추는데,
무명 겉옷 부드럽고 구리 고리 늘어뜨리고 있네.
몸 가벼이 빙빙 돌며 가는 목소리로 노래하니,
달 출렁이고 꽃 흔들리는 것을 술 취한 중에 보는 듯하네.
오랑캐 말 노래지만 어찌 통역을 필요로 하랴?
깊은 정 실린 고향 떠나온 한을 호소한다는 것 알겠네.

노래 끝마치고는 무릎 꿇고 손님들 앞에 절하는데.

까마귀 우물가 나무에서 울고 촛불만이 타고 있네.

朝鮮兒! 髮綠初剪齊雙眉,
조 선 아   발 록 초 전 제 쌍 미

芳筵夜出對歌舞, 木棉裘軟銅鐶垂.
방 연 야 출 대 가 무   목 면 구 연 동 환 수

輕身回旋細喉轉, 蕩月搖花醉中見.
경 신 회 선 세 후 전   탕 월 요 화 취 중 견

夷語何須問譯人? 深情知訴離鄕怨.
이 어 하 수 문 역 인   심 정 지 소 리 향 원

曲終奉足拜客前, 烏啼井樹蠟燈然.
곡 종 권 족 배 객 전   오 제 정 수 랍 등 연

시인은 고려 아이의 춤과 노래를 보고 들으면서 즐거움이
아니라 오히려 큰 충격을 받고 있다. 그날 저녁엔 둥근 달이
떠 있고 술자리를 벌인 주검교의 집 정원에는 나무와 꽃이 아
름다웠다. 여기에서 친구들과 술을 마시면서 고려 아이가 춤
추고 노래하는 것을 감상한 시인은 술 취한 중에 "달이 출렁이
고 꽃이 흔들리고 있는" 것 같은 느낌을 받는다. 노래의 가사
뜻을 알아들을 수는 없지만 그 아이들의 노래가 멀리 고국을
떠나와 돌아가기 어렵게 된 깊은 정을 호소하고 있다고 느꼈
기 때문이다. 그리고 뒤에 시인은 이 고려 아이들의 처지에 아
울러 그때의 시국 사정을 생각하면서 "술잔 앞에 흘린 눈물이

마신 술보다 많은 지경이네.(尊前淚瀉多於酒.)"라는 말로 이 시를 끝맺고 있다.

앞에 인용한 시 대목에 이어 시인은 술을 대접하는 주인에게서 들은 이들의 신원에 대하여 읊고 있다. 이 젊은이들은 고려로부터 원(元)나라에 보낸 사신을 따라 배를 타고 바다를 건너왔던 것 같다. 아마도 원나라 임금이 1968년 원나라의 도읍이었던 대도(大都), 곧 지금의 베이징(北京)을 버리고 개평(開平)이라고도 부르던 네이멍구(內蒙古)의 상도(上都, 지금의 多倫)로 도망칠 무렵에 고려의 사신 일행은 중국 땅에 도착했던 것 같다. 1367년에도 고려는 원나라에 사은사(謝恩使)와 성절사(聖節使)를 보내고 있으니 이 두 명의 예능인은 이들을 따라 왔다가 그들만이 따로 쳐지게 된 것인지도 모른다. 원나라 순제(順帝, 1333-1368)의 기황후(奇皇后)는 고려에서 간 여인이었고, 기황후의 아들이 태자였으니 이 노래하고 춤추는 아이들은 기황후를 위하여 갔을 가능성도 있다. 원나라의 도읍에는 주인이 없어지고 대혼란이 일어나 고려로부터 온 사람들은 발붙일 곳조차도 없었다. 아마도 이 노래 부르는 두 아이들은 사신 일행으로부터 따로 떨어졌던 것 같다. 길거리에서는 먹을 것조차도 구하기 어려워 이들은 굶주리며 울고 지냈다. 그리고 그때 중국의 북쪽 지방은 전쟁으로 혼란하고도 더욱 위험한 상태가 되었을 것이다. 이에 이들은 지닌 것을 다 팔아 배를 채

우면서 여비도 마련하여 배를 얻어 타고 좀 더 안정된 남쪽으로 왔었을 것이다. 그러나 명나라에 사신을 따라온 자들이 아니기 때문에 이들은 명나라에 의지할 수도 없었다. 1368년 명나라가 서면서 고려는 바로 그해부터 거의 해마다 사신을 주고받고 하면서 친교를 맺고 있다. 그러니 이들은 명나라에 간 사신을 따라간 예능인이 아닐 것이다.

근거가 없어진 고려로부터 간 이 두 아이는 낯선 외국 땅에서 자신의 장기인 춤을 추고 노래를 부르면서 돈을 몇 푼 받아 목숨을 부지하게 된 것이다. 외국 땅에서 조국과의 연줄이 끊어지니 대신 일행을 따라 왔음에도 불구하고 이들은 바로 거지나 다름없는 처지가 된 것이다.

이들은 그래도 특기가 있어서 구차하기는 해도 입에 풀칠은 하고 있다. 고려도 이 시기는 몹시 어지러운 상태라서 외국의 동포들을 적극적으로 돌보아줄 여력이 없었을 것이다. 이 두 명의 아이들은 어지러운 외국에 와서 가을에 바람 따라 날려 다니는 나뭇잎 같은 신세가 된 것이다. 고향 조국으로 돌아가고 싶지만 돌아갈 길이 없다. 무엇보다도 우리의 나라가 든든해야 함을 절실히 깨닫게 하는 시이다. 중국의 시인 고계가 친구들과 어울리어 이들이 노래하고 춤추는 것을 보면서 즐기지는 못하고 "술잔 앞에 흘린 눈물이 술보다 많았다."고 읊고 있으니, 우리 동포가 그 자리에 있었다면 통곡을 하였을 것이다.

조국이 건전하면 이런 친구들이 외국에 나가서 노래 부르고 춤추는 것이 '한류'가 되고, 조국이 무너지면 이런 친구들이 외국에 가서 연출하는 예능도 사람들의 눈물만 자아내는 것이 되고 만다. 밥을 빌어먹기 위하여 외국에 가서 노래하고 춤추는 '조선아'는 절대로 다시 나와서는 안 된다.

5월 7일 인헌서실에서

5
무아지경(無我之境)과 자연

【1】

청(淸) 말의 학자 왕국유(王國維, 1877-1927)는 『인간사화(人間詞話)』라는 책의 첫머리에서 시에 있어서의 경계론(境界論)을 얘기하고 있다. 여기에서 그가 말하는 '경계'란 특히 '시에 드러나고 있는 작자를 의식하게 되는 분위기의 차이'를 뜻하는 것일 것이다. 그는 여기에서 특히 자연의 묘사에 있어서 유아지경(有我之境)과 무아지경(無我之境)의 두 가지 경계가 있음을 지적하고 있다. '유아지경'이란 '시 가운데 작자 자신이 잘 드러나 있는 분위기'를 말하고, '무아지경'이란 '시 가운데 작자 자신의 존재는 의식하기 어렵도록 되어있는 분위기'를 말한다.

그는 그 보기로 중국 시에서 다음과 같이 각각 두 구절씩을
보기로 들고 있다.

"눈물어린 눈으로 꽃에게 물어봐도 꽃은 말이 없고,
　어지러이 붉은 꽃잎만 그네 저편으로 날아가고 있네."

涙眼問花花不語, 亂紅飛過秋千去.
누 안 문 화 화 불 어　　난 홍 비 과 추 천 거

－구양수(歐陽修)「접련화사(蝶戀花詞)」

"외로운 여관에서 갇혀있는 봄추위 어이 견디리?
　두견새 울음 속에 저녁 해가 저무네."

可堪孤館閉春寒, 杜鵑聲裡斜陽暮.
가 감 고 관 폐 춘 한　　두 견 성 리 사 양 모

－진관(秦觀)「답사행사(踏莎行詞)」

이상의 경우는 '유아지경'이라 할 수 있는 경계를 나타내고
있는 시라는 것이다.

"동쪽 울 밑에서 국화를 꺾어들고,
　어엿이 남산을 바라보네."

采菊東籬下, 悠然見南山.
채 국 동 리 하   유 연 견 남 산

― 도연명(陶淵明) 「음주시(飮酒詩)」

"차가운 물결 찰랑찰랑 이는데,

흰 새는 유유히 내려앉고 있네."

寒波澹澹起, 白鳥悠悠下.
한 파 담 담 기   백 조 유 유 하

― 원호문(元好問) 「영정유별시(潁亭留別詩)」

　이상 두 보기는 '무아지경'의 경계를 나타내고 있는 시라는 것이다.

　이 '유아'와 '무아'의 구별은 극히 섬세하고 미묘한 감각의 문제이지만, 대체로 자기 본위로 자연을 대하고 그 주관적인 눈에 띄인 자연을 그대로 묘사했을 때 그것은 '유아지경'이라 할 수 있고, 사람과 자연이 완전히 융화되어 자연과 작자(사람)의 구분을 의식하기 어려운 경지의 표현을 하고 있는 것을 '무아지경'이라 하고 있다고 여겨진다.

【2】

　엄격히 말할 때, 어떤 작품이든 그 속에 작가인 '나'가 없다는 것은 말도 되지 않는다. 그러나 중국문학에서는 특히 이 '나'가 없는 '무아지경'에 이른 작품을 무척 높이 평가하였다. 그것은 "지극한 사람에게는 자기가 없다(至人無己)."고 한 장자(莊子)의 이상의 시적 구현이기 때문인 듯도 하다. 참된 사람(眞人)은 자연의 조화와 융합된다는 도가(道家)의 이상에서 출발하여 선(禪)의 정관(靜觀)으로까지 발전한 중국인들의 이상주의에서 나온 생각일 것이다.

　앞에서 '무아지경'의 보기로 인용했던 도연명(陶淵明, 372-427)의 「음주(飮酒)」시 제5수 전편을 읽어보기로 하자.

　　　　외진 고장에 움막 얽어놓으니
　　　　수레와 말의 시끄러움 없네.
　　　　그대에게 묻노니, 어찌 그럴 수가 있는가?
　　　　마음이 원대하니 땅이 저절로 치우쳐진다네.
　　　　동쪽 울 밑에서 국화 꺾어들고
　　　　어엿이 남산을 바라보니,
　　　　산 기운은 해 저물자 더욱 좋고,
　　　　나는 새들 서로 어울리어 돌아오고 있네.

이런 중에 참뜻 있으니,

설명하려다가도 말을 잊어버리네.

結廬在人境, 而無馬車喧.
결 려 재 인 경   이 무 마 거 훤

問君何能爾? 心遠地自偏.
문 군 하 능 이   심 원 지 자 편

采菊東籬下, 悠然見南山.
채 국 동 리 하   유 연 견 남 산

山氣日夕佳, 飛鳥相與還.
산 기 일 석 가   비 조 상 여 환

此中有眞意, 欲辨已忘言.
차 중 유 진 의   욕 변 이 망 언

　　중국의 시가사상(詩歌史上) 첫 번째로 자연 속에 자신을 융화시켜 그 속에서의 생활과 감정을 시로 승화시킨 위대한 작가가 도연명이다. 그는 자연을 사랑했지만 인간임을 거부하지도 않았다. 그러기에 그는 자기가 사는 움막을 사람들이 사는 마을에서 약간 외진 곳(人境)에 마련하고 있는 것이다.

　　그가 이 시의 끝머리에서 "말을 잊었다"고 읊은 것은 도가에서 "자기를 잊었다"는 무아의 경지에 이르렀음을 뜻한다. 아름다운 자연 속에 융화되어 자연과 인간의 분별을 잊은 순수하고 소박한 상태인 것이다.

　　앞에서 잠깐 지적한 바와 같이 자연과 관계되는 시의 '무아지경'은 불교의 선(禪)의 사상과도 일맥 서로 통한다. 당(唐)대의 왕유(王維, 701-761)는 송(宋)대의 대문호 소식(蘇軾, 1037-1101)이 그의 시와 그림을 평하여 "시 속에 그림이 있고, 그림 속에 시가 있다.(詩中有畵, 畵中有詩.)"고 말한 불교적인 감각을 바탕으로 시를 쓴 자연파(自然派) 시인이다. 그의 「녹채(鹿柴)」라는 제목의 시를 한 수 읽어보자.

  텅 빈 산엔 사람 뵈지 않는데,
  사람들의 말소리만이 멀리서 울려온다.
  햇빛이 반사되어 깊은 숲 속으로 들어와
  다시 푸른 이끼 위를 비치고 있다.

  空山不見人, 但聞人語響.
  공 산 불 견 인   단 문 인 어 향
  返景入深林, 復照青苔上.
  반 경 입 심 림   복 조 청 태 상

  왕유도 자연을 좋아하여 산속에 묻혀 살고 있지만 그 스스로 사람임을 거부하지는 않는다. 그러기에 "사람들의 말소리"가 그의 귓가에 울리고 있는 것이다. 그렇다고 해서 세상의 명리(名利)에 이끌리는 "자기"를 내세우는 것은 아니다. 그는 "자기"라는 존재를 잊고 자연의 질서와 융합되는 인간의 본질을 명상(瞑想)을 통해서 터득하고 있는 것이다. 이 시에서 햇빛은 마치 그의 선심(禪心)에서 터득한 자연과 인간의 관계를 암시하는 것인 것 같다. 후세 중국의 성령파(性靈派)나 신운파(神韻派)에 속하는 시인들의 시론은 이러한 '무아지경'에 이른 시들을 통하여 많은 암시를 얻고 있는 것 같다. 신운설(神韻說)을 주장하여 청(淸)대의 한 시파를 이룩하였던 왕사정(王士禎, 1634-1711)의 「강상(江上)」이란 시를 보기로 든다.

오(吳) 땅 머리에서 초(楚) 땅 끝까지 가는 길 어떻던가?
비안개 자욱한 깊은 가을 어둠 속에 흰 물결만 일데나.
저녁에 차가운 물결 타고 강을 건너는데,
나무숲은 온통 누렇게 물들었고 기러기 소리 자주 들렸네.

吳頭楚尾路何如? 煙雨深秋暗白波.
오 두 초 미 로 하 여   연 우 심 추 암 백 파

晚趁寒潮渡江去, 滿林黃葉雁聲多.
만 진 한 조 도 강 거   만 림 황 엽 안 성 다

이 짧은 시는 직접 자연을 묘사하고 있지는 않지만 광활한 중국 남부지역의 가을 풍경이 눈앞에 선하다. 그러면서도 자연의 변화와 조금이라도 어긋나는 '자기'라는 존재는 전혀 의식하지 못하게 된다. 이러한 경계를 중국문학자들은 '신운'이라 말하는데, 제대로 파악하기 어려운 개념이다.

【3】

　그렇다고 중국에서 반드시 '무아지경'을 읊은 시가 '유아지경'을 읊은 시보다 더 훌륭하다는 뜻은 아니다. 실제로 중국의 자연시를 보면 '유아지경'을 노래한 시들이 더 많을 뿐만이 아니라, 그중에는 앞에 인용한 시들 못지않게 좋은 작품들이 많다. 보기로, 두보(杜甫, 712-770)의 「망악(望嶽)」이란 태산(泰山)을 바라보며 읊은 시를 읽어보자.

　태산은 그 어떠한가?
　제(齊) 로(魯) 땅 저 멀리 푸르름 끝없이 펼쳐져 있네.
　조물주께선 신묘함과 빼어남 모아놓은 듯하고
　산의 남쪽과 북쪽은 저녁과 새벽으로 갈라지네.
　가슴 후련히 뭉게구름 피어오르고
　눈길 찢어질 정도로 왼편에서 오른편으로 새가 날아드네.
　저 맨 꼭대기에 오르게 되면
　한눈에 뭇 산들이 자질구레하게 보이리라.

　岱宗夫何如? 齊魯青未了.
　대 종 부 하 여　　제 로 청 미 료

　造化鍾神秀, 陰陽割昏曉.
　조 화 종 신 수　　음 양 할 혼 효

盪胸生層雲, 決眥入歸鳥.
탕 흉 생 층 운   결 자 입 귀 조

會當凌絕頂, 一覽眾山小.
회 당 릉 절 정   일 람 중 산 소

이 시의 "산의 남쪽과 북쪽이 저녁과 새벽으로 갈라진다", "가슴 후련히 뭉게구름 피어오른다", "눈길이 째질 정도로 왼편에서 오른편으로 새가 날아든다"는 표현 같은 구절을 읽을 적에는, 작자의 표현이 마치 태산의 웅장하고 광대한 모습과 그 위세를 다투는 듯하다. 이러한 시에 있어서의 장쾌한 맛은 '무아지경'을 노래한 시들에서는 도저히 맛볼 수 없는 정취이다. 두보는 언제나 성실한 자기 마음을 통하여 자연을 관찰하고 그것을 시로 읊었던 것이다. 이 밖에도 대부분의 시인들은 시풍에 있어서는 여러 가지로 차이가 있지만, 모두 자기를 바탕으로 하여 자연을 관찰하고 그것을 노래하고 있다.

【4】

그러나 자연에 대한 인간의 사랑이란 면에서 볼 때 '무아지경'과 '유아지경'에는 큰 차이가 있는 것 같다. 앞의 두보의 시에서도 느낄 수 있지만, 그 시에는 웅장한 태산의 모습이 잘 묘사되어있기는 하지만 자연에 대한 사랑이나 경도(傾倒)의 정은 별로 느껴지지 않는다. 오히려 자연이 위대하기는 하지만 그것은 '나'가 있기 때문에 그것이 느껴지고 또 존재의 의의가 있는 것이라고 하는 것 같은 기분이 든다. 그러나 도연명이나 왕유의 경우처럼 '무아지경'을 추구한 시에서는 자연에 대한 사랑과 애착이 더 이상 말로 표현할 수 없을 정도로 뼈저리게 느껴진다. 자연과 인간의 융합, 자연변화와 인간생활의 조화를 추구하는 것 이상으로 자연을 더 사랑할 수는 없을 것이다. 그들에게는 자연이 정복이나 이용의 대상이 아니라, 바로 자기이며 자기의 세계가 되고 있는 것이다.

현대의 복잡한 생활 속에서도 정말로 인간의 참된 가치와 가능성을 추구해보고자 한다면 이러한 자연에 대한 '무아지경'의 경계는 한번 고려해 볼만한 일이다. 그러면 적어도 함부로 자연에 손을 대고, 산이나 물속에 쓰레기를 버리는 부도덕행위는 하지 않게 될 것이다. 공연히 자기 자신을 손상시키고, 자기 자신에게 쓰레기를 스스로 던지는 짓을 하는 인간은 아직도 없으니까.

1976. 12.

6

옥로향(玉爐香)
-중국 한시 표현의 묘미-

만당(晚唐)의 온정균(溫庭筠, 820-870?)은 아름다운 시를 쓴 시인으로 유명하지만 특히 아름다운 염정(艶情)이 담긴 사(詞)를 많이 남기었다. 그리고 그의 '사' 창작은 민간 가요를 본떠서 새로운 중국의 시로 등장한 '사'의 문학적인 지위를 확정지어 송(宋)대에 가서 사문학을 성행토록 하는데 크게 공헌하기도 하였다. 근래에 그의 사 『경루자(更漏子)』를 읽으면서 한자로 쓰인 중국 글의 묘미를 다시 한 번 절감하였다. 아래에 「경루자」의 번역과 함께 본문을 아래에 싣는다.

옥 향로에 향기 피어오르고
붉은 촛불 눈물 흘리며

화려한 방 두루 비추어 가을 시름 돋우네.

눈썹 화장 지워지고

구름 같은 머리 헝클어뜨린 채

긴 밤 싸늘한 이불과 베개를 겨워하네.

오동나무에

한밤중 비가 내리는데,

이별의 정 괴롭다고 않던가?

한 잎 한 잎

후드득 후드득

적막한 섬돌 위에 밤새도록 빗방울 떨어지네.

玉爐香, 紅蠟淚, 偏照畫堂秋思.
옥 로 향 　 홍 랍 루 　 편 조 화 당 추 사

眉翠薄, 鬢雲殘, 夜長衾枕寒.
미 취 박 　 빈 운 잔 　 야 장 금 침 한

梧桐樹, 三更雨, 不道離情正苦?
오 동 수 　 삼 경 우 　 부 도 리 정 정 고

一葉葉, 一聲聲, 空階滴到明
일 엽 엽 　 일 성 성 　 공 계 적 도 명

　　번역은 본문의 뜻이나 맛을 도저히 살려낼 길이 없다. 우선
첫 단의 "편조화당추사(偏照畫堂秋思)"를 "화려한 방 두루 비추

어 가을 시름 돋우네."라고 옮겨 놓았지만 일반 언어의 문법 상식에 따르면 제대로 된 글이 아니다. "화려한 방을 두루 비춘다(偏照畵堂)."는 말 뒤에 불쑥 "가을 생각(秋思)"이라는 명사를 붙여 놓았으니 이를 어떻게 연결시키라는 말인가? 일반적인 문법 상식으로는 글이 될 수가 없는 구조이다. 그 연결은 읽는 사람이 마음대로 하는 수밖에 없다.

다시 "화려한 방에 두루 비친다."고 했는데, 바로 앞에 "붉은 촛불 눈물 흘리고 있다."고 했으니, 거기에 비치고 있는 것은 '촛불 빛'임에는 틀림이 없다. 그러나 첫 구절이 "옥 향로에 향 피어오른다."이니, 그 화려한 방에는 글자로 표현은 되어있지 않고 있지만 향기도 가득 풍기고 있음을 뜻한다. 그리

청나라 강희(康熙)시대의 오채자기(五彩磁器) 향로

고 "화려한 방"은 바로 뒤의 구절이 "눈썹 화장 지워지고, 구름 같은 머리 헝클어뜨린 채"라고 이어지고 있으니 아름다운 여인이 홀로 쓰고 있는 방이다. 그리고 "가을 생각"은 "가을 시름"이라 옮겼는데, 뒷단의 셋째 구절에 "이별의 정"이란 말이 보이니, 이는 '쓸쓸한 가을이 되자 자기를 두고 멀리 가 있는 사랑하는 사람이 절실하게 더욱 그리워지는 마음'이다. 그러니 "편조화당추사" 한 구절이 나타내고 있는 뜻을 제대로 옮겨 보면 간단히 표현한다 하더라도 이런 말이 된다.

"한 아름다운 젊은 여인이 향기 자욱하고 촛불 비치는 화려한 방에서 싸늘한 가을이 되자, 멀리 떠나가 있는 사랑하는 임을 더욱 애타게 그리고 있다."

뜻은 보다 자세히 옮겼지만 시 맛은 모두 없어져 버렸다. 더욱이 문법적으로는 문장이 되지 않을 것 같으면서도 무척 아름답고 멋진 한자로 이루어진 글의 맛에는 근처에도 가지 못한다. 끝머리에 "추사(秋思)"라는 두 글자가 불쑥 붙여진 이 구절은 말도 안 되는 표현인 듯한데, 소리 내어 원문을 읽어보면 읽어볼수록 말로 표현하기 어려운 아름다움과 서정이 느껴진다. 그리고 이어 "눈썹 화장 지워지고 구름 같은 머리 헝클어뜨린 채, 긴 밤 싸늘한 이불과 베개를 겨워하네." 하고 옮고 있으니, 이 아름다운 여인은 몸치장도 않고 님 그리움에 침대 위에서 몸을 뒤척이면서 잠을 이루지 못하고 있는 것이다.

뒷단은 한밤중에 오동나무에 비가 내리는 정경을 읊은 것이다. 첫 구절이 "오동나무"인데, 그 오동나무는 아름다운 여인이 홀로 있는 '화려한 방' 앞뜰에 서 있는 나무이다. 한밤중인 삼경(三更)에 비가 올 적의 얘기임으로 이 사 작품의 사패(詞牌)라 부르는 악곡명이 「경루자」인 것이다. '경'은 밤을 나타내는 말, 옛날에는 밤 시각을 오경(五更)으로 나누어 표시하여 '삼경'은 한밤중이었다. '루(漏)'는 누호(漏壺)라고도 부르던 옛날의 물시계여서, 시간이나 때를 뜻하는 말로 쓰이기도 하였다. '자'는 조사. 따라서 '경루자'는 '밤 시각' 또는 '밤중의 일'을 뜻한다. 이 뒤의 "일엽엽, 일성성" 같은 표현은 "한 잎 한 잎, 후드득 후드득" 하고 옮겼지만 한자 아니면 이루기 어려운 글이다. 그리고 문법적으로는 역시 이해하기가 어렵다. 앞에 '일(一)'이라는 말이 붙었으니 그 뒤의 물건도 하나야만 옳을 것인데, 그 뒤로 "엽엽(葉葉)" 및 "성성(聲聲)" 하고 두 자가 붙었는데, 이는 두 개에 그치지 않고 무척 많은 것을 가리킨다. 어떻든 정확히 표현하자면, '일엽일엽(一葉一葉)' 및 '일성일성(一聲一聲)'으로 써야만 한다. 그렇지만 한자로 된 글을 읽는 사람들은 그것을 따지는 이가 없다. 정확한 표현보다 온정균 시인의 글이 더 아름다운데 어찌 하겠는가? 그리고 그 뒤에는 "적막한 섬돌 위에 밤새도록 빗방울 떨어지네." 하고 이어지니 밤새도록 '섬돌' 위에 비가 내리는 소리가 들리고 있는 것이다. 그러나 바로 앞 구절이 "한 잎 한 잎, 후드득 후드득"이고, 이 단의 첫 구절도 '오동나무' 이니, 정확히 말하자면 '오동나무 잎에' 빗방울 떨어지는 소리가 밤새도록 들린다고 해야 할 것이다. 그렇지만 이 뒷단에서 비오는 소리를 읊고 있는 것은 "이별의 정 괴롭다고 않던가?"고 했듯이, 임이 그리워 잠을 못 이루는 여인의 정을 짙게 드러내기 위해서이다. 그러지 않아도 임이 그리워 잠을 이룰 수가 없는데, 비가 내리고 있고 또 방 앞뜰에는 잎이 마른 위에 모양이 널따랗기도 한 오동나무가 서 있어서 빗방울 떨어지는 소리를 더욱 크게 들리도록 하여 여인의 마음을 더욱 저리게 한다는 것이다. 따라서 "적막한 섬돌 위에 밤새도록 빗방울 떨어지네." 하고 읊은 것은 빗소리가 오동나무 잎에 떨어져 크게 날 뿐만이 아니라 "적막한 섬돌" 위에서도 쉴 새 없이 비오는 소리가 나서 여인의 임 그리는 정을 더욱 달아오르게 한다는 것이다. "공계(空階)"의 '공'도 "적막하다"고 옮겼지만 공산(空山)의 경우처럼 텅 빈 것뿐만이 아니라 아무도 없는 것, 아무 소리도 없는 것, 쓸쓸한 것, 고요한 것 등을 모두 뜻하여 여인의 외로움을 더욱 강하게 하는 적막하고 쓸쓸한 정경을 강조해 주고 있다. 모두 한자로 이루어진 글만이 지니는 묘한 맛이다.

온정균의 사만이 그러한 것이 아니다. 이전의 완약(婉弱)한 사의 풍조를 벗어나 호방(豪放)한 내용의 사도 지어 유명한 송대의 대문호 소식(蘇軾, 1037~1101)의 사인 '적벽에서 옛날을 생각하며(赤壁懷古)'라는 제목이 붙어 있는 「염노교(念奴嬌)」의 첫 대목 두 구절만을 보기로 들어본다.

큰 강물 동쪽으로 흘러가는데,
물결 따라 천고의 멋진 인물들도 가버렸네.

大江東去, 浪淘盡千古風流人物.
대 강 동 거　낭 도 진 천 고 풍 류 인 물

"대강동거" 곧 '큰 강이 동쪽으로 간다'는 간단한 네 글자인데, 제목에 '적벽'이 보여서일까 높다란 절벽이 솟아있는 넓고 큰 장강(長江)을 머릿속에 그리게 하는 멋진 표현이다. "낭도진"은 '흐르는 물결이 다하고 있다'는 뜻이고, "천고풍류인물"은 '옛날의 멋진 사람들'이다. 이 두 가지 표현이 어떻게 이어져 한 구절을 이루고 있는가? 역시 읽는 사람이 자기 느낌에 따라 이를 연결시켜 주는 수밖에 없다. "낭도"는 보통 물결이 아니라 '거센 물결'이다. "큰 강"은 '인간 세상의 역사' 또는 '사람이 살고 있는 세상'을 상징한다. 그 속의 '거센 물결'은 '천고에 크게 활약한 멋진 인물들'을 가리킨다. 곧

'장강의 거대한 물이 거센 물결을 싣고 동쪽 바다로 흘러들어가 없어지고 있듯이, 옛날부터 역사 속에 크게 활약을 한 멋진 사람들도 모두 다른 세상으로 가버리고 없다.'는 뜻이다. 그리고는 이어 오(吳)나라 주유(周瑜)와 제갈량(諸葛亮)의 활약을 중심으로 하여 옛날의 적벽대전(赤壁大戰)을 되새기고 있다. 시원찮은 글을 써 놓았는데도 필자 같은 사람들이 글의 뜻을 멋지게 옮겨주어 소식 같은 시인이 대문호로 칭송받게 되는 것은 아닐까 하는 착각도 하여본다.

시에도 그런 문장이 적지 않다. 시선(詩仙)이라 칭송되는 이백(李白, 701-762)의 시에서 두 가지 보기를 들겠다. 첫째 그의 「자야오가(子夜吳歌)」 앞머리 두 구절이 아래와 같다.

장안 하늘엔 조각달이 걸려있는데
수많은 집에서 다듬이질 소리 들려오네.

長安一片月, 萬戶擣衣聲.
장 안 일 편 월   만 호 도 의 성

"장안(長安)", "일편월(一片月)", "만호(萬戶)", "도의성(擣衣聲)"이 모두 명사이다. 이 명사들을 읽는 사람이 적당히 연결시켜 글 뜻을 이루어 주는 수밖에 없다. 상식에 따른 문법에 있어서는 문제가 있는지는 몰라도 멋지고 아름다운 글임을 부정할 길이 없다. 다시 그의 시 「아미산의 달노래(峨眉山月歌)」 앞머리 두 구절을 보면 다음과 같다.

아미산 위에 반달이 가을 하늘에 떠있는데,
그 그림자는 평강강에 비치어 강물과 함께 흐른다.

峨眉山月半輪秋, 影入平羌江水流.
아 미 산 월 반 륜 추　　영 입 평 강 강 수 류

역시 첫 구절을 보면 "아미산(蛾眉山)", "월(月)", "반륜(半輪)", "추(秋)"가 모두 명사이다. 이들 단어의 연결은 읽는 이의 몫이다. 그래서 다른 어떤 언어보다도 풍부한 뜻의 함축성을 지니게 되는 것이다. 그리고 표현이 재미있다. "륜"은 수레바퀴인데 옛날부터 해와 달이 둥글다 하여 '일륜(日輪)', '월륜(月輪)'이라 말하였다. 바로 앞에 '달'이 나왔으니 '반륜'은 반달을 뜻하는 말임에 틀림이 없다. 그러나 끝머리에 붙여놓은 "추"는 어떻게 어디에 연결해야 하는가? 위에서는 "가을 하늘"이라 옮겼지만 '반달 모양이 가을 기운을 나타낸다.' 또는 '반달이 가을임을 알려준다.'는 등 여러 가지 해석이 가능하다.

둘째 구절의 "평강(平羌)"은 강물 이름이니, "영입평강"은

'아미산의 그림자' 또는 '아미산과 달의 그림자'가 '평강' 강물로 들어갔다. 곧 '그림자가 평강 강물에 비쳐지고 있다.'고 이해하면 될 것이다. 그러나 "강수류(江水流)"와는 어떻게 연결되는 것인가? 그대로 강물이 흐르는 것을 뜻하는 것이 아니라 '평강의 강물이 아미산과 달의 그림자를 위에 싣고 흐르고 있다.'는 뜻일 것이다. 읽는 사람이 마음대로 상상력을 발휘하여 해석할 수가 있다. 그런데 이 시의 뒤 두 구절이 다시 다음과 같이 이어진다.

　　밤에 청계를 출발하여 삼협으로 향하여 떠나는데,
　　그대를 그리면서도 만나지 못하고 유주로 내려가네.

　　夜發淸溪向三峽, 思君不見下渝州.
　　　야 발 청 계 향 삼 협　　사 군 불 견 하 유 주

　곧 이 시는 작자가 아미산 근처의 '청계'를 출발하여 '삼협'을 거쳐 '유주'로 가면서 못 만나고 떠나게 된 친구를 생각하면서 읊은 시이다. 그러기에 아미산 위의 달은 못 만나고 떠나게 된 친구를 상징한다고 풀이하는 이도 있다. 그렇다면 아미산과 달의 "그림자는 평강강에 비치어 강물과 함께 흐른다."는 것은 '친구를 그리는 마음을 안고 떠나가는 자신'을 비유한 것이라 할 수도 있다. 여하튼 한자로 쓰인 글은 뜻이 애

매하면서도 풍부한 뜻을 함축하고 있고, 잘 이루어진 글은 글 뜻에 상관없이 묘하고 아름답다.

한자에는 글자 모양(形) · 읽는 소리(音) · 글자 뜻(義)의 세 가지 요소가 있는데, 여기에서는 '글자 뜻'만 가지고 글의 묘미를 살펴본 것이다. 한자로 이루는 글의 아름다움과 묘미의 표현은 '글자의 뜻'을 통하여 드러나는 것보다도 '글자 모양'과 '읽는 소리'의 작용이 훨씬 더 크다고 한다. 외국 사람이 한시를 지을 적에 근체시의 경우에는 시의 모양에 따라 정해져 있는 성조(聲調)의 규칙인 소리가 높고 낮은 평측(平仄) 글자의 배열 원칙을 따라서 한자를 갖다가 배열하여 시를 이룬다. 그러나 실상 그 모양과 소리의 오묘한 표현까지 추구하기는 매우 어렵다. 더구나 당대 후기로부터 민간의 가요를 본떠서 새로 발전한 시인 사(詞)와 다시 뒤에 나온 곡(曲)의 참된 맛은 외국 사람으로서는 제대로 파악하기 더욱 어렵다.

2013. 9.

7

양보행(梁父行)

한(漢)나라를 뒤이은 위(魏)나라 조식(曹植, 192-232)에게 「양보행」이란 시가 있다. 「양보행」은 옛 악부시(樂府詩)의 상화가사(相和歌辭) 초조곡(楚調曲)에 속하는 노래로 「태산양보행(泰山梁父行)」이라고도 불렀다. 제목에 보이는 '양보'는 태산(泰山) 밑에 있는 작은 산이기 때문이다. '양보'는 특히 사람들의 묘지가 많은 곳이라 사람의 영혼이 돌아가는 곳이라 믿었다 한다. 따라서 「양보행」은 본시 죽은 이를 조상하는 일종의 만가(輓歌)에 속하는 노래였다. 그러나 조식은 이 악부시의 형식을 빌어 바닷가에 사는 백성들의 짐승만도 못한 어려운 삶을 노래하고 있다.

조식은 『삼국지』에서 간웅(奸雄)으로 유명한 조조(曹操)의 아들이다. 그는 평원후(平原侯)에서 시작하여 동아왕(東阿王)으로 봉해졌던 귀한 몸이다. 그의 형 조비(曹丕, 187-226)는 한 나라를 뒤이어 천하에 군림하였던 위나라 문제(文帝)이다. 그럼에도 불구하고 그는 바닷가에 사는 사람들의 처참한 삶에 관심을 기울이고 있는 것이다. 조식은 주로 산동(山東)지역에 살았기 때문에 바닷가 사람들의 생활에 익숙했던 것이다. 아래의 「양보행」의 번역과 본문을 싣는다.

세상 팔방은 각각 기후가 달라서
천리 떨어진 곳이면 비바람이 다르네.
살기 어려운 바닷가 백성들은
풀 우거진 들판에 몸을 기탁하고 있으니,
처자들은 새나 짐승들 같이
숲 속 험한 곳에서 살아가고 있네.
사립문 달린 집 얼마나 썰렁한가?
여우와 토끼가 집안에서 뛰어놀고 있네.

八方各異氣, 千里殊風雨.
팔 방 각 이 기   천 리 수 풍 우

劇哉邊海民, 寄身於草野.
극 재 변 해 민   기 신 어 초 야

妻子象禽獸, 行止依林阻.
처 자 상 금 수   행 지 의 림 조

柴門何蕭條? 狐兎翔我宇.
시 문 하 소 조   호 토 상 아 우

조조는 동한(東漢) 헌제(獻帝)의 건안(建安) 연간(196-219)을 중심으로 활약한 영웅이면서도 중국 전통시의 창작을 본격적으로 이끈 문인이기도 하다. 그는 두 아들 조비와 조식 및 이들 삼부자를 중심으로 모여들었던 진림(陳琳)·왕찬(王粲) 등의 이른바 건안칠자(建安七子)를 중심으로 하는 문학가 집단을 이끌고 중국문학사상 처음으로 자기 이름을 내걸고 시를 쓰기 시작하도록 한 위대한 시인이다. 따라서 시를 중심으로 하는 중국 전통문학은 피비린내 진동하는 세상에서 조조 삼부자에 의하여 그 본격적인 발전이 전개되기 시작하였다고 할 수 있다.

조조야말로 횡삭부시(橫槊賦詩)하던 문무를 겸전한 일세의 영웅이었다. 조조는 여러 가지 재능과 무술이 뛰어나고 박학다식한 사람으로 유명하다. 촉(蜀)의 유비(劉備) 같은 인물은 비교도 안 될 대상이다. 그러한 조조 삼부자 중 시를 가장 잘 지은 사람은 조조의 셋째 아들 조식이다. 『위략(魏略)』을 보면[1] 조식이 한단순(邯鄲淳)이란 사람 앞에서 웃통을 벗어던지고 호무(胡舞)를 추고 오추단(五椎鍛)·농환(弄丸)의 재주와 칼 쓰는 솜씨 등 기막힌 재주를 보여준 다음, 다시 의관을 차려 입고

....

1 『魏志』裵松之 注 引用.

앉아서는 천지 만물과 인생의 일에서 시작하여 고금의 인물과 문학을 논평하고 정치와 군사적인 문제들까지도 논하고 있다. 그 자리의 모든 사람들이 넋을 잃었고 한단순은 조식이야말로 '하늘이 낸 사람'이라고 찬탄하였다 한다. 그 뒤로 한단순은 조조에게 조식을 늘 크게 내세워 세자(世子)가 될 뻔하기도 하였다. 그러니 조식은 아버지 조조 못지않게 운동능력과 무술에 뛰어나고 글재주도 빼어난 위에 박학다식했던 사람이었다. 만약 조비가 문제(文帝)가 되지 않고 조식이 조조의 뒤를 이었다면 위나라는 더 크게 발전했을 가능성도 많다.

조식은 대장군의 아들로 태어나 어려서 이미 독서파만권(讀書破萬卷)했다지만 일생을 전란 중에 보내고 형 조비가 황제 자리에 오른 뒤(서기 220년)에는 황제의 질시(嫉視)로 인한 냉혹한 압박 밑에 일생을 보내야만 하였다. 자신이 추구하던 웅대한 정치이상과 포부는 펴보지도 못하고 그 일단을 시로 드러내 보여주고 있을 따름이다. 그는 '사부(辭賦)는 소도(小道)이다'고 말하였지만[2] 그의 꿈을 추구할 길은 시 밖에는 없었다. 문학은 대장부가 할 짓이 못된다고 단언한 것은 오히려 그의 문학에 대한 애정에서 나온 말인지도 모른다.

이 시에서 "살기 어려운 바닷가 백성들은"하고 읊은 셋째

....

2 曹植 「與楊德祖書」.

구절에 보이는 '해(海)'자를 회(晦)의 뜻으로 보고, "변해(邊海)"를 '멀리 떨어진 외진 곳'으로 풀이하는 이(黃節)도 있으나 시의 뜻을 이해하는 데에는 별 차이가 없다. 동한(東漢) 말 황건적(黃巾賊) 같은 도적들의 내란이 쉴 날이 없고 오(吳)나라, 촉(蜀)나라와 함께 위나라가 천하를 놓고 다투던 때라서 백성들의 삶은 말이 아니었다. 그들은 거친 들판에 몸을 기탁하고 있으니 살기 위해 먹는 것도 초근목피(草根木皮)라서 살아가는 모습이 새나 짐승 같다고 했을 것이다. 그들이 살던 집안에는 여우와 토끼가 멋대로 뛰어놀고 있으니 전란 통에 대부분의 사람들이 죽어버려 집안에는 살고 있는 가족이 없게 되었기 때문이다. 폐가의 허물어져 가는 지붕이며 울타리가 눈앞에 보이는 듯하다.

사람들이 광기(狂氣)에 몰린 듯이 서로 죽이면서 싸우던 어지러운 세상에 천하를 다투는 우두머리의 아들로 태어나 자신의 생존조차도 늘 위협 속에 보내던 조식이 이처럼 낮은 백성들의 삶에 관심을 지녔다는 것은 높이 평가해야 할 일이다. 약간 뒤 양(梁)나라의 종영(鍾嶸, 480?~552)이 중국 최초의 시론서인 그의 『시품(詩品)』에서 조식의 문학을 평하여 "인륜(人倫)에 있어서의 주공(周公)과 공자(孔子)에 견줄 만하다."고 극찬한 것도 조식 시의 이와 같은 폭넓은 세계 때문이었을 것이다.

『삼국지』로 유명한 삼국시대를 이끌고 또 본격적으로 한나라 헌제(獻帝, 190-220 재위)를 물리치고 황제 자리에 오른 것은 조조의 아들 조비, 곧 위나라 문제(文帝)이다. 중국 사람들은 조조를 간웅(奸雄)이라고 하지만 중국 역대의 나라를 연 임금 중 가장 문화적인 인물이다. 그는 진시황(秦始皇)이나 항우(項羽)·유방(劉邦)처럼 무식하고 잔인하지 않다. 그는 스스로도 시를 잘 지었고 그 밑에 많은 시인들을 거느리고 중국문학사 상 본격적으로 자기 이름을 내걸고 시를 창작하기 시작한 문인이다. 따라서 본격적인 중국고전문학의 발전은 조조로부터 이루어진다고도 할 수 있다. 그리고 한나라 때의 한자는 글씨 꼴이 지금은 서도를 하는 사람들이나 쓰는 예서체(隸書體)가 통용되고 있었는데, 위나라를 중심으로 새로 개발된 지금 우리가 쓰는 한자 모양인 해서체(楷書體)[3]가 크게 쓰이기 시작하였다. 이 새로운 해서체의 사용은 중국의 전통문화를 다시 한 단계 더 높여놓은 것이다. 이런 문화적인 임금들이기 때문에 오나라와 촉나라를 상대로 전쟁을 하여도 사람들을 마구 죽이는 잔인한 짓을 하지 않았다. 그래서 지금 우리가 재미있게 읽을 수 있는 세 나라의 싸움을 주제로 한 『삼국지』가 이루어질

....

3 楷書는 眞書 또는 正書라고도 하며, 지금 우리가 쓰는 대표적인 한자체. 東漢 章帝(76-88 재위) 때의 王次仲이란 사람이 개발하였다 하나, 魏나라 때에 가서 鍾繇(151-230)라는 楷書의 名筆家가 나와 楷書體가 세상에 통용된다.

수가 있었다. 그리고 조비는 황제가 된 다음에도 절대적인 권력을 휘둘러 천하를 힘으로 다스리려 하지 않았다.

　그렇다 하더라도 건안시대는 사람들이 자신의 온 힘과 능력을 다하여 자신의 목숨을 부지하기 위하여 싸워야 했던 두렵고 불안한 시대였다. 이러한 시대에 특히 많은 싸움을 한 조조에 의하여 이루어진 '건안문학'에 참여한 문학자들의 시는 우선 짐승만도 못하게 여겨지는 인간의 존재 가치를 놓고 고민하여야만 하는 가운데 우러나온 것이었다. 그 때문에 오히려 이제껏 이루어진 문학의 기성관념에 매이지 않고 자유롭게 여러 가지 인간의 문제를 시로 써낼 수가 있어서 후세 중국 시인들의 창작의욕을 불러일으키는 이상적인 문학이 되어 중국문학을 본격적으로 발전시키게 되었던 것 같다. 후세 문인들은 그 시대의 시의 풍격을 '건안풍골(建安風骨)'이라 하여 높이 평가하고 있다. '풍골'이란 사람들을 위하려는 기풍과 사람들의 생활과 연결되는 현실주의적인 뼈대 있는 내용을 말한다고 볼 수 있다. 특히 그 건안문학의 대표적인 작가 조식에게는 권력 주변의 인간문제 뿐만이 아니라 어려운 서민들의 생활에까지 눈을 돌릴 수 있는 여유가 있어서 이런 시도 썼기 때문에 건안문학에 더 큰 힘을 보탤 수 있었을 것이다. 조식의 「양보행」은 '건안풍골'을 잘 발휘하고 있는 작품의 하나라고 할 수 있다.

2005. 10. 3

8

격 양 가(擊壤歌)

중국에 전해지는 옛 시 가운데 가장 오래 되었다고 공인되고 있는 노래로 『격양가』가 있다. 진(晉)나라 황보밀(皇甫謐, 215-282)이 지은 『제왕세기(帝王世紀)』에 실려 있다. 옛날 전설적인 성왕(聖王) 요(堯)임금이 사람들 사는 모습을 돌아보던 중에 거리에서 한 노인이 부르는 노래를 들었다는 것이 바로 이 시이다. 아래에 그 시의 번역과 본문을 인용한다.

해가 뜨면 일어나 일하고
해가 지면 들어와 쉬네.
우물 파서 물 떠 마시고
밭농사 지어 먹고사니,

임금의 힘 나와 무슨 상관있는가?

日出而作, 日入而息.
일 출 이 작   일 입 이 식

鑿井而飮, 耕田而食, 帝力于我何有哉?
착 정 이 음   경 전 이 식   제 력 우 아 하 유 재

요임금 초상

'격양(擊壤)'의 '양'은 나무로 만든 아이들의 놀이 기구인데, 노인이 그것으로 장단을 맞추면서 노래를 불렀다고 일반적으로 풀이하고 있다. '양'에 대한 설명은 『풍토기(風土記)』에 보이고 『삼재도회(三才圖會)』에도 실려 있지만, 이미 요임금 시절에 아이들이 그런 놀이기구를 만들어 가지고 놀았다는 것은 믿을 수가 없는 일이다. 그러니 '양'을 그대로 땅의 뜻으로 보고, 노인이 손에 막대기 같은 것을 들고

땅을 두드리면서 박자를 맞추어 노래를 부른 것으로 보는 편이 무난할 것으로 여겨진다.

여기의 "임금의 힘(帝力)"이란 바로 권력이며 정치의 힘을 뜻한다. 『제왕세기』에서는 "요임금 시대에 천하가 태평하여 백성들은 아무 일도 없었기 때문에 이런 노래를 불렀다."고 하였다. 정치가 정말로 잘 되는 세상에서는 백성들은 제각기 자기가 할 일만 하며 지내면 된다. 농사꾼은 농사를 짓고, 장사꾼은 장사만 잘하면 그뿐이다. 그밖에는 신경을 쓸 일이 전혀 생기지 않는다.

『열자(列子)』를 보면, 요임금이 어느 날 평복을 입고 넓은 거리로 나가서 노닐다가 아이들이 부르는 다음과 같은 가사의 노래를 들었다는 기록이 있다.

> 우리 백성들이 잘 살아감은
> 모두가 당신의 은덕일세.
> 알지도 깨닫지도 못하는 새에
> 임금의 법을 따르게 되네.

立我蒸民, 莫匪爾極.
입 아 증 민　　막 비 이 극

不識不知, 順帝之則. — 仲尼(중니)편
불 식 부 지　　순 제 지 칙

열자는 이 대목 앞에서 요임금이 자기가 임금 노릇을 하고 있지만 세상을 잘 다스리고 있는지, 잘못 다스리고 있는지 또는 백성들이 자기를 따르고 있는지, 따르고 있지 않은지 전혀 몰랐다고 하였다. 그저 자기가 옳고 바르다고 생각하는 방법으로 세상을 다스리는 일을 열심히 하여 온 것이다. 그런데 백성들은 '임금님 덕으로 자기들은 잘 살아가고 있다.'고 노래하고 있다. 그리고 백성들 모두가 '은연중에 임금의 법도를 따르게 되었다.'는 것이다. 요임금은 아이들에게 다가가 이 노래를 누가 가르쳐 주었느냐고 물어보았다. 아이들은 어른들에게서 배웠노라고 대답하더라는 것이다. 태평성세를 이룩한 임금과 그 밑의 백성들의 일이다. 요임금은 궁전으로 돌아와 천하를 다스리는 제왕 자리를 순(舜)에게 물려주었다 한다. 순임금도 요임금을 본받아 천하를 태평성세로 이끈다. 그리고 뒤에 이 황제 자리를 천하의 강물을 다스린 우(禹)에게 물려준다. 이때 그 밑의 신하들이 함께 불렀다는 「경운가(卿雲歌)」가 한(漢)나라 초에 나온 『상서대전(尚書大傳)』에 실려 있다.

상서로운 아름다운 구름이 찬란하게
자욱이 펼쳐져 있네.
해와 달이 빛을 발하고
아침에 또 아침이 이어지네!

卿雲爛兮, 糺縵縵兮.
경 운 란 혜　　규 만 만 혜

日月光華, 旦復旦兮!
일 월 광 화　　단 부 단 혜

자연 풍경조차도 태평성세
를 그려내고 있다. "상서로운
아름다운 구름이 찬란하게 자
욱이 펼쳐져 있다."는 것은 태
평성세를 칭송하는 노래이다.
그리고 "해와 달이 빛을 발한
다."는 것은 성인의 다스림이
온 세상에 퍼지고 있음을 말한
것이다. "아침에 또 아침이 이

帝舜
大孝格天
玄德配帝
糙一執中
聖學攸始
煥乎文章
巍乎成功
千萬世下
仰瞻無窮

순임금 초상

어진다."는 "아침"도 '태평성세' 또는 '태평성세를 이어갈 왕
조'를 상징하는 말임에 틀림이 없다.

　요임금과 순임금은 중국의 전설적인 임금이다. 아마도 이러
한 전설은 『시경(詩經)』과 『서경(書經)』 같은 중국 최초의 책이
이루어진 서주(西周) 초기(B.C. 1027 이후)에 이루어진 것일 것이
다. 그리고 요임금과 순임금 때의 노래라 하여 전해지고 있는
여기에 인용한 노래들도 그 무렵에 지어진 노래일 것이다. 여
하튼 이 요임금과 순임금의 전설은 서주 초기 사람들의 천하

를 다스리는 데 대한 꿈의 결정이라 보아도 될 것이다. 그들이 이런 아름다운 꿈을 추구하였기 때문에 곧 그들은 이 세계에서 가장 위대한 중국의 전통문화를 이룩할 수가 있었을 것이다.

2013. 10. 3

9

『동녘은 반쯤 밝아오는데
(東方半明)』

　당대의 대문호인 한유(韓愈, 768-824)에게 『동녘은 반쯤 밝아
오는데』라는 시가 있다. 중국문학자들은 모두 이 시가 서기
805년에 8개월밖에 임금노릇을 못한 순종(順宗)시대의 정치상
황을 풍자한 시라고 하면서 모두가 자기 나름대로 당시의 정
치 현실에 맞추어 이 시를 해석하고 있다. 보기를 들면, 한순
(韓醇)은 순종이 황제 자리에 오른 뒤에도 직접 정치를 돌보지
못하고, 헌종(憲宗, 806-820 재위)이 태자로 있을 적의 상황을
읊은 것이라 하였다. 그러나 필자는 이 시의 창작 동기가 비록
그 당시의 일정한 사람들의 상황을 보고 느낀 것을 바탕으로
지은 것이라 하더라도 이 시를 읽는 사람은 시인의 밝은 눈으
로 본 일반적인 사람들의 모습을 깊이 추구한 시라고 보아야

할 것으로 믿는다. 먼저 아래에 필자가 옮긴 그 시와 함께 본
문을 싣는다.

> 동녘은 반쯤 밝아오고 큰 별들 모두 사라졌는데,
> 오직 샛별만이 새벽달과 함께 떠있네.
> 아아! 그대는 새벽달을 더 이상 의심 말게나!
> 함께 빛을 발하다 함께 사라질 날도 얼마 남지 않았다네.
> 새벽달은 번쩍번쩍 비치고,
> 샛별은 뻔적 뻔적 비치는데,
> 새벽닭이 울고 새벽종이 울릴 시각이 다가오고 있다네!

> 東方半明大星沒, 獨有太白配殘月.
> 동 방 반 명 대 성 몰　독 유 태 백 배 잔 월
>
> 嗟爾殘月勿相疑! 同光共影須臾期.
> 차 이 잔 월 물 상 의　동 광 공 영 수 유 기
>
> 殘月暉暉, 太白睒睒.
> 잔 월 휘 휘　태 백 섬 섬
>
> 鷄三號, 更五點!
> 계 삼 호　경 오 점

첫 구절 "동녘은 반쯤 밝아오고 큰 별들 모두 사라졌는데,
오직 샛별만이 새벽달과 함께 떠있네."라고 읊은 것은 새벽이
되어 밤하늘에 찬란하게 빛을 발하고 있던 모든 별들은 사라
지고 오직 샛별만이 남아 뻔적이며 새벽달과 빛을 다투고 있

음을 읊은 것이다. 이것은 마치 나라를 다스리는 사람이 또는 어떤 단체의 우두머리가 그의 나라나 그 단체를 어려운 처지로부터 구해내기 위하여 새로운 일을 하려 할 적의 상황인 것 같다. 이 일은 획기적인 것이라서 많은 논란 끝에 대부분의 사람들은 그 일을 받아들이기로 하고 논의가 잠잠해졌다. 그것은 나라나 단체의 장래와 직결되는 중요한 일이기 때문이다. 그러나 이때 어떤 유력한 사람이나 집단만이 남아 자기의 입장 또는 자기 집단의 이해관계를 바탕으로 그 하려는 일을 반대하고 있다.

둘째 구절 "아아! 그대는 새벽달을 더 이상 의심 말게나! 함께 빛을 발하다 함께 사라질 날도 얼마 남지 않았다네."는 그 추진하려는 일은 중요한 일이니, 일을 하려는 뜻을 의심하지 말고 잘 협력해야 한다는 것이다. 함께 손잡고 일하지 않으면 모두 함께 곧 어려운 처지에 놓이게 될 것이라는 것이다.

여기에서 일을 추진하고 있는 주체는 새벽달이고, 그 일을 반대하면서 다투고 있는 것은 샛별이다. "휘휘(暉暉)"는 "번쩍번쩍"하고 옮겼지만 햇빛처럼 밝게 빛나는 모양이다. "섬섬(睒睒)"은 "뻔적 뻔적"하고 옮겼는데, 이는 번갯불이 번쩍이는 모양이다. 일을 추진하는 사람은 나라나 단체의 위험해지는 상황으로부터 벗어나려고 적극적이고 창조적인 견해를 얘기하고 있는데, 반대자는 자기 개인이나 자기 집단의 이익 때문에 이를 적극적으로 반대하고 있는 것이다. "새벽닭이 울고 새벽 종이 울릴 시각이 다가오고 있다!" 위기가 닥쳐오고 있는데 서로 싸우고만 있을 것인가? 계속 다투다 보면 곧 양편 모두가 함께 망해버릴 것이라는 것이다.

　이런 심각하고 큰일 뿐만이 아니라 어떤 작은 일을 할 적에도 사람들 중에는 특수한 자기 입장 때문에 그 일의 진행을 방해하는 자들이 있다. 쓸데없이 서로 싸우다 보면 양편이 함께 손해를 보게 된다. 늙은이들은 고집 때문에 남의 의견에 잘 승복하지 않는 경우가 많다. 심지어 사람은 오래 살지도 못할 것임을 깨닫지도 못하고 크고 작은 일을 두고 자기의 이해관계에 얽매이어 남과 다투는 사람들도 많다. 혹 한유는 그 시대의 어떤 사람들의 싸움을 보면서 이 시를 읊었는지 모르지만 이 시를 읽는 후세 사람들은 이 시의 뜻을 어떤 한 가지 사건에만 국한시키지 말고 모든 사람들의 생활에 적용되는 깊은 철학적인 뜻이 담긴 시라고 풀이해야만 옳을 것이다. 사람들이 쓸데없이 서로 자기 고집만을 부리며 서로 다투다 보면 결국은 함께 망하거나 모두가 손해를 보게 된다는 것이다.

2013. 9. 23

Ⅱ.
선비정신의
자기 반성

선비정신의 자기 반성

【1】

나는 우리 선인들에게서 선비정신을 이어받아 살아온 것에 대하여 늘 자부심을 느끼며 살아왔다. 인애(仁愛)를 실천하고 절의(節義)를 지키며, 세상 사람들이 좋아하는 부귀나 명리에 마음이 끌리지 않고 책과 더불어 깨끗하고 당당하게 살아왔다고 믿어왔다.

맹자(孟子)가 말한 "일정한 생업이 없어도 변하지 않는 마음을 지니는(無恒産而有恒心)" 선비의 경지는 말할것도 없고, 공자(孔子)가 말한 "삶을 추구하기 위하여 어짊을 해치지 아니하고, 자신을 죽이어 어짊을 이룩하기도 하는(無求生而害仁, 有殺

身以成仁.)" 지사(志士)까지도 될 수 있다고 믿어왔다. 그리고 직업도 대학교수라서 맹자가 얘기한 "군자의 세 가지 즐거움" 도 거의 다 누리고 있다고 여기며 행복하였다.

"우러러는 하늘에도 부끄러울 것이 없고, 굽히어는 사람들에게도 창피할 것이 없는데다 천하의 영재들을 모아 가르치고 있으니" 얼마나 즐거운 일인가 하고 늘 생각하여 왔다. 흔히 사람들은 "털어서 먼지 안 나는 사람 있느냐?"고 하지만, 나는 그런 소리를 하는 꽤 출세했다는 사람에게 야단을 칠만큼 당당하기도 하였다. 우리 사회가 전반적으로 어지러워져가고 있어도, 내 주변에는 선비정신을 지니고 살아가는 사람들이 많기 때문에 우리 사회의 양심과 우리 사회가 요구하는 지성은 바로 여기에 있다고 믿으며 마음 든든하였다.

그런데 근래에 와서는 그 꼿꼿하던 자세가 어그러지고, 떳떳하던 신념에 금이 가고 있다. 사람이란 자신만을 홀로 깨끗하고 올바르게 간수하는 것은 실상 무의미할 뿐만 아니라, 그 사람이 소속되어있는 집단이나 사회의 입장에서 보면 오히려 폐해를 끼치는 존재가 될 수도 있다는 생각을 하게 되었기 때문이다.

【2】

　사람이란 남과의 어울림을 통해서 제 올바른 값을 지니게
된다. 남이 있기에 내가 있고, 사회나 나라가 있기에 내가 있
는 것이기 때문이다. 그런데 선비정신을 따른 내 생활은 너무
나만에 치우쳤던 것 같다.

　『대학(大學)』에서 "자기 자신을 닦은 다음에야 집안을 가지
런히 하게 되고, 집안을 가지런히 한 다음에야 나라를 다스릴
수 있게 된다.(身脩而后家齊, 家齊而后國治.)"는 가르침을 철저히
믿었다. 그런데 "자기 자신을 닦는" 일은, "사물에 대하여 연
구하여 앎에 이르고, 앎에 이른 다음 뜻을 정성되게 하고, 뜻
이 정성되게 된 다음 마음이 바르게 된다.(物格而后知至, 知至而
后意誠, 意誠而后心正.)"는 옛 성인(聖人)의 도를 터득해야만 가
능한 것이다. 그 스스로가 성인의 경지에 이르러야만 되는 것
이다. 그러나 성인이 되는 수신(修身)의 공부는 죽는 날까지 온
힘을 다해 추구해도 될 수가 없는 것이다. 지금 흔히 전인교육
(全人敎育)을 교육의 지상목표로 내세우면서도 실상 '전인'이
란 경지는 사람으로서는 이를 수도 없고 또 교육할 수도 없는
것임을 잊고 있는 경우가 많은 사실과 경우가 비슷하다.

　이처럼 온 힘을 다해도 이룰 수 없는 목표를 추구하다 보니
남에 대하여 관심을 지닐 여유가 별로 없었다. 내가 속해있는

집단이나 우리 사회와 나라의 일까지도 남의 일처럼 여겨졌다. 그리고 자신은 하늘을 우러러도 부끄러울 것이 없을 정도로 깨끗하고 올바르다고 여겼기 때문에 세상이 이처럼 어지러워도 아무런 죄의식도 느껴보지 않았다. 세상에 만연한 혼란과 부정은 모두 탐욕스럽고 비뚤어진 남들 때문이라 믿었다.

따라서 모든 행동을 자기중심의 생각을 바탕으로 하게 된다. 자기가 속해 있는 집단의 문제인 경우에도 늘 자기부터 내세워 그것을 생각하였다. 나와 직접 관계가 없는 일이면 관심도 갖지 않고, 나와 이해관계가 있는 일이면 이기주의적 태도로 거기에 접근한다. 자신은 깨끗하고 바르다고 여기기 때문에 늘 오만하고 독선적이다. 몇 일 전 서울에서 있었던 국제 결혼식에서의 일이다. 신랑, 신부가 돌아다니며 하객들에게 인사를 할 때였다. 옆 식탁의 한 점잖은 하객이 일어서서 외국인 신랑에게 "동방예의지국의 여인을 아내로 맞는 자네는 선택받은 사람으로 알고 살아가라."고 축하 말을 하는 것을 들었다. 나는 그 하객이 나 자신인 것 같은 착각을 잠깐 하였었다.

【3】

자신은 깨끗하고 올바르다고 믿기 때문에 자기와 생각이나 하는 일이 다른 남들은 우습게 보인다. 자신은 늘 글이나 읽는 선비이기 때문에 몸을 움직여 힘든 일을 하는 사람들을 우습게 보는 버릇도 있다. 이런 선비정신이 보편화되어 있기 때문에 우리 사회에는 직업의식이 희박해진 것도 같다. 회사에 취직을 하더라도 사무직을 좋아하고, 몸을 움직이며 힘든 일을 하는 부서는 꺼리는 것이 우리의 일반적인 경향이 아닌가! 공상업에 종사하는 사람들 모두가 할 수가 없어서 이 일을 하고 있다는 태도로 자기 일에 임하고 있고, 자기 직업이나 하는 일에 만족하고 있는 이가 극히 드문 것이 우리 현실이다.

이런 배타적인 성격은 외국인을 대할 때에는 더욱 분명해진다. 외국인은 우리와 추구하는 학문의 성격도 다르고 모든 생각이 다른 전혀 이질적인 종류의 인간들이다. 예의도 모르고 윤리도 없는 오랑캐들이다. 그래서 호칭부터가 왜놈, 뙤놈, 양놈, 깜둥이 식이다. 따라서 그들이 아무리 선진국이라 하더라도 그 문화에 지적인 호기심을 가지고 접근하는 법이 없다. 이질적인 문화는 무조건 오랑캐의 것으로 본다. 가까운 이웃나라의 경우만 보더라도, 일본 문화에 대하여는 그 속에서 우리 선인들이 전해주었거나 우리 것을 배워간 것이라 생각되는 흔적들이나 찾아내놓고 좋아하기 일쑤이고, 중국 문화에 대하여는 그에 대한 우리 선인들의 역할의 흔적을 찾아 그것을 과장 설명함으로써 만족하려는 것이 보통이다. 외국 문화를 진지하게 연구하고 그들을 올바로 이해함으로써 그 문화의 장점을 배워 우리 것으로 만들고, 그들과 어울리어 살기 좋은 지구촌을 만들려는 노력을 하지 않는다. 모두가 선비정신에서 온 배타적인 성격 때문이 아닐까 한다.

【4】

공자는 "선비가 도에 뜻을 두면서도 나쁜 옷, 나쁜 음식을 부끄럽게 여긴다면 함께 얘기할 상대가 못되는 자이다.(士志於道, 而恥惡衣惡食者, 未足與議也.)"고 하였다. 선비는 사람의 생존에 필수적인 입는 옷이나 먹는 음식에도 신경을 쓸 겨를도 없이 올바른 도의 추구에만 전념해야 한다는 것이다. 그러니 오락이나 연예는 물론 음악이나 미술 같은 데에도 관심을 지닐 여유가 없다. 어릴 적에 학교를 파하고 집으로 돌아와 학교에서 배운 노래를 부르다가 "광대나 될 작정이냐"고 아버지에게 꾸중을 들었던 기억이 있다. 그 때문에 내 노래 솜씨는 소질에 비하면 형편없는 꼴이 되었고 음악과는 담을 쌓는 생활을 하여왔다. 이렇게 본다면 공자의 이 가르침으로부터 발전한 선비들의 생활태도는 결국 문화의 부정으로 귀결되는 것이 아닐까 한다.

그리고 보면 우리는 문화가 없는 민족이 아닐까 하는 의구심마저 든다. 우리 상류의 문화는 조선시대의 선비들이 성인의 도만을 추구하느라 다른 것은 거들떠 볼 겨를이 없었던 바람에 거의 다 잃어버렸다. 그래서 우리 문화는 주로 서민들에 의하여 지탱되어 왔는데, 근래에는 생활수준 향상과 교육의 보급으로 서민들도 모두 선비 그룹으로 발돋움하게 되어 지금은 그 서민들의 문화조차도 사라져가고 있다. 선비정신이 지닌 배타적 성격 때문에 우리는 자신의 문화도 없는 민족으로 전락하고 있는 것이 아닌가 하는 걱정이 된다.

자기 홀로 깨끗하고 올바르게 살아왔다는 것은 결코 내놓고 자랑할게 못되는 것 같다. 오히려 남을 제대로 이해하고 남과 제대로 어울리지 못하여 독선적이고 배타적인 성격을 지니고 살아왔다면, 아무리 자기 홀로는 깨끗하고 올바르게 살아왔다 하더라도 그가 세상에 끼친 영향은, 약간 지저분하고 비뚤어진 삶을 살면서도 남을 먼저 생각하고 남과 잘 어울리는 사람들보다도 더 나쁜 것인지도 모른다. 이 때문에 내 자세는 더 이상 꼿꼿하거나 당당할 수가 없게 되고 말았다. 나의 착각일까?

2011. 4. 1

2
'한(恨)'이 없는 세상

　요새 우리 주변에는 '한'이란 말이 범람하고 있다. '민족의 한'이니, '광주의 한'이니 하는 말이 자주 쓰이고, 일부 사람들은 풀어야만 하겠다는 '한'을 앞세우고 시위를 하는 기사가 신문지상에 흔히 보인다. 소설이나 연극의 선전에도 "조선 여인의 한"이나 "서민의 한"을 표현했다는 것들이 흔하고, 춤에도 옛날부터 "한풀이 춤"이 있다. 우리의 옛 시가나 소설을 보더라도 '한'과 관계되는 작품들이 많은 것이 사실이다. 「별한가」·「한별곡」·「원한가」·「원한별곡」 등이 있고, 「미인의 한」·「백년한」·「장한몽」 등이 있다. '한'은 '원한'의 '원(怨)'과 가까운 말인데, 우리 옛 가사에는 '원'이란 말이 들어가는 「원부사」·「원별가」·「규원가」·「원한가」 등도 있다.

'한'이란 무엇이기에 우리 주변에 이토록 흔한가? 정말 우리는 '한'이 많은 민족인가? 국어사전(동아)을 보면 '한'은 "지난 일이 원망스럽거나 원통하거나 억울하게 생각되어 응어리가 진 마음" 또는 '원한'·'한탄'의 준말이라 풀이하고 있다. 곧 '한'은 '원'과 비슷한 말이다. 위에 든 우리 시가나 소설의 '한'은 대체로 남성본위의 사회에서 여인들이 매정한 남자로부터 버림을 받거나 배신을 당하여 "원망스럽고 원통하고 억울한 생각이 마음에 응어리져서" 생긴 것이다. 그러기에 우리는 아름다우면서도 힘없는 여인들의 '한'에 동정도 하고 공감도 하였던 것이다.

이 '한' 또는 '원'을 주제로 한 문학작품들은 중국 문학에서의 '규원(閨怨)' 또는 '궁원(宮怨)'에서 출발한 것이다. '규원'이란 대체로 아름다운 젊은 여인이 그윽한 규방(閨房)에서 꽃피는 아름다운 봄날이나 낙엽 지는 쓸쓸한 가을밤에 멀리 떠나간 님을 그리며 외로움에 몸을 가누지 못하는 정이다. 이러한 님을 향한 여인들의 '한'은 사람들의 심금을 울린다. 보기로, '원'을 주제로 한 당나라 시인 이백(李白, 701-762)의 「원정(怨情)」이란 짧은 시 한 수를 소개한다.

아름다운 여인 구슬 발 걷어올리고
우두커니 앉아 고운 눈썹 찌푸리고 있는데,

다만 젖은 눈물자국 보이니

마음으론 누굴 한하고 있는 것일까?

美人捲珠簾, 閑坐蹙蛾眉.
미 인 권 주 렴   한 좌 축 아 미

但見淚痕濕, 不知心恨誰.
단 견 루 흔 습   부 지 심 한 수

　'궁원'이란 임금의 후궁으로 궁중으로 끌려들어간 여인이 으슥한 후궁에 갇혀 살면서 임금은 얼굴조차도 보지 못한 채 외로이 젊고 아름다운 세월을 썩히며 적막한 삶을 몸부림치는 정이다. 보기로, 역시 당나라 시인 백거이(白居易, 772-846)의 「후궁사(後宮詞)」를 한 수 읽어보자.

　비단수건 눈물로 적시며 꿈도 이루지 못하는데

　밤 깊은데도 앞 궁전에선 노랫소리 시끄럽네.

　젊음은 가시지 않아 그리움에 애 끊이어

　향불 바구니에 기대앉은 채 밤을 새우네.

淚濕羅巾夢不成, 夜深前殿按歌聲.
누 습 라 건 몽 불 성   야 심 전 전 안 가 성

紅顔未老思先斷, 斜倚薰籠坐到明.
홍 안 미 로 사 선 단   사 의 훈 롱 좌 도 명

중국은 나라가 커서 옛날부터 전쟁이 끊일 날이 없었기 때문에 젊은이들은 일정한 시도 때도 없이 강제로 동원되어 전쟁터로 끌려갔다. 이는 하루아침에 수많은 행복한 가정을 파괴하고 무수한 다정한 부부와 연인들을 생이별시키는 결과를 가져왔다. 이 때문에 젊은 남녀의 생이별은 중국사회의 큰 문제로 대두되어 중국에는 옛날부터 이들의 애절한 처지를 노래한 민요가 유행하였다. 지금으로부터 삼천 년 전에 이루어진 『시경(詩經)』에도 행역시(行役詩)라 부르는 그러한 시들이 무척 많이 실려 있다.

그중에서도 사랑하던 남자를 떠나보내고 홀로 외로운 나날을 보내야만 하는 아름다운 여인의 처지는 많은 문인들의 낭만적인 상상력이 보태어져 '규원'이란 호칭 아래 수많은 시가와 소설 희곡을 만들어내게 하였다.

중국의 역대 황제들 중에는 여색을 탐하는 자들이 많았기 때문에 궁중에는 옛날부터 각지에서 뽑혀 들어온 수많은 미인들이 임금의 얼굴은 구경도 못한 채 외롭고 쓸쓸한 나날을 보내기 일쑤였다. 문인들은 이들의 외롭고 애절한 정도 놓치지 않고 작품의 주제로 삼아 '궁원'이란 말이 이루어졌던 것이다.

이러한 중국 문학에 유행했던 '규원'과 '궁원'에서 발전한 '한'과 '원'이 우리나라에도 수입되어 문학의 주제로 흔히 쓰이게 된 것이다. 그런데 이 '한'이나 '원' 속에는 남을 원망하는 마음이 담겨져 있다. 곧 자신의 욕구에 대한 불만과 부족의 책임을 남에게 전가하고 있는 것이다. 그러나 옛 여인들의 '한'은 그 바탕에 사랑이 깔려있기 때문에 떠나간 님을 원망한다 하더라도 그 정이 아름다운 것이다. 더욱이 옛 봉건사회에 있어서 여인들은 남자들에 비하여 훨씬 불평등한 위치에 있었기 때문에 거의 아무런 저항도 못하고 당하고만 있는 아름다운 여인의 외롭고 애절한 처경은 많은 사람들의 공감을 불러일으킬 수가 있는 것이다. 일방적으로 여인들에게만 정절이 강요되고 남자들은 축첩도 멋대로 하였고, 남자들만이 떠나갈 수 있었던 사회에 있어서는 여인들이 지니게 되는 '한'에 공감이 가능했던 것이다. 여인들의 '한'이나 '원'의 책임은 전적으로 남자들에게 있었기 때문이다.

그러나 현대사회에 있어서는 여인의 '한'도 존재의 여지가 없어졌다. 이제는 남녀관계에 있어서도 남자와 여자가 똑같이 책임져야 할 세상이 되었기 때문이다. 더구나 이 '한'이란 말이 남녀관계를 떠난 다른 일들에까지 적용되고 있다는 것은 큰 문제가 아닐 수 없다. 남녀 사이에 있어서는 '한'의 전제가 사랑이고 그 책임이 전적으로 남자들에게 있었기 때문에 여인들의 '한'은 아름다울 수 있었다. 그러나 다른 경우에 있어서의 '한'은 원한을 뜻하고 그 책임을 남에게 미루는 것이기 때문에 미움 또는 증오가 그 전제가 되고 있다. 남녀문제를 벗어난 '한'이란 자신의 불행이나 실패의 책임을 남에게 돌리는 것이기 때문에 '원수'라는 말에 쓰이는 '원'과 같은 뜻이 되고 만다. 그 때문에 이러한 '한'을 푼다는 것은 어느 정도 만족할만한 "원한을 갚는다"는 뜻이 된다. 곧 옛날 여인들의 '한'은 사랑을 전제로 이루어진 것이기 때문에 애절하고도 아름답지만, 남녀관계를 벗어난 '한'은 증오심과 복수심이 그 밑바닥에 깔려있어 흉측하고도 무서운 것이다.

우리가 이런 흉측하고도 무서운 '한'이란 말을 흔히 사용하게 된 것은 일본의 식민지였던 때에 이루어진 "민족의 한" 때문인 것도 같다. 그러나 이제는 남녀 사이의 '한'도 용허되지 않을뿐더러 식민통치의 여운이 그대로 남아있어도 안될 시대이다. '한'이 원한을 뜻하고 모든 자기의 불행과 실패의 책임을 남에게 미루며 상대방을 원망하고 미워하는 것이라면 이보다 더 비자주적인 자세란 없는 것이다. 모든 불행과 실패의 책임을 스스로 지고 남을 위하고 사랑하는 것이 자주적인 자세이다.

이제부터는 우리 주변에서 '한'이란 말이 자취조차도 없어지길 바라는 마음이 간절하다.

1989. 3.

3
고통의 의미

　얼마 전에 가까이 지내는 이웃집 젊은 학생이 스스로 목숨을 끊은 참사가 있었다. 그에게는 이 세상을 등질만한 큰 괴로움과 깊은 오뇌 같은 것이 있었을 것이다. 그러나 그는 자신의 고통을 청산하는 그 행위가 자기 부모형제를 비롯하여 수많은 친구나 친지들에게 얼마나 큰 충격과 비통을 안겨주게 될 것인지 생각이나 해 보았을까? 그리고 꼭 자신의 목숨을 스스로 끊어야만 했을까?

　사고가 나던 날 밤, 그의 아버지는 외국에 나가 있었고 어머니는 충격으로 정신을 잃은 상태였다. 그리고 그의 형제들은 나이가 어리어 사태를 잘 알지도 못하는 처지라 마침 내가 이런 사정을 알게 되어 병원으로 달려가 돌보아 주어야 했다. 내가 병원에 도착한지 한 시간도 못되어 그는 영영 가버렸고, 그 사이 통행금지 시간도 지나버려 나는 꼼작도 못하고 병원 복도의 나무걸상 위에 앉아 밤을 새웠다. 눈앞에 본 젊은이의 죽음과 병원 복도의 분위기는 종교인이 아닌 속인으로서도 잠을 잊은 채 인간의 삶과 늙음과 신병과 죽음 따위에 대한 깊은 성찰을 하게 해주었다.

그날 밤 또 다른 한 사람도 자동차에 치어 그 병원 응급실에 들어왔다가 죽어서 나갔다. 죽은 이들은 모두 바퀴 달린 침대에 뉘인 채 죽음을 확인하는 수속이 끝나면 흰 천에 덮이어 응급실 밖으로 밀려나가 현관 맞은 쪽에 있는 승강기를 타고 지하층에 있는 시체실로 옮겨졌다. 그런데 새벽 네 시가 되자마자 첫 번째로 그 병원에 들이닥친 손님은 남편과 어머니로 보이는 두 사람의 부축을 받은 임산부였다.

그 부인은 병원 문을 들어서자마자 남편과 어머니의 부축도 아랑곳하지 않고 진통을 참지 못하여 큰 배를 부여안고 비명을 지르며 땅바닥에 주저앉는 것이었다. 그들은 현관 맞은 편의 승강기를 타기까지 또 한 번 땅바닥에 주저앉으며 비명을 지르고 끌어 일으키고 하는 실랑이를 벌여야만 하였다. 두 번째 손님도 임산부였는데, 그는 몹시 괴로운 듯 이맛살을 찌푸린 채 조심스런 걸음걸이로 가족들과 함께 승강기 앞으로 걸어갔다.

내가 먼저 본 두 사람은 고통 속에 죽어 침대에 실린 채 끌려가 승강기를 타고 아래로 내려갔는데, 새벽녘에 본 두 부인은 고통스럽게 큰 배를 안고 힘겹게 걸어가 똑같은 승강기를 타고 출산을 위하여 위쪽으로 올라갔다. 죽은 사람과 새로운 생명을 낳으려는 사람들이 똑같이 고통을 겪으며 같은 승강기를 탄다는 사실은 문득 인간의 삶과 죽음의 본질에 관한 일단을 깨닫게 하는 듯이 느껴졌다.

사람은 고통 속에 나서 고통 속에 죽어가는 것이다. 고통이란 사람들이 가장 싫어하는 감성(感性)의 하나이지만, 조물주께서 인간에게 부여한 가장 본질적인 감성이 고통임에 틀림이 없다. 사람이 이 세상에 태어나자마자 울음으로 자기 자신의 새로운 존재를 선언하게 되는 것도 그 때문이리라. 그렇다면 우리는 이 본질적인 고통의 의미를 올바로 인식할 필요가 있을 것이다.

고통이나 괴로움은 사람이라면 누구나 싫어하는 것이다. 그런데 그 고통이란 어떤 성질의 것인가? 그것은 우리의 순간적인 감성이며, 또 고통스럽다는 우리의 판단은 대개의 경우 상대적인 것이다. 곧 하루는커녕 한 시간이나 삼십 분을 두고 계속되는 고통도 없으려니와, 그 대가 되는 기쁨과 즐거움 또는 쾌적(快適)이 있기 때문에 고통이란 느낌도 있게 되는 것이다. 한편 그러한 고통의 성격은 그것이 아무리 절실하고 강한 것이라 할지라도 사람이면 누구나가 극복할 수 있는 것이다. 그리고 그가 추구하는 기쁨이나 즐거움 또는 행복 같은 것은 고통의 대가 되는 것이기 때문에 그가 고통을 접하는 몸가짐 여하에 따라 그 밀도(密度)가 결정되게 마련이다. 사랑하는 이를 잃은 것 같은 뼈아픈 정신적인 고통이나 육체에 압박이 가해지는 뼈아픈 고통도 누구나가 어떤 형식으로든 간에 극복할 수 있는 것이다. 하루 고된 노동을 하고 품삯으로 몇 천원을 받은 사람의 경우, 그 하루의 자기 노동을 어떻게 받아들이느냐에 따라 그 몇 천원의 값은 크게 달라진다. 노동이 고되기는 하였지만 사람들을 위하여 적지 않은 봉사를 한 셈이라 생각하는 사람과 마지못해 굶을 수가 없어서 하루 종일 고통스런 노동을 했다고 생각하는 사람 사이의 품삯의 값은 크게 다른 것이다.

더욱이 사람들의 뜻있는 행위나 위대한 성취에는 언제나 정도의 차이는 있겠지만 고통이 따르게 마련이다. 고통 없는 창조는 있을 수가 없다고 극언할 수도 있을 것이다. 그렇다면 고통에 대한 올바른 인식 없이는 삶의 올바른 뜻도 헤아릴 수가 없게 될 것이다.

공자(孔子)는 "자기를 이겨내고 예로 돌아가는 것이 어짊(仁)이다.(克己復禮爲仁. -『論語』)"고 가르쳤다. "자기를 이겨낸다"는 것은 자기의 욕망이나 자신의 그릇된 타성(惰性)의 극복을 뜻하는데, 한편 그것은 고통의 감수(甘受)를 전제로 하지 않으면 안 되는 것이다. 그리고 '예'는 사람들 개인으로부터 인간 사회 전반에 이르는 인간생활의 모든 질서를 뜻한다. 따라서 "자기를 이겨내고 예로 돌아간다."는 것은 고통의 극복을 바탕으로 한 올바른 삶의 추구를 뜻하는 말로 풀이할 수도 있다. 공자의 '어짊'이라는 지극히 훌륭한 덕성도 이처럼 고통의 인식을 바탕으로 하고 있는 것이다.

고통의 철학을 보다 더 적극적으로 계발한 이가 붓다이다. 붓다의 가르침이 생·노·병·사에 관한 고통의 각성을 바탕으로 하고 있음은 누구나 다 아는 사실이다. 고통의 철학을 더욱 구체적으로 보여주는 것은 불교의 사성체(四聖諦 -『華嚴經』)이다. 첫째, 고체(苦諦)는 "인생은 모두가 고(苦)이다."고 하는 진리이다. 둘째, 집체(集諦)는 고통의 원인은 번뇌(煩惱)와 망집(妄執)이라는 진리이다. 셋째, 멸체(滅諦)는 무상(無常)한 세속을 초탈하여 집착을 끊어버림으로써 고통의 원인이 없어진 깨우침의 경지에 이르러야 한다는 진리이다. 넷째, 도체(道諦)는 이상적인 경지에 이르자면 올바른 수행(修行)의 방법을 따라야만 한다는 깨우침에 이르는 실천의 진리이다. 어떻든 고통에 대한 올바른 인식을 체계화한 것이 붓다의 가르침이라고도 할 수 있다. 따라서 그들에게 있어서 수행(修行)이란 고통의 초극(超克)을 뜻하게도 되는 것이다.

예수님의 가르침도 예외는 아닌 것 같다. 『신약성서』에 보이는 유명한 산상보훈(山上寶訓)을 몇 줄만 읽어보자.

　"심령(心靈)이 가난한 자는 복이 있나니 천국이 저희 것임
이요, 애통하는 자는 복이 있나니 저희가 위로를 받을 것임
이요, 온유(溫柔)한 자는 복이 있나니 저희가 땅을 기업(基業)
으로 받을 것임이요, 의(義)에 주리고 목마른 자는 복이 있나
니 저희가 배부를 것임이요, ---"　-마태복음 5장 3~6절-

　"심령이 가난한 자", "애통하는 자", "온유한 자"란 모두 인
간에게 주어지는 고통을 겸허한 자세로 받아들이는 사람들이
다. "의에 주리고 목마른 자"란 좀 더 적극적으로 고통을 받아
들이며 자신의 이상을 추구하는 사람들이다. 예수님도 이처럼
고통을 있는 그대로 받아들이고 그것을 극복할 때 비로소 그
사람은 복을 받게 되고, 천국과 위로와 땅과 배부름을 얻게 될
것이라 한 것이다. 다시 예수님은 죽음을 앞두고 겟세마네에
서 다음과 같이 기도하고 있다.

　"내 아버지여! 만일 할만 하시거든 이 잔을 내게서 지나가
게 하옵소서! 그러나 나의 원대로 마옵시고 아버지의 원대로
하옵소서!"　-마태복음 26장 39절-

　예수님은 아버지의 뜻이라면 죽음의 고통도 달게 받겠다는

마음의 자세가 되어있었던 것이다. 그래서 예수님의 십자가는 지금도 온 누리의 삶의 길을 비춰주는 빛이 되고 있는 것이다. 십자가를 지는 고통이 있었기에 예수님의 사랑은 비길 데 없는 힘으로 인류를 구원하며 언제나 그 위에 군림하고 있는 것이다.

사람은 고통 속에 태어나 고통 속에 살다가 고통 속에 죽어간다. 그것은 조물주께서 인간을 괴롭히기 위하여 그렇게 만든 것이 아니라 인간에게 무거운 삶의 가치를 부여하기 위해서였던 것이다. 고통이 있기에 사람은 존엄하고 값있는 존재가 되고 있는 것이다. 따라서 사람은 살아서는 고통을 올바로 받아들임으로써 위대한 창조와 성취를 이룩하고 참된 기쁨과 행복을 누릴 수가 있게 된다. 죽을 적에도 올바른 자세로 고통을 맞이함으로써 그의 삶을 뜻있게 결산하게 될 것이다.

이미 여러 성인들께서 오랜 세월을 두고 그러한 고통의 의미를 설교하여 왔다. 예수님은 스스로 십자가를 지는 인간 최대의 고통을 몸소 감당함으로써 본을 보여주었다. 이런 고통의 뜻을 반 정도만 알았더라도 나의 이웃 집 젊은 학생은 스스로 목숨을 끊지는 않았을 것이다.

이런 어설픈 성찰 속에 병원 복도의 밤은 다시 밝은 아침을 맞고 있었다.

1979. 3.

4

큰 선비 작은 선비

『장자(莊子)』외물(外物)편을 보면 큰 선비가 작은 선비를 데리고 유가의 경전인 『시경(詩經)』을 근거로 하여 밤에 남의 무덤을 도굴(盜掘)하는 얘기가 실려 있다. 큰 선비는 밖에서 망을 보고, 작은 선비는 땅을 파고 무덤 속으로 물건을 꺼내러 들어간다. 밖에서 오랫동안 초조히 기다리던 큰 선비가 땅속을 들여다 보고 『시경』의 시 구절 비슷한 말을 써서 묻는다.

"동녘이 밝아온다. 일이 어떻게 되어 가느냐?"

작은 선비가 땅속에서 대답한다.

"시의(尸衣)는 아직 다 벗기지 못했는데, 입속에 구슬이 물려 있습니다."

옛날 중국의 부잣집에서는 죽은 이의 명복(冥福)을 위하여 죽은 이 입에다가 구슬을 물리어 장사지내는 풍습이 있었다. 부자나 고관들은 매우 비싼 구슬을 썼다. 따라서 시체 입속의 구슬은 무덤 도굴꾼들의 중요한 목표가 되었다. 이때 큰 선비가 『시경』의 글귀를 인용하면서 점잖게 말한다.

"『시경』에도 본시 이렇게 가르치고 있어!
'푸른 보리가 무덤 가에 자라고 있네.
살아서 은덕을 베풀지도 못한 자가
죽어서는 어찌 구슬을 물겠는가?'
한 손으로 그놈의 머리카락을 잡고 한 손으로는 턱수염을 잡아 누른 다음, 쇠꼬챙이로 턱을 치면서 서서히 그의 볼을 째되, 입속의 구슬이 다치지 않도록 조심하게!"

도적질을 하면서도 큰 선비는 선비답게 점잖이 경전을 인용하면서 작은 선비를 부리고 있다. 과연 보통 좀도둑들과는 격(格)이 전혀 다르다. 보통 사람이 이 선비들을 발견하고 왜 남의 집 무덤을 파헤치느냐고 따지려 들었다간, 이들은 경전을 인용하며 자기네 행동을 그럴싸하게 변명하여 오히려 도굴하는 짓을 책망하려던 사람 쪽이 말문이 막혀 꼼짝도 못하고 사과를 하며 그대로 물러갔을 것이다.

　여기에서 우리는 선비 또는 지식인들의 추악한 일면을 발견하게 된다. 지식인들은 공부를 많이하여 아는 것이 많음으로 잘못된 짓을 하면서도 경전이나 옛글을 인용하여 자신을 합리화한다. 자기 개인의 목적 달성을 위하여 못된 짓을 하면서도 대의명분(大義名分)을 만들어 앞세운다. 자신의 명리(名利)를 위하여 눈을 빨갛게 뜨고 덤비는 사람이 국가를 위한다느니, 민족을 위한다느니 하고 크게 떠들어댄다. 나라를 망칠 짓을 하면서도 겉으로는 누구보다도 애국자인 척 한다.

　그런데 지식인이란 현대사회를 이끌어 가는 세력이다. 따라서 악한 한 사람의 지식인은 무식한 악한 사람보다 수십 수백 배의 해독을 이 세상에 끼치게 된다. 그들은 나쁜 짓을 하면서도 자신의 행동을 올바른 듯이 꾸미고 설명하여 많은 다른 사람들까지도 나쁘게 만들기 때문이다.

　고도화된 전문지식을 이수하는 현대사회에 있어서는 지식인일수록 더욱 올바른 덕성과 양식(良識)을 갖추어야만 한다. 그러나 지식에 대한 요청이 첨단화하면 할수록 지식인들은 덕성과 양식에 관심을 기울일 여유가 없게 된다. 자신의 전공에만 몰두한다고 해도 시간과 능력이 부족하다고 여기기 때문이다.

　게다가 남의 무덤을 도굴하는 것과 같은 나쁜 짓을 하면서도 그것을 자신이 터득한 고도의 지식으로 그럴싸하게 설명하고 보면 별로 나쁜 일 같이 보이지 않게 된다. 보기를 들면, 굶주린 거지가 남에게 먹을 것을 구걸하는 것을 보면 모든 사람들이 바로 치사하고 비굴한 짓인 줄을 안다. 그러나 많이 배웠다는 사람들이나 사회의 상류층에 있는 사람들이 벼슬을 한자리 하려고 유력한 자들에게 부탁을 하거나 돈을 좀 더 쉽게 많이 벌어보려고 관계자들에게 청탁을 하는 것은 똑같이 남에게 구걸하는 짓인데도 치사하고 비굴한 일임을 모르는 자들이 많다.

거지가 구걸을 하는 것은 굶주리어 달리 어찌할 수가 없기 때문이고, 또 그것은 남에게 별로 해를 끼치지도 않는 일이다. 그러나 지식인들이 거지 짓을 하는 것은 굶주리거나 무엇이 부족하여 어찌할 수가 없기 때문이 아니다. 좀 더 잘 살고, 좀 더 높은 지위에 올라가고 싶어서이다. 이런 개인적인 욕망 때문에 실제로는 거지 짓을 하는 것보다도 더 치사하고 비굴한 염치없는 짓을 한다. 게다가 이 지식인들의 구걸은 부정을 부추기는 짓이기 때문에 남에게 해를 끼치고 우리 사회의 기강을 무너뜨리는 짓이 되기도 한다.

『맹자(孟子)』 이루(離婁)편에는 이런 얘기가 있다. 한 제(齊)나라의 선비가 날마다 남들이 묘지에서 장사를 지내거나 제사를 지내는 자리를 찾아다니면서 술과 고기를 얻어먹고 지낸

다. 그러나 집으로 돌아와서는 늘 마누라와 첩에게 "고관 또
는 부자 아무개를 만나 술과 고기 대접을 받았노라."고 뽐낸
다. 수상하게 여긴 마누라가 하루는 남편의 뒤를 밟은 끝에,
자기 남편이 남의 장사지내는 자리를 찾아다니며 음식을 얻어
먹고 지내는 꼴을 직접 눈으로 보게 된다. 마누라는 곧 집으로
돌아와 첩에게 자기가 직접 확인한 일을 얘기하고는 "하늘 같
아야 할 남편이 이 꼴이다."고 하며, 둘이 손을 마주잡고 통곡
을 하였다 한다. 그런데 맹자는 이 얘기 끝에 다음과 같이 반
문하는 말로 이 대목의 글을 매듭짓고 있다.

"세상의 부귀와 출세를 추구하는 사람들의 행동이 실제로
그의 마누라와 첩이 알면 부끄러워 통곡치 않을 몸가짐을 갖
는 자가 몇 명이나 되겠느냐?"

맹자의 시대부터 이미 치사한 지식인들이 많았던 것이다.
우리는 흔히 선비정신 운운한다. 진정한 선비는 더 말할 나
위 없이 위대하다. 그러나 그런 위대한 선비는 얼마 되지 않고
거의 모두가 앞에 나온 것 같은 "큰 선비와 작은 선비"의 부류
가 아닐까 걱정이 앞선다. 공부 좀 했다고 해서 남에 대한 배
려는 전혀 하지 않고 아는 것을 바탕으로 자신의 영리나 추구
하는 자들을 말한다.
"큰 선비와 작은 선비"는 염치도 모르고 자기 이익만을 쫓

는다. 그들은 부당한 짓을 하면서도 자신이 배운 지식을 동원하여 자기 행동을 멋지게 설명한다. 도적질을 하면서도 굉장한 일을 하는 것처럼 그럴싸한 명분을 내세운다. 염치없는 짓을 하면서도 자신은 나라의 법을 어기지 않았다고 멋지게 둘러댄다. 설사 법을 어기는 짓을 했다 하더라도 그들은 자기의 지식과 능력을 동원하여 그것이 불법이 아님을 증명하여 남들이 어쩔 수가 없도록 만든다.

　장자뿐만이 아니라 맹자도 일찍이 세상의 지식인들 중에는 치사하고 비굴한 짓을 일삼고 있으면서도 자기 행동을 그럴싸하게 꾸며대고 있는 자들이 많다는 것을 간파하고 있었다. 선비들 중에는 공부를 했다는 핑계로 일도 안하고 놀면서 남보다 큰 권력과 부를 누리며 잘 살려고만 하는 자들이 대부분이다. 옛날부터 장자나 맹자 같은 현명한 지식인들은 대부분이 "큰 선비와 작은 선비" 종류의 사람들임을 간파하고 경고하였던 것이다. 그러나 지금까지도 지식인들 스스로는 아직도 자신이 여기의 "큰 선비와 작은 선비"의 부류임을 깨닫지 못하는 자들이 많은 게 아닐까 걱정이 된다.

1969. 12.

5

애(愛)와 사랑

　오래 전에 중학생들에게 한문을 가르치다가 짓궂은 학생에게 '사랑 애(愛)'와 '사랑 자(慈)'의 '사랑'의 차이에 대하여 질문을 받은 적이 있다. 학생의 태도에도 장난기가 보이기에 나도 가벼이 "그건 몸의 온도를 재어보면 안다. '자'는 사람들의 평상체온과 같은 37도 전후의 따스한 것이지만 '애'는 비등점(沸騰點)에 가까운 어린아이들이 손을 대었다가는 델지도 모르는 온도의 것이다."고 대답하였다.

　이는 상식적인 부모님들의 자애(慈愛)와 남녀 사이의 애정(愛情)을 근거로 한 대답이었다. 그러나 얼마 지난 뒤 그때의 일을 되돌아보며 한문선생으로서는 그것이 잘못된 대답이었다는 것을 반성하게 되었다. 옛날 책에는 '애'자가 남녀 사이

의 사랑을 뜻하는 말로 쓰인 경우란 거의 없거나 극히 드물다
는 것을 깨닫게 되었기 때문이다. 보다 넓은 뜻으로 이해한다
해도 옛날 사람들의 '애'의 개념과 지금 우리가 쓰는 '사랑'
의 뜻 사이에는 상당한 거리가 있다고 여겨진다.

사랑의 개념과 가깝다고 여겨지는 '어짊(仁)'을 가장 중요한
윤리라 여기고 있는 유학(儒學)의 경전인 오경(五經)이나 사서
(四書)를 들추어 보더라도 '애' 자는 별로 보이지 않는다. 남녀
사이의 애정을 노래한 시가 많이 실려 있는 『시경(詩經)』에도 5
편의 시에 '애' 자가 보일 따름이다. 그리고 『서경(書經)』에 여
섯 번, 『역경(易經)』에 세 번, 『논어(論語)』에 여섯 번, 『맹자(孟
子)』에 19번 정도가 보이고 있을 뿐이다. 그것도 대부분 '사
랑'의 현대적인 개념과는 다른 '아낀다', '위한다'는 뜻으로
쓰인 경우가 대부분이다.

『논어』 학이(學而)편에는 '애' 자를 두 번 사용하고 있는데,
필자는 『논어』를 번역하면서[1] 다음과 같이 옮기었다.

"쓰는 것을 절약하고 백성을 사랑하여야 한다."

節用而愛人, 使民以時.
절 용 이 애 인   사 민 이 시

----

[1] 『논어』 김학주 역(서울대학교 출판문화원, 2011. 6. 개정3판).

"널리 사람들을 사랑하고 어진 사람들을 친근히 하여야 한
다."

汎愛衆而親仁.
범 애 중 이 친 인

　모두 '여러 사람들' 또는 '백성들'을 상대로 하는 '애'이니,
실은 '위해준다', '아껴준다'고 옮기는 편이 더 정확한 해석
일 것이다. 다른 곳의 경우도 대부분이 그러하다. 다만 양화
(陽貨)편에서 제자인 재아(宰我)가 부모가 돌아가셨을 적에 삼
년상(三年喪)을 지키는 것은 기간이 너무 길다고 말했을 적에
공자가,

"재아도 삼 년 동안은 그의 부모의 사랑을 받았다."

予也有三年之愛於其父母乎!
여 야 유 삼 년 지 애 어 기 부 모 호

고 하면서 제자의 태도를 꾸짖을 적에는 부모와 자식 사이의
관계임으로 '애'를 사랑의 뜻으로 풀이해도 잘못이 없을 것이
다. 다만 팔일(八佾)편에 보이는 다음과 같은 공자의 말에서는
'애'의 상대가 '양'과 '예의'여서 "아낀다"고 제대로 번역하
였다.

"너는 그 양을 아끼나, 나는 그 예의를 아끼고자 한다."

爾愛其羊, 我愛其禮.
이 애 기 양   아 애 기 례

　오직 『시경』 패풍(邶風) 정녀(靜女) 시에는 남녀 사이의 사랑임에 틀림없는 다음과 같은 용례가 있다.

　"사랑하는데도 만날 수가 없으니 머리 긁적이며 서성이네."

愛而不見, 搔首踟躕.
애 이 불 견   소 수 지 주

　이것은 남녀 사이의 사랑임이 틀림없지만 다른 곳의 쓰임을 따른다면 이것도 '위해주려 한다' 또는 '아낀다' 고 번역하는 편이 더 정확한지도 모를 일이다.

　제자백가(諸子百家) 중에서는 '애' 자를 가장 많이 사용한 것은 겸애(兼愛)를 주장한 묵자(墨子)이다. '겸애' 는 보통 '모든 사람이 다 같이 서로 사랑하는 것' 으로 뜻을 풀이하고 있다. 『묵자』에는 도합 61개 처에 '애' 자가 쓰이고 있다는데, 모두 '상애상리(相愛相利)', '애인리인(愛人利人)'(法儀편), '애리만민(愛利萬民)'(尙賢편), '애리가자(愛利家者)', '애리천하(愛利天下)', '애리국가(愛利國家)'(尙同편), '이겸애교상리(以兼愛交相利)'(兼愛편) 식으로 모두 '이(利)' 와 결부되어 있다. '애리(愛利)' 는 '사랑하고 이롭게 해주는 것' 이라 풀이하는 것보다는

'위해주고(아껴주고) 이롭게 해주는 것'으로 풀이하는 것이 합리적일 것이다. 그러니 묵자가 생각했던 '겸애'는 '모든 사람들이 모두가 서로 사랑하는 것'이라기보다는 '모두가 서로 위해주고 서로 이롭게 해주는 것'으로 이해하는 편이 더 정확한 뜻일 것이다.

동한(東漢) 허신(許愼, 98 전후)의 『설문해자(說文解字)』를 보면, '애(愛)'자를 본시는 '행모야(行貌也)' 곧 '길 가는 모습'의 뜻이었다고 풀이하고 있으니 본시는 지금과 전혀 다른 뜻의 글자였다. 본시 이 글자는 '심(心)'부의 글자가 아니라 밑의 '천천히 걷다' 또는 '편안히 걷다'의 뜻을 지닌 '쇠(夊)'부의 글자였다. 금문(金文)에서는 '애'자가 '기(旡)'자와 '우(又)'자가 합쳐져 이루어진 글자인데, 소전(小篆)에 가서 '우(又)'가 '심(心)'으로 변하여 '은혜(惠)'의 뜻을 지닌 글자로 변하게 되고, 한(漢)나라 때 통용된 예서(隸書)에 가서야 지금의 '애'자 모양으로 발전한다. 따라서 『설문해자』에서는 '혜(惠)'자는 어짊(仁)의 뜻으로, 다시 '인(仁)'자는 친(親)의 뜻으로 풀이하고 있다. 그러니 '애(愛)'는 혜(惠)·인(仁)·친(親)자와 뜻이 통하여 '사랑'에 가까운 개념을 지니고는 있지만 현대 개념의 '사랑'보다는 '은혜를 베푼다', '아껴준다', '위해준다'는 뜻에 더 가까운 글자였음이 분명하다.

그러면 남녀 사이의 뜨거운 사랑은 어떤 글자로 표현하였는가? 보통 지금은 단순한 '생각'이란 뜻으로 쓰이는 '사(思)'자이다. 『시경』을 보면, "유유아사(悠悠我思)"라는 구절이 여러 번 보이는데, 이 구절이 들어있는 패풍(邶風) 종풍(終風) 시는 남편에게 구박을 당하고 사는 여인이 남편을 생각하며 부른 노래이고, 패풍 웅치(雄雉) 시는 귀양 가 있는 남편을 그리는 여인의 노래이고, 정풍(鄭風) 자금(子衿) 시는 사랑하는 님을 그리는 노래임이 분명하다. 따라서 "유유아사"의 '사'는 사랑하는 이에 대한 연모의 정을 뜻한다고 볼 수 있다. 곧 "나의 당신에 대한 사랑(또는 그리움)은 끝이 없다."는 뜻이다. 주남(周南) 관저(關雎) 시의 "오매사복(寤寐思服)"의 '사'도 사랑 또는 그리움으로 보고 "자나깨나 사랑한다"로 풀이할 수 있다. 그러나 여기서는 '사'를 조사로 보고, '복'을 '생각한다', '그리워한다'로 풀이하는 편이 옳을 것이다.

특히 악부시제(樂府詩題)인 「유소사(有所思)」와 고시에 흔히 보이는 '상사(相思)'와 '수사(愁思)' 등의 '사'는 분명히 뜨거운 사랑이다. 사랑이 이루어지지 않아 병이 되어 죽을 지경이 되면 그것을 '상사병(相思病)'이라 한다. 죽도록 사랑하는데도 그 마음을 '생각한다'는 정도의 뜻을 지닌 글자로 표현한 것이 중국사람답다.

『중용(中庸)』을 보면, "기쁨 · 노여움 · 슬픔 · 즐거움의 감정이 드러나지 않는 것을 '중'이라 한다."고 하면서 '중용'의

'중'을 설명하고 있다. 그러니 사람의 감정은 올바른 것이 못되는 것이다. 사랑도 사람의 감정이라고 본다면 그것도 중시할 것은 못되는 것이 될 것이다. 성리학자(性理學者)들은 인정(人情)은 천도(天道)의 대가 되는 것으로 보기도 하였다. 그러니 제대로 된 사람들 사이에는 사랑이 꼭 개입되어야 할 필요가 없는 것이다.

심지어 부부도 남녀의 사랑을 바탕으로 하여 맺어지는 것이 아니었다. 결혼은 예에 따라 이루어지는 예식이다. 『의례(儀禮)』의 사혼례(士婚禮)를 보면, 서로 얼굴도 본 일이 없는 남녀가 어른들의 뜻에 의하여 납채(納采, 問名)·예사자(醴使者, 納吉)·납징(納徵, 請期)·예진찬(預陳饌)·친영(親迎)·부지성례(婦至成禮)·부현구고(婦見舅姑)·찬례부(贊醴婦)·부궤고구(婦饋姑舅) 등의 복잡한 예식 순서를 거쳐 결혼이 이루어지고 있다. 이 사이에는 사랑이 끼어들 여지도 없다.

따라서 옛날의 현부인(賢婦人)들은 남편을 대하기를 모두 귀한 손님을 대하듯 하였다.[2] 송시열(宋時烈, 1606-1689)의 『계녀서(戒女書)』에도 부인된 사람은 남편의 "일동일정(一動一靜)에 마음 놓지 말고 높은 손님 대하듯 하라."고 가르치고 있다. 심지어 조선 성종(成宗, 1470-1494 재위)의 어머니 소혜왕후(昭惠

2 程頤「先公太中家傳」.

王后)가 지은 『내훈(內訓)』에서는 "남편은 곧 아내의 하늘이니 예에 따라 응당 공경히 섬기기를 그의 아버지처럼 하여야 한다."고 훈계하고 있다.

당(唐)나라 시대에 나온 유명한 애정소설로 알려진 원진(元稹, 779-831)의 『앵앵전(鶯鶯傳)』을 보면, 과거를 보러 가던 장생(張生)이란 젊은이가 도중의 절에서 양갓집 규수 앵앵(鶯鶯)을 우연히 보고는 사랑에 빠져 여러 가지 곡절을 겪은 끝에 두 사람이 밀회를 하게 된다. 그러나 몇 달이 지난 뒤 장생은 다시 과거를 보러 가서 급제한 뒤에는 정식으로 다른 여자와 결혼하고 앵앵도 결국 다른 남자와 결혼을 하게 되는 결말이다. 그런데 뒤에 장생이란 친구가 그토록 사랑하던 여인을 팽개치고 다른 여자와 결혼하게 되는 자기 변명이 가관이다. "대체로 하늘이 내린 미인 같은 특별한 물건은, 그 스스로 요망된 짓을 하지 않으면 반드시 남에게 요망된 짓을 하게 되는 법이다." "나는 덕이 부족하여 요망된 것을 이겨낼 수가 없어서 내 감정을 억누르게 된 것이다." 이 말을 들은 그 자리에 있던 사람들은 모두 깊이 탄식을 했고, 그때 사람들은 모두가 장생은 자기 잘못을 바로잡은 사람이라 칭찬하였다는 것이다.

원(元)대의 잡극(雜劇)의 대표작이라고 알려진 『서상기(西廂記)』 같은 희곡은 『앵앵전』의 얘기를 극화한 것이지만, 끝에 가서는 어려운 고비를 여러 번 극복한 끝에 두 젊은 남녀가 결혼을 한다는 대단원(大團圓)으로 결말이 맺어지고 있다. 이것은 아무래도 외국의 윤리관이 영향을 미치어 중국 사람들의 남녀 사이나 부부간의 윤리에 변화가 생겼기 때문이라 여겨진다.

그러니 중국 사대부들의 사랑의 상대는 대부분이 기녀(妓女)이거나 여도사(女道士)인 여관(女冠) 같은 신분의 사람들이었다. 심지어 청(淸)대의 강희(康熙)나 건륭(乾隆) 같은 명군(名君)조차도 여러 지방을 자주 순행한 것은 만주족의 황후와는 다른 한족(漢族)의 미녀들을 즐기기 위해서였다고 말하는 이도 있다.

'애(愛)'자가 지닌 '사랑'의 뜻을 살펴보면서, 우리는 아직도 올바른 '사랑'의 뜻을 제대로 알지는 못하고 있는 것은 아닐까 걱정해 본다.

2004. 4. 4

6

우리 집 벽에 걸려있는
두 장의 판화

우리 집에는 중국의 화가가 제작한 판화 두 장이 벽에 걸려
있다. 한 장은 응접실 벽 한쪽에, 다른 하나는 서재의 벽 한쪽
에 걸려있다. 나는 이것들을 바라볼 적마다 서로 다른 각별한
감회를 떠올리게 된다.

응접실 벽에 걸린 판화는 물이 거의 땅 못지않게 많고 잘 자
란 크고 작은 나무들이 듬성듬성 서 있는 사이를 종류를 알 수
없는 흰 새들이 떼지어 날아가고 있는 풍경이다. 판화의 아래
쪽 왼편에는 연필로 '4/50 춘융(春融)'이라 적혀있고, 오른편
에는 '순인성(孫銀生) 1991'이라 자기 서명과 제작연도가 적혀
있다. 작가는 허베이(河北) 사람으로 1950년 생이고 판화가 전
공이라고 한다. 대표작으로 '조춘(早春)'·'북방초춘(北方初春)'

순인성의 춘융(春融)

등 봄을 주제로 한 작품이 있다고 했으니 이것도 대표작이라 할 수 있는 작품 중의 하나가 아닐까 한다. 지금은 장춘영화제 작회사(長春電影制片廠)의 연원극단(演員劇團) 소속으로 무대 미술과 설계를 맡아 활동하고 있다고 한다.

그런데 이 판화를 내게 선물한 사람의 설명에 의하면, 이 판화 작가는 문화대혁명 기간에 다른 많은 예술가들과 함께 홍위병들에게 고초와 핍박을 당한 끝에 추운 겨울에 헤이룽장(黑龍江) 성으로 트럭에 실려가 쓰레기 버려지듯 황량한 벌판에 버려졌다 한다. 많은 사람들이 추위와 배고픔으로 죽었으나 그 중 일부는 명이 길어 요행히 살아나서 뒤에 이들만이 모여 다시 그룹으로 활동하면서 이 작가가 만든 작품이 이것이라는 것이다. 그 얘기를 듣고 보니 이 판화는 거친 북녘 땅에

버려진 뒤 살아나서 남쪽의 따스하고 안온한 땅을 그리는 정을 옮겨놓은 것이라 여겨졌다. 그리고 '춘융'이라는 제목에는 자기 조국의 냉혹한 정치현실이 눈 녹듯이 녹아 봄빛처럼 따스한 환경으로 바꾸어지기를 바라는 소망이 담기어 있음이 확실하다. 그의 대표작 제목에 모두 '춘'이란 글자가 들어있는 것도 그런 소망을 나타내고 있음이 분명하다.

그런데 내 머릿속에는 이 판화를 바라볼 적마다 판화작가와는 또 다른 나와 친분이 두터웠던 중국학자 한 분의 모습이 늘 떠오른다. 그는 『송금잡극고(宋金雜劇考)』라는 중국희곡 연구의 불후의 명저를 남긴 후찌(胡忌)라는 학자이다. 내가 그를 처음 만난 것은 1993년 타이베이(臺北)에서 타이완 행정원(行政院)과 대만대학(臺灣大學) 공동주최로 그들이 중국의 셰익스피어라고 자찬하는 원잡극(元雜劇)의 대표적인 작가 관한경(關漢卿, 1246 전후)에 관한 국제학술대회가 열렸을 때이다. 그때 중국 대륙으로부터 대여섯 명의 가장 유명한 희곡학자들이 초청되어 왔었는데 모두 나와 같은 호텔에 묵었다. 다행히도 그들은 모두 그때 발표한 내 논문[1]이 자기들의 가장 빈번한 논의 대상이 되고 있다고 하면서 나를 가까이 해주고 있었다.

어느 날 저녁 나는 호텔 커피숍에서 후찌와 단둘이 앉아 얘기

1 '竇娥冤'與「踏搖娘」(『河北學刊』1994年 1月, 第1號, 中國 河北省社會科學院 發行).

할 기회가 있었다. 나는 그때 서울대 대학원 강의에서, 앞에 든 그의 책을 교재로 쓰고 있던 참이어서 특히 그에 대한 관심이 많았다. 그때 내가 그에게 "당신은 1950년 중반 무렵 『송금잡극고』라는 대저를 내고는 그 뒤로 별로 이렇다 할 업적을 낸 것이 없는데 그 이유를 도저히 짐작도 못하겠다."고 말하자, 그는 나를 쳐다보면서 자기 얼굴을 잘 살펴보아 달라고 부탁 비슷한 말을 하였다. 나는 그의 요구대로 그의 잘 생기지도 않은 얼굴을 찬찬히 살펴보았다. 잠시 뒤 그는 자기 얼굴의 볼이나 이마는 말할 것도 없고 눈과 코와 입 같은 것 모두가 자기가 타고난 그대로의 온전한 모습이라고 생각되느냐는 질문을 하여 왔다.

정말 자세히 보니 그의 얼굴은 온전히 제 모습 그대로라고 생각되는 구석이란 한 군데도 없었다. 그는 다시 입을 열어 자신이 문화대혁명 때 제자들에게까지도 두드려 맞는 등 온갖 수모와 고초를 다 겪은 끝에 트럭에 실리어 가 헤이룽장(黑龍江) 벌판에 쓰레기 버려지듯 내팽개쳐졌다는 경과를 얘기해 주었다. 죽을 고비를 여러 차례 넘기며 용하게도 지금껏 살아 있기는 하지만 또 무얼 할 수가 있었겠느냐는 것이다. 그 얘기를 듣는 내 가슴이 저렸다. 그는 강남의 남경(南京) 사람. 이 판화를 볼 적마다 그 작가는 직접 알지 못하는 사람이라 그뿐이지만, 그 뒤로 가까워진 후찌의 모습이 내 머릿속에 대신 떠오른다. 마치 후찌가 북쪽 벌판에서 죽을 고비를 넘기고 강남의 자기 고향을 그리는 상념(想念)이 담겨있는 것 같이 여겨지는 판화라고 생각되는 것이다.

2001년 7월 한국희곡학회를 따라 우시(無錫)에서 열린 학술대회에 참석한 뒤 난징(南京)으로 와서 후찌에게 전화를 걸어 그를 내가 묵고 있던 호텔로 불러내어 차를 마시며 환담을 한 것이 마지막 만남이었다. 그때도 그는 무척 병약하여 거동도 불편하고 식사도 제대로 못하는 형편이었으나 억지로 내 호텔로 찾아와 만나 주었다. 그 무렵 그는 왕꿔웨이(王國維, 1877-1927)의 『송원희곡고(宋元戱曲考)』 이래로 지금까지 나온 중국 희곡사가 아직도 중국 전통연극에 대한 올바른 이해를 바탕으로 하지 못하고 있다고 생각하고, 올바른 중국희곡사를 쓰기 위하여 대표적인 중국희곡학자들을 모아 자비로 『희사변(戱史辨)』이란 책을 동인지 비슷하게 내고 있었다. 며칠 전에는 인편에 최근에 나온 『희사변』 제3권을 보내왔었다. 그런데 2005년 4월 타이베이에서 열리는 곤곡국제대회(崑曲國際大會)에서 다시 만나기로 했었으나 그는 그 직전에 세상을 떠 버리어 그 학회에 참석을 못하였다.

'서설영춘(瑞雪迎春)'이란 제목이 붙은 서재에 걸려있는 판화는 시안(西安)에서 활동하고 있는 중견작가 딩지당(丁濟棠, 1935년 생)의 작품이다. 음력 설 무렵, 중국 서북부 지방 농촌의 평화로운 풍경을 옮긴 작품이다. 뒤편에 산이 있고 나무들

딩지당의 서설영춘(瑞雪迎春)

이 알맞게 자라 있는 시골 마을 마당에서 아이들이 폭죽(爆竹)을 손에 들고 터뜨리며 개와 함께 놀고 있는 풍경이 담긴 매우 아름다운 작품이다. 그러나 이 판화도 입수한 경위가 특수하여 바라볼 적마다 각별한 감상을 일게 한다.

1989년 7월 중국희곡학회 회원들과 옛날의 희곡 관계 유물이 무척 많은 샨시(山西)성 지역으로 희곡탐사 여행을 갔다. 특히 샨시의 희곡 유물 중에 가장 인상 깊었던 것으로는 원(元)나라 때의 희대(戲臺)와 잡극(雜劇)을 공연하는 벽화 및 여러 가지 가무(歌舞)와 연극을 하는 조각이 된 전(磚)으로 둘러싸이고, 한편에는 작은 무대 위에서 연극을 하는 토용(土俑)들을 만들어 놓은 금(金)나라 사람들의 묘 같은 것들이 있다. 이때 희곡 탐사를 마치고 우리는 다시 중국의 역사적인 수도였던 션시(陝西)성 시안(西安)으로 갔다.

첫 날 일행은 진시황 능과 병마용(兵馬俑) 등을 보러 갔으나 나는 시안에 그대로 남아 그곳 학자들과 션시성 문화국장을 만나 학술교류 문제를 의논하였다. 저녁에 일행이 돌아와 여러 명이 입을 모아 하는 말이 길거리에 농민들이 그렸다는 농민화(農民畵)를 팔고 있는 곳이 많았고 무척 사고 싶었는데 그림 값도 무척 들쑥날쑥하고 진짜인지 가짜인지도 알 수 없어 사지 않았다고 했다. 그 말을 들은 성 문화국장은 그 자리에서 농민들의 그림을 사고 싶다면 호현농민화협회(戶縣農民畵協會)가 시내에 있는데 그곳에 가면 진짜 농민들이 그린 작품을 살 수 있으니 내일 틈을 내어 자신이 그곳을 안내할 수가 있다는 것이다. 나는 다음 날도 그곳 학자들과 협의할 일이 남아 일행과 함께 관광을 할 수가 없었음으로 내가 틈을 내어 혼자 국장과 함께 가서 농민화를 사오기로 하였다. 일행에게 몇 장의 그림이 필요한가 물으니 그들은 많을수록 좋으니 가지고 있는 돈이 자라는 대로 능력껏 많이 사오라는 대답이었다.

다음 날 나는 그곳에 함께 온 중국 희곡계의 거물 취류이(曲六乙) 선생과 함께 션시성 문화국장을 따라 그의 차를 얻어 타고 농민화협회를 찾아갔다. 그곳에서는 협회장을 맡고 있는 중견 판화가인 딩지당 선생이 우리를 맞아주었다. 그곳에는 10여 명의 농민들의 문패가 달린 방이 늘어서 있었고, 방마다

각기 그려 놓은 그림과 그림 용구들이 널려 있었다. 그곳 후셴
(戶縣) 지방에서는 오래 전부터 일부 농민들이 가을에 추수를
끝내놓고는 그림을 그리는 풍습이 있다고 한다. 시안으로 외
국 관광객이 많이 몰려오자 그들은 그 농민들의 그림을 관광
상품으로 개발하기 시작한 것이다. 각 방의 그림을 모두 모아
보니 80여 장이나 되었다. 그림 값을 흥정한 뒤 그중에서 대충
60여 장을 골라 샀다. 뒤에 함께 간 일행들은 모두가 그 그림
을 좋아하여 어쩔 수 없이 고루 나누어 주었는데 모두들 매우
만족스러워 하였다.

중국에서 성의 문화국장은 직위가 상당히 높은 관리여서 승
용차도 매우 좋은 외제차를 타고 있었다. 딩 선생의 사무실 벽
에는 그의 창작활동과 관계가 있는 보도를 한 인민일보(人民日
報)의 스크랩 여러 장과 함께 자신의 작품 10여 점이 걸려있었
다. 용무가 끝난 뒤 문화국장이 딩 선생에게 함께 온 취 선생을
가리키며 "북경으로부터 우리 당의 대선배이신 취 선생님이 어
려운 걸음을 하셨는데 기념으로 당신 작품 하나 선물할 수 없겠
느냐?"고 물었다. 딩 선생은 두말없이 자신의 판화 한 점을 가
져다가 그 자리에서 연필로 서명을 한 뒤 취 선생에게 선물하였
다. 그리고 한담을 나누다가 취 선생은 내게 딩 선생의 판화를
칭찬하면서 여기 걸려있는 작품 중 어느 것이 가장 마음에 드느
냐고 묻는 것이었다. 나는 바로 내가 보아둔 한 작품을 손가락

질하며 저것이 가장 잘되었다고 여겨진다고 대답하였다. 그러자 취 선생은 자기 생각과 똑같다고 하고는 그 판화가 걸려있는 벽 앞으로 걸어가 그 작품을 쳐다보며 정말 훌륭한 작품이라고 칭찬을 하면서 그 앞을 떠나려 하지 않았다. 문화국장은 그러한 취 선생의 모습을 보고는 딩 선생에게 저 작품을 내려 취 선생에게 드리라고 명령을 하였다. 딩 선생은 다른 작품은 다 괜찮으니 제발 저 작품만은 빼고 다른 것을 골라달라고 애원하였다. 그러자 문화국장은 사회주의 예술론을 들먹이면서 당의 대선배님께 이런 정도의 봉사도 못할 자세라면 예술활동은 해서 무엇하겠느냐고 윽박질렀다. 도저히 거절 못하겠다고 단념한 딩 선생은 의자를 갖다놓고 올라서서 울상을 하고는 그 판화를 내린 다음 연필을 들고 아래쪽에 화제와 자기 이름을 서명하였다. 다시 문화국장이, 그림에는 화가의 도장을 찍어야 하는데, 너는 어째서 도장도 찍으려 하지 않느냐고 윽박지르자 딩 선생은 다시 아무 말 없이 자기 책상으로 돌아가 서랍을 열고 도장을 찾아다가 자기 이름을 서명한 끝자리에 도장을 찍었다.

호텔로 돌아와 취 선생은 그 판화를 다시 내게 선물하였다. 그런데 지금까지도 그 판화를 자세히 쳐다볼 적마다 정말 잘된 작품이라고 느껴지는 한편 작가인 딩 선생이 얼굴을 찌푸리고 억지로 마지못해 판화를 내려주던 모습이 떠오른다. 이 판화가 내게 와 있다는 것을 편지로 딩 선생에게 알려줄까 하여 몇몇 친구들에게 의논해보니, 차라리 그 작가가 작품이 여기와 있다는 것을 모르는 편이 나을 것이라는 의견들이었다. 그래서 표구를 한 뒤 지금껏 서재 벽에 걸어놓고 가끔 그것을 감상하고 있다.

딩 선생은 판화가이며 중국미술협회 회원이다. 그는 후셴(戶縣)의 농민들이 그리는 그림을 개발한 사람으로 호현문화관(戶縣文化館) 관장, 호현농민화협화 주석(主席), 섬서미술가화랑(陝西美術家畵廊) 부주임, 섬서성 농민화가협회 주석 등을 지내면서 판화가로 활동하는 일면 수십 년 동안 농민화 발전에 크게 힘을 기울이어 왔다. 여러 번 문화부와 성으로부터 상과 표창도 받았고, 전국문대회(全國文大會)·전국미대회(全國美大會)에도 참석하고 있다. 여러 번 전국미전(全國美展)과 국외의 전시회도 열어서 그의 작품은 나라 안팎에 알려져 있다 한다.

인터넷에 의하면, 그의 대표 작품으로 '체패(砌壩)'·'간희(看戲)'·'타홍조(打紅棗)'·'파산조(巴山早)'와 함께 '서설영춘(瑞雪迎春)'이 있다고 하였다. '서설영춘'이란 작품은 여러 가지 사정으로 보아 작품을 완성한 뒤 창작한 판이 깨어져서 다시 다른 작품을 찍어내지 못한 유일 판이 아닐까 생각된다. 이제는 세월도 오래 되었으니 작가에게 이 작품이 내게 와 있다는 것을 알려주어야만 할 것 같다.

2011. 3.

7

동양 종교의 타성

서양의 종교는 신앙을 통하여 외부의 절대적인 존재에게서 구원을 추구하고 있는데 비하여 동양의 종교들은 자신의 수양을 통하여 스스로가 구원될 수 있는 존재가 되기를 추구한다. 곧 동양의 종교는 생로병사(生老病死) 같은 인간의 고뇌를 외부의 전지전능하신 절대자에 의지하여 해결하려는 것이 아니라 수양을 통하여 자기 스스로 그런 문제들로부터 벗어나는 존재가 되려고 한다. 동양의 대표적인 종교로 유교 · 불교 · 도교의 세 가지가 있다. 이들 종교의 신앙생활을 통하여 추구하는 최종 목표는 자기 자신의 수양을 통하여 유교에서는 성인 (聖人)[1], 불교에서는 부처님(佛), 도교에서는 신선(神仙)이 되는

....
1 물론 이는 朱子學을 중심으로 하는 新儒敎의 경우이다.

것이다.

본시 유교의 성인은 세상에 문명을 창조한 인류를 이끌어준 위대한 사람으로 아무나 될 수가 없는 경지의 사람이었다. 곧 전설적인 요(堯)임금과 순(舜)임금, 하(夏)나라(B.C. 21세기-B.C. 16세기)를 세운 우(禹)임금, 상(商)나라(B.C. 16세기-B.C. 1027)를 세운 탕(湯)임금, 주(周)나라(B.C. 1027-B.C. 256)를 발전시키고 또 세운 문왕(文王)과 무왕(武王) 같은 성왕들과 유교의 창시자인 공자(孔子) 같은 분이 성인이다. 후세에는 다시 세상의 예악제도(禮樂制度)를 마련한 주나라의 주공(周公)도 성인으로 추앙되었다. 이런 인물은 보통 사람으로서는 아무리 노력을 한다 해도 이를 수가 없는 경지의 사람이다. 타고나지 않으면 안 된다. 따라서 공자도 『논어(論語)』를 보면 사람들에게 군자(君子)가 될 것을 설교하고 있지 성인이 되라고 가르치지는 않고 있다.

그러나 송대에 와서는 불교와 도교의 영향을 받아 유학이 도학(道學)으로 발전하면서 성인에 대한 인식이 바뀌어진다. 우선 주돈이(周敦頤, 1017-1073)가 『통서(通書)』에서[2] "성인은 공부하여 될 수가 있다." 하였고, 정이(程頤, 1033-1107)는 학문이란 "배워서 성인이 되는 길이다.", "성인은 공부하여 될

2 『通書』 聖學 第20.

수가 있다."³고 하였다. 이에 송대 이후의 유학의 학문목표는
성인이 되는 데 놓이게 되었다.

그들의 학문방법은 『대학(大學)』의 다음과 같은 이론을 근거
로 하고 있다.

"사물에 대하여 그 이치를 연구한 뒤에야 앎이 지극히 발
전하게 되고, 앎이 지극히 발전한 뒤에야 뜻이 정성스럽게
되고, 뜻이 정성스럽게 된 뒤에야 마음이 바르게 되고, 마음
이 바르게 된 뒤에야 자신이 닦이어지고, 자신이 닦이어진
뒤에야 집안이 질서있게 가지런해지고, 집안이 질서있게 가
지런해진 뒤에야 나라가 잘 다스려지고, 나라가 잘 다스려진
뒤에야 천하가 평화롭게 될 것이다."

物格而后知至,　知至而后意誠,　意誠而后心正,　心正而
물 격 이 후 지 지　　지 지 이 후 의 성　　의 성 이 후 심 정　　심 정 이

后身脩, 身脩而后家齊, 家齊而后國治, 國治而后天下平.
후 신 수　 신 수 이 후 가 제　　가 제 이 후 국 치　　국 치 이 후 천 하 평

학문 최후의 목표는 "천하를 평화롭게 한다."는 데 두고 있
으며, 천하를 평화롭게 할 수 있는 사람은 곧 성인인 것이다.
그런데 실상 사람이라면 "자신을 닦는 일"은 말할 것도 없고,

··················
3 『程氏文集』卷八 伊川先生文 四(『近思錄』卷 2).

그 첫째 계단인 "사물에 대하여 그 이치를 연구하는 일"도 죽을 때까지 온 힘을 다해 노력해 보아야 다 이룰 수가 없는 것이다. 결국 사람들은 어느 누구도 평생을 두고 애만 쓰고 말 뿐, 어느 누구도 성인은 되지 못하고 만다.

모두들 성인이나 부처·신선을 추구하는 것은 성인·부처·신선이 된 다음 살아가느라 고생을 하는 중생들을 구제해 주겠다는 것이다. 그러나 그들은 죽을 때까지 수련을 하여도 그 목표에 도달하지 못하고 말기 때문에 중생들이나 세상을 위하여 실상은 아무런 일도 못하고 만다. 결국 그들은 살아가기 위하여 자기들 사회에서 아무런 다른 일도 하지 않으면서 유학자는 유학을 공부하는 선비라는 신분을 지키기에만 힘쓰게 되고, 불교와 도교 신자는 자기 종교의 가르침을 따른 수련만 하면서 살아가게 된다. 자신의 목표인 성(聖)·불(佛)·선(仙)의 경지에는 가까이 가지도 못하고 자기 자신이나 간수하기에 여념 없이 살다가 가는 것이다.

그러나 사람이 지니고 있는 성능은 작고 큰 것을 막론하고 그것을 세상에서 남을 위하여 쓸 적에 그 가치가 드러나게 된다. 아무리 위대한 능력이라 하더라도 그것을 혼자 갖고만 있다면 그것은 아무런 가치도 없는 것이다. 만 근의 무게를 들어 올릴 힘이라도 그것을 쓰지 않고 홀로 갖고만 있다면 그것은 아무런 가치도 없는 것이다. 한 근의 무게를 들어 올릴 힘이라도 세상에 나가 남을 위해서 또는 세상을 위하여 한 근 무게의 물건을 들어 올려 준다면 그 능력은 매우 소중한 것이다. 수백 억의 재산도 홀로 갖고만 있으면 그것은 아무런 가치도 없는 것이다. 단 돈 천 원 밖에 없는 사람이라도 굶주리는 사람을 만나 그 돈을 그에게 내주었다면 그 천 원은 값진 것이다. 따라서 사람들은 모두가 지금의 자기 처지에서 자기 능력을 가지고 세상을 위하는 일에 또는 세상 사람들을 위하는 일에 도전하여야 한다. 그런 사람이야말로 성·불·선의 성능을 지닌 사람이 되는 것이다.

집안 식구도 버리고 집을 나가 아무도 없는 외진 깨끗한 곳을 찾아 참되고 고통 없는 삶을 산다지만 홀로 깨끗하고 홀로 위대하게 된다고 하더라도 그것은 아무런 가치도 없는 것임을 알지 못하는 것이다. 그들은 이 세상은 더럽고 속된 속세이고 거기에 사는 사람들은 속된 속인이라 한다. 그러한 속됨으로부터 벗어나 홀로 깨끗한 삶을 추구하는 것이다. 그러나 속세는 결코 더럽거나 속된 곳이 아니며 속인은 더러운 사람들이 아니다. 아무리 발버둥치고 도망쳐 보았자 사람들은 모두가 속인이다. 속인이 아닌 사람은 있을 수가 없다. 우리는 속세에 속인으로 살면서 속세를 위하고 속인들을 사랑하며 살아가야 한다.

유가에서도 송대 이후 유학이 도학으로 발전한 뒤에는 그들의 학문방법은 주희(朱熹, 1130-1200)가 말한 것처럼 "오직 공경스러운 자세로 언제나 살아가는 거경(居敬)과 늘 진리를 얻으려고 골똘히 생각하는 궁리(窮理) 두 가지 일에 달려 있다."[4]고 굳게 믿었다. 자기의 마음가짐을 정성되게 하고(誠意), 자기 마음을 올바르게 갖기(正心) 위하여 언제나 공경스러운 자세로 처신하는 것이 거경(居敬)이고, 모든 일과 물건의 이치를 추구하여(格物), 참된 지식을 얻기(致知) 위하여 늘 골똘이 생각하는 것이 궁리(窮理)이다. 곧 그들의 공부 또는 학문은 바로 자기의 몸을 바르게 닦는 수신(修身)을 뜻하는 것이기도 하다. 따라서 가족을 생각할 겨를도 없고 세상일에 신경을 쓸 여유도 없게 된다.

결국 유교나 불교·도교를 막론하고 동양의 종교가나 사상가들은 모두가 구도자(求道者)들이어서 이 세상 속에서 이 세상들과 함께 살면서 세상 사람들을 위하여 살줄을 몰랐다. 우리는 흔히 올바름을 추구하는 진지한 자세를 '구도자적인 자세'라 말한다. 그러나 구도자들은 '도' 이외의 것에 대하여는 관심이 없다. 이 세상에서 자기만이 옳다. 이 세상의 잘못된 생각이나 일들은 모두 다른 사람들 때문이다. 독선적이고 배타적이다.

---

4 『朱子語類』卷九; "學者工夫, 唯在居敬窮理二事."

신앙도 홀로는 무의미하다는 것을 깨닫지 못하고 있다. 신앙도 남과 어울리어 공동체를 이룰 때 진실해질 수가 있는 것이다. 흔히 자기에게만 능력이나 돈을 내려주고 복을 내려주기를 빌지만 그것은 무의미한 것이다. 천당도 홀로 가 보아야 형편없는 곳이 되고 만다는 것을 모른다. 이 세상을 떠나 산속에서 홀로 무얼 하겠다는 것인가? 홀로 만 년을 산들 무슨 뜻이 있는가?

석가모니가 수도를 한 것은 사람들의 피할 수 없는 불행인 생로병사(生老病死)를 초극(超克)하기 위해서였다. 도사들이 신선술을 닦는 것도 늙지 않고, 병들지 않고, 죽지 않는 방법을 터득하려는 것이다. 모두 사람으로서는 피할 수 없는 개인적인 문제이다.

공자의 유학은 본시 어떻게 하면 사람이 세상에서 올바로 사는 사람이 되는가, 어떻게 하면 이 세상을 질서가 있는 태평세계로 이끌 수가 있는가 하는 현실적인 문제를 추구하는 것이었다. 그러나 남송(南宋) 이후로 유학의 목표가 개인의 수신을 바탕으로 하여 성인이 되기를 추구하는 학문으로 발전하면서 중국이란 나라와 중국의 전통문화는 크게 달라졌다. 곧 모든 지식인들이 자기 문제를 생각하느라고 나라나 사회 또는 남에 대하여는 관심을 지닐 여유를 잃었기 때문이다.

남송 이후로는 중국의 시나 회화 등도 모두 그러한 경지를 추구하게 된다. 곧 자기만의 가치 또는 자기 본위의 가치만을 추구하게 되었다는 것이다. 그러한 예술은 무척 고상한 것 같지만 멀리 가지 못하고 곧 벽에 부딪히게 된다.

흔히 우리는 개인의 행복 조건으로 오복(五福)을 든다. 그것은 오래 살고(壽), 부자가 되고(富), 건강하고 편안하고(康寧), 아름다운 덕을 닦고(攸好德), 늙도록 오래 살고 죽는 것(考終命)이다. 모두 개인 자신의 문제이다. 이는 『서경(書經)』 홍범(洪範)편에 나오는 말인데, 그곳에는 또 '하늘이 내린 여섯 가지 불행'인 육극(六極)도 보인다. 사람이 횡사하거나 일찍 죽는 것(凶短折), 병이 나는 것(疾), 걱정이 생기는 것(憂), 가난해지는 것(貧), 흉악한 것(惡), 약한 것(弱)의 여섯 가지인데 역시 모두 개인적인 문제이다.

구원을 외부에서 구하는 종교들은 남에 대한 관심이나 배려가 많다. 그에 비하여 자기 스스로가 구원될 수 있는 존재가 되려는 종교는 남이나 외부에 대한 관심을 지닐 여유가 없다. 그래서 일반적으로 동양의 종교는 기복적(祈福的)인 경향으로 흐르면서 자기만을 생각하게 된다.

다만 외부에 구원을 추구하는 종교는 자기의 신앙만이 절대적이고 자기와 다른 것은 모두 이단이 된다. 아무리 악한 자라도 결국 자기의 신앙으로 귀의하면 그 사람은 구원을 받지만, 아무리 착하고 올바른 사람이라 하더라도 자기의 종교 교리를 받아들이지 않는 자는 구원을 받을 수가 없는 자기의 적이라고 단정한다. 다시 말하면, 이단자들은 구원을 방해하는 제거해야할 존재로 인식되기도 한다. 그래서 종교전쟁이 끊일 날이 없다. 그러나 자기의 수양을 통하여 자신이 스스로 구원되는 종교는 남을 배려할 여유는 없지만 자기가 믿는 종교의 수양방법만이 절대적인 것이라 생각하지 않는다. 다른 사람의 경험이나 수양방법도 존중하고 본뜨려 한다. 따라서 자기와 다른 종교도 무조건 비판하지 않고 좋은 면을 찾아 본받으려 한다. 때문에 종교로 말미암은 전쟁은 발생하지 않는다. 이처럼 동양종교에도 다른 종교의 훌륭한 교리를 존중하는 장점도 있는 것이다.

그러나 무엇보다도 사람은 혼자서는 살 수도 없고 또 그 존재도 무의미한 것임을 알아야 한다. 어질 인(仁) 자는, 사람 인(人) 자와 두 이(二) 자가 결합된 글자이다. 사람은 두 사람 이상이 화합하여야 사람값을 지니어 사람다운 사람이 된다는 뜻에서 이런 글자를 만들었을 것이다. 홀로인 사람은 전혀 무의미한 존재이다. 홀로라면 사람의 어떤 것도 모두 아무런 가치도 없는 것임을 알아야 한다.

2007. 3. 21

8

중국영화 「메이란팡(梅蘭芳)」에 대한 단상

　2007년 4월 초순 일간 신문에서 중국의 명감독인 츤카이꺼 (陳凱歌)가 만든 영화 「메이란팡」이 개봉된다는 소식을 읽었 다. 며칠 뒤 시간을 쪼개어 그 영화를 보러 가려고 하였으나 관객들의 반응이 시원치 않아 이미 상연을 접어버린 뒤였다. 그리고 여러 날 뒤 다행히도 나는 그 영화의 DVD를 구하여 볼 수가 있었다.

　메이란팡(1894-1961)은 남자이면서도 중국의 전통연극인 경 극(京劇)의 여주인공 청의(靑衣) 역할을 맡아 여러 경극 작품의 주인공인 중국 역대 미인들로 분장하여 요염한 몸놀림과 아름 다운 목소리로 한 시대의 관객들을 매료시켰던 세계적인 배우 이다. 일본에는 1919년에서 시작하여 세 번이나 가서 공연하

메이란팡이 경극 「낙신(洛神)」에서 낙수(洛水)의 여신으로 분장한 모습.

여 일본 사람들을 열광시켰고, 미국과 소련 여러 도시에 가서
공연하여 서양 사람들을 매료시키고 세계의 연극계 인물들과
도 교류하였다. 중화인민공화국이 선 다음에는 배우에 그치지
않고 전국인민대표대회 대표, 중국희곡연구원과 중국희곡학
원 원장 등으로도 활약하였다. 한국전쟁 때에는 서너 차례나

수십 개의 극단을 이끌고 북조선에 와서 최전방의 중국인민지원군을 위하여 위문공연을 하고 김일성, 최용건 등과도 만나고 있다. 1956년 그가 63세 되던 해에 일본으로 가서 근 2개월 동안 각 도시를 돌며 공연하였는데, 교토(京都)에서 공연했을 적의 기록을 보면 입장료가 1,500엔[1]이었는데도 10여 일 전에 입장표가 매진되는 열광적인 반응이었다 한다.[2] 63세의 노인이 어떻게 세기적인 미인들의 배역을 맡을 수 있었는지 신기하기만 한 일이다. 중국 최후의 '청의'라는 칭송을 받은 그의 아들 메이바오지우(梅葆玖)도 지금은 무대에 오르지 않고 있지만 60대까지 '청의' 역으로 경극에 출연하였다.

경극은 중국에 지금도 공연되고 있는 수많은 전통연극 가운데의 하나로 베이징을 중심으로 하여 발전한 것이다. 전국의 연극 관계자들 110여 명을 동원하여 중국 각 지방에 공연되고 있는 전통연극 종류를 조사하여 해설한 『중국희곡극종수책(中國戲曲劇種手冊)』[3]에 해설이 실려 있는 전국 각지의 전통연극 종류가 360종에 이른다. 그리고 〈부록〉「각 성(省), 시(市), 자치구(自治區)의 본지(本地)와 외래극종 간황표(外來劇種簡況表)」에 의하면, 그 많은 극종 가운데 중국 전국 각지 심지어는 네

....

1 당시 입장료가 비싸기로 유명한 歌舞伎도 1000엔 넘는 일이 없었다 한다.
2 吉川幸次郎 『閑情の賦』 梅蘭芳その他 참조.
3 北京 中國戲曲出版社, 1987.

이멍구(內蒙古) · 신짱(新疆) · 시장(西藏) · 간수(甘肅) · 닝샤(寧夏) · 헤이룽짱(黑龍江) 등지에까지도 완전히 보급되고 있는 연극이 경극이다. 그뿐 아니라 경극은 중국의 지배계층으로부터 아래의 노동자 농민들에게 이르기까지, 그리고 한족뿐만이 아니라 소수민족들에 이르기까지 13억 인구가 널리 함께 즐기고 있는 연극이다. 세계에 달리 유례가 없는 위대한 대중예술이라고도 할 수 있다. 경극 이외에도 각 지방에는 그 지방의 말과 노래의 가락을 응용한 여러 종류의 지방희(地方戱)가 유행되고 있으니 중국은 명실 공히 연극의 나라라고 할 수 있다. 그런데 이러한 그들의 전통연극은 청나라에 들어와 더욱 성행하게 된 것이고, 특히 건륭(乾隆, 1736-1795) 말엽 이후 경극이 이루어진 뒤 청나라 사람들은 위아래 사람들 모두가 더욱 경극에 빠져든다. 그리고 경극은 그들의 수많은 현재 전하는 전통연극의 음악이나 연출 기법을 이끌고 있는 가장 대표적인 전통 연극이다.

DVD를 통해서 「메이란팡」이란 영화를 보니 영화가 잘못되어서가 아니라 한국 사람들이 경극이나 메이란팡에 대하여 너무 모르고, 또 경극 자체를 별로 좋아하지 않기 때문에 한국에서의 흥행은 실패였음을 알게 되었다. 이 영화에서는 메이란팡이 3대째 이어져 오고 있는 가업인 경극의 여주인공 '청의' 역을 계승하여 노력 끝에 명배우가 되고, 대선배의 반대

1953년 메이란팡이 부조위문단을 거느리고
조선에 와 개성(開城)에서 위문공연을 하는 모습.

에도 불구하고 경극의 개량에도 열의를 다하여 큰 성공을 거
둔다. 메이란팡의 연기는 유안스카이(袁世凱) 같은 고관 장군
이나 차이유안베이(蔡元培) 같은 대학자들로부터 낮은 백성들
에게 이르는 온 중국 사람들을 열광케 한다.

1930년에는 자기가 살던 집을 저당 잡히고 여비를 마련하여
경극을 전혀 이해하지 못하는 미국 공연이란 모험을 하여 경
기 불황 때임에도 불구하고 큰 성공을 거둔다.

1937년 일본군이 중국을 침략했을 적에 일본군은 "메이란
팡을 정복하여야 중국 정복에 성공한다."고 하면서 메이란팡
에게 경극에 출연을 할 것을 강요했으나, 그는 베이징에서 상
하이로 옮겨 가면서 목숨을 걸고 일본의 압력에도 굴하지 않

고 공연 출연을 거부하는 의기도 보여준다. 그리고 경극을 위하여 뜨거운 사랑도 미루는 대목은 감동적이기도 하다. 메이란팡은 1945년 2차대전 승리 뒤에는 다시 세상에 나와 청의로 활약하게 된다. 상당히 잘 만든 영화라고 생각되는데 한국에서의 반응은 냉담한 것이다.

경극을 중시하는 중국 당국의 태도는 처음부터 지금까지 변함없이 이어지고 있다. 그들의 붉은 군대는 1927년 8월 1일 태어날 적부터 지금에 이르기까지 모든 부대가 언제나 자신들의 극단을 갖고 경극을 중심으로 하여 연극공작을 계속하였다.

1931년 짱시(江西) 루이진(瑞金)에서 국민당 군대의 포위 속에 소비에트 지역을 만들면서도 60개의 극단을 만들어 농촌 순회공연을 하게 하였다. 그곳에서 밀려나 전멸의 고비를 수없이 넘기며 1936년 만리장정을 끝내고 션시(陝西) 바오안(保安)에 겨우 발을 붙이고도 30개의 극단을 각지에 보내어 공연케 하고 있다.[4] 경극을 통해서 얻어지는 힘으로 붉은 군대는 악조건을 극복하고 국민당 군대와 싸워 결국은 이겼다. 한국전쟁 때도 메이란팡·조우신팡(周信芳)·마렌량(馬連良) 같은 경극의 명배우들이 모두 서너 번 씩이나 수많은 극단을 이끌

....

4 Edgar Snow, Red Star Over China Chap. 3, 5. Red Theater 참조.

고 힘든 싸움을 하고 있는 중국지원군을 위문하러 북조선을 찾아와 위문공연을 하였다. 그들은 이들 부조위문단의 활약을 소개하면서 그들에 힘입어 중국지원군은 온갖 현대무기를 다 동원하고 있는 미국군대를 상대로 잘 싸워 이겼다고 말하고 있다.

청나라 중엽 이후 정치와 국방은 엉망이어서 서양 여러 나라들이 멋대로 침략하고 약탈하여 중국이라는 나라는 형편없는 지경이었다. 그들 스스로 백년국치(百年國恥)라는 말을 쓰고 있다. 심지어 나라에 주인이 없다고 할 지경이었다. 그러나 중국은 쪼개어지지 않고 오히려 더 큰 나라로 발전하였다. 그들에게는 온 백성들이 함께 즐기며 한마음이 되어 함께 뭉치도록 하여주는 경극 같은 연극이 있었기에 아무도 그들을 망치거나 깰 수가 없었을 것이다. 때문에 중국 사람들은 경극을 통하여 위안을 받고 격려를 받으며 13억 민족을 화합시키고 나라를 이끄는 힘까지 얻으려는 것이다.

일반 중국 사람들은 자기네 역사 같은 지식도 대부분 책보다 경극을 통해서 얻고 있다. 경극의 대가인 치루샨(齊如山, 1875-1962)은 그의 『오십 년 이래의 경극(五十年來的國劇)』[5] 제4장에서 "최근 1100년 동안 중국의 전국 인민의 사상은 완전히

....

5 臺北, 正中書局, 1962.

연극에 의하여 통제되어 왔다."고 하면서 다음과 같은 보기를 들고 있다. 주나라에 있어서는 주공(周公)과 소공(召公)이 매우 공로가 큰 중요한 인물인데도 경극 때문에 일반 사람들에게는 강태공(姜太公) 만큼 알려져 있지 않다. 한나라에 있어서는 소하(蕭何)나 조조(曹操) 같은 인물이 중요한데 경극 때문에 제갈량(諸葛亮)을 사람들은 더 중요한 인물로 알고 있다. 당나라에 있어서는 위징(魏徵) 같은 큰 인물보다도 경극을 통해서 사람들은 설인귀(薛仁貴)를 더 잘 알고 있다. 심지어 당나라 때의 장사귀(張士貴)와 송나라 때의 반미(潘美)는 『당서(唐書)』와 『송사(宋史)』 같은 역사 기록을 보면 나라의 공신이며 충신인데, 경극에서 그들을 좋지 않은 사람으로 출연시키고 있어서 일반 사람들은 모두 그들을 나쁜 사람으로 알고 있다는 것 따위이다. 그 밖에 『삼국지』에 나오는 관우(關羽)가 중국 민간의 보호신으로 받들어지고 관색(關索)이란 있지도 않은 그의 아들을 만들어 놓고 영웅신으로 숭배하는 고장이 많은 것도 이러한 연극의 영향이다. 실제로 중국의 서민들은 교육을 제대로 받지도 못하였으면서도 자기네 역사나 전설에 대한 지식이 제대로 공부한 사람들보다도 풍부하다. 그중에는 역사적인 사실로부터 어긋나는 것들도 적지 않지만 지식인들도 오히려 그 대중의 역사지식에 이끌려가는 형편이다. 이 때문에 중국에서는 경극을 무척 중시하고 있는 것이다.

작년⁶에 접했던 아침 뉴스에 의하면, 중국에서는 모든 소학교에서 경극의 창을 가르치기로 하였다 한다. 경극 교육을 중학교까지 확대할 예정인데, 교사가 부족하여 큰 고민이라 하였다. 중국은 당국에서도 경극을 적극적으로 밀고 나갈 작정임이 분명하다. 소학교, 중학교에서부터 경극 교육을 시키려는 것은 어릴 때부터 경극을 가까이 하도록 하여 일반적으로 젊은 세대가 서양음악의 영향으로 경극을 좋아하지 않는 태도를 바로잡아주려는 것이라고 여겨진다.

2008년 8월 8일 베이징에서 개최된 올림픽의 장이모우(張藝謀) 감독 지휘 아래 진행된 성대하고 화려한 개막식에는 위대한 중국의 전통문화와 국력을 세계에 과시하는 중에 경극의 여러 가지 모티프가 응용되고 있음을 전 세계 사람들이 전파를 통해서 감동 속에 구경하였다.

이 경극은 만주족의 금나라와 몽고족의 원나라가 중국을 정복하고 지배하기 시작하면서 발전시킨 새로운 계열의 연극이라서, 거기에 쓰이는 음악이나 무용 및 장식은 우리의 전통적인 음악이나 미술 감각과는 크게 다른 성격의 것이다. 따라서 한국 사람들은 경극에 공감하기가 쉽지 않다. 중국문화권 속에서 그 문화를 발전시켜 온 우리나라인데도 우리는 이 경극

....

6 2008. 2. 27.

의 명배우에 관한 영화의 상연을 보고도 별로 공감을 하지 못한다. 중국의 유명한 난징(南京)의 강소곤극단(江蘇崑劇團)[7]과 매란방경극단(梅蘭芳京劇團)[8]이 와서 예술의전당에서 공연한 일이 있지만 초청된 사람들도 모두 와서 자리를 채워주지 못하는 정도의 관람 반응이었다. 그러니 「메이란팡」이라는 영화가 한국에서 흥행에 실패할 것은 예견된 일이었다.

그러나 우리는 이 경극이 옛날에는 우리와 같은 문화권이었고, 우리 바로 이웃에 있는 큰 나라 위아래 사람들 모두가 좋아하는 연극임을 알아야 한다. 경극을 모르고는 중국이나 중국문화를 얘기하기 힘들다. 중국을 가까이 하지 못한다. 영화 「메이란팡」이 한국 사람들에게도 받아들여져야만 한다. 아니 우리는 약간의 노력을 기울여서라도 이 중국 사람들의 경극을 이해하고 영화 「메이란팡」을 관람하여 어느 정도 그 내용을 이해하도록 하여야 할 것이다.

2007. 7.

---

7 崑曲의 명배우 張繼靑도 함께 와서 공연을 하였다.

8 역시 명배우인 梅蘭芳의 아들 梅葆玖와 딸 梅葆玥이 극단을 이끌고 있다.

$$9$$

나와 남

『논어(論語)』를 보면, 증자(曾子)가 공자의 도는 "충(忠)과 서(恕)"라고 말하고 있다. '충'이란 자신을 성실히 하는 것이고, '서'란 남을 먼저 배려하는 것이다. 남송 때의 주희(朱熹, 1130-1200)는 '충'이란 "자기 마음(心)을 가운데에 올바로 지니는 것(中)"이고, '서'란 "자기 마음(心)을 남에 대하여도 자신과 똑같이 생각하도록 하는 것(如)"이라고 글자의 모습을 따라 뜻을 풀이하고 있다.

공자의 유학은 어짊(仁)의 사상이라고 흔히 요약되고 있다. '인(仁)'자는 사람 인(人)자와 두 이(二)자가 합쳐져 이루어지고 있다. 두 사람 이상의 사람들, 곧 나와 남이 잘 어울려 지내는 것이 '인'이다. 따라서 나와 남 사이의 좋은 관계, 곧 친함ㆍ

사랑·아껴줌·위해줌 같은 것이 모두 '어짊'을 뜻한다. 『논어』를 보면, 어짊의 뜻을 묻는 제자에게 공자는 "자기가 바라지 않는 일은 남에게 행하지 않는 것"이라 대답하고 있다. 곧 남을 먼저 배려하는 것이 '어짊'이다. 옛날에 '인(仁)' 자는 '忎'으로도 썼다. "천 사람의 마음을 하나같이 하라." 또는 "천 사람을 위하는 마음을 지니라."는 뜻에서 그렇게 썼을 것이다. 사람들이 친하게 지낸다는 벗 우(友)자도 본시는 사람이 두 손을 아래위로 마주잡고 있는 모양을 그린 글자이다. 나는 남과 손을 잡고 '어짊'을 바탕으로 친하게 살아가야 한다는 뜻이다.

우리나라는 한자문화권 안에서 유학의 윤리를 바탕으로 하여 사회 질서를 지탱하여 왔다. 근세로 오면서 사회 전반에 걸쳐 큰 변화를 겪어 왔지만 아직도 우리나라 사람들 생활 속에는 유교의 윤리가 굳게 자리 잡고 있다. 유학자 집안임을 자처하는 분들도 상당수이다. 대부분의 기독교 신자도 그의 사회윤리 개념 속에는 이미 유교적인 바탕이 굳어져 있다.

그런데 공자의 유학은 후세에 봉건 지배윤리로 자리 잡으면서 유학자들 스스로 공자의 도인 '충'과 '서' 중에서 '서'는 떼어내 버리고 '충'만을 강조하는 경향으로 발전하였다. 그것도 '충'을 '충실함'이나 '성실함'보다는 '임금에 대한 절대적인 충성' 또는 '나라를 위하는 충성'의 뜻으로 풀이하게 되었다. 따라서 유교사회에서도 공자가 그토록 강조한 남에 대한 배려는 깨끗이 잊어버리고 자기 본위의 삼강오륜(三綱五倫)의 예절만이 강조되게 된 것이다.

우리나라에는 유학대학도 있고 유교가 종교로 엄존하고 있지만 아직도 공자의 도인 '충서'와 공자 사상의 중심을 이루는 '어짊'의 개념이 제대로 가르쳐지고 있지 않은 것 같다. 그 때문에 우리 사회에는 지나치게 나와 우리만을 생각하고 남에 대한 배려는 소홀히 하는 경향이 있는 것 같다. 공자를 존중하면서도 공자의 도나 중심사상인 '어짊'의 기본 뜻이 남을 먼저 배려하라는 것임을 잊고 있다. 공자의 도가 자신을 충실히 하는 '충'과 남을 자신처럼 생각해 주는 '서'라고 하였는데, 자신을 충실히 하는 '충'의 가치나 의의도 '서'가 있기에 소중한 것이다.

사람은 홀로 살지 못한다. 남들과 어울려야 산다. 남들 덕에 산다. 남이 있기 때문에 내가 있다. 오늘 밥을 먹은 것도 남의 덕이고, 옷을 입고 있는 것도 남의 덕이다. 내가 가정을 갖고 직장을 갖고 지금과 같은 자리에 있는 것도 남의 덕이다. 따라서 우리는 남에 대하여도 언제나 위해주고 함께 하려는 마음을 지녀야만 한다. 공자의 가르침도 본시는 남에 대한 배려가 가장 중요한 덕목이었는데 근래에 와서는 그 가르침을 올바로 받들지 못하게 된 것으로 여겨진다. 이제부터라도 공자의 사상을 좀 더 적극적으로 깨우치어 나와 남의 관계가 보다 원만한 우리 사회가 되기를 바란다.

2010. 1. 18

10

사람과 사람

사람이란 홀로 살지 못하는 동물이다. 가깝게는 부모형제, 멀리는 낯도 이름도 모르는 이 세상 많은 사람들과의 관계 속에 살아가고 있다. 따라서 사람이 '살아간다' 또는 '생활한다' 는 것은, 곧 다른 사람들과의 관계가 유지되고 있음을 뜻한다. 그러나 사람들이 관계를 맺고 있는 여러 사람들과의 관계는 각양각색이다. 친한 사람, 사랑하는 사람, 좋아하는 사람, 보고 싶은 사람이 있는가 하면은, 미워하는 사람, 싫어하는 사람, 별 관련이 없는 사람들도 있다. 심지어 한 집안의 형제들이나 늘 만나는 친구들 또는 학교의 같은 반 친구라 하더라도 그들과의 관계나 그들에 대한 감정은 모두가 서로 다르다. 함께 일하고 함께 놀며 사귀는 사람들이 수천수만 명이라 하더라도 나와 똑같은 관계를 갖고 내게 똑같은 감정을 느끼게 하는 사람들이란 하나도 없다. 그뿐 아니라 내가 알지도 못하는 사람 중에도 내게 큰 도움이나 혜택을 주고 있거나 내 생활에 큰 작용을 가하거나 영향을 주고 있는 사람들이 무수히 많다.

나는 실상 남으로 말미암아 존재하게 되었고, 또 남에게 의지하여 살아가고 있는 것이다. 그러니 이토록 복잡하게 얽혀 있는 사람과 사람의 관계는 손익 면에서도 각양각색이다. 부모를 비롯하여 스승 같은 많은 사람들로부터는 이루 헤아릴 수도 없는 많은 은혜를 입고 있고, 반대로 자기 자식이나 일부 사람들에게는 누구나 어느 정도 은혜를 베풀고 있다. 이 받고 주는 은혜의 차이 폭은 사람에 따라서 크게 다를 것이다. 위대하고 훌륭한 사람이라면 자기가 남에게서 받은 은덕보다 자신이 남에게 베푼 은덕이 훨씬 클 것이다. 반대로 시원찮은 사람일수록 자기가 남으로부터 받은 은덕에 비하여 자기가 남에게 베푼 은덕은 훨씬 적을 것이다.

이 사람들 사이에 주고받는 은덕의 차이는 객관적으로 헤아릴 수가 없는 것이 많다. 물질적인 것을 주고받은 문제라면 그 준 것과 받은 것의 차이를 계산할 수가 있겠지마는, 이 세상 사람들 사이의 관계는 간접적인 것들도 있고 정신적인 것들도 있어서 도무지 준 것과 받은 것의 차이를 헤아릴 수가 없는 것이다. 간접적인 관계 중에는 여러 단계의 간접적인 관계로 은덕을 주고받게 되는 수도 있음으로 이런 관계는 제대로 의식할 수도 없으니 모른 체 하고 지나도 괜찮을런지 모른다. 그러나 직접적으로 주고받는 정신 관계는 모르는 체 하고 그대로 지날 수가 없다.

이 세상에는 많은 사람들이 나를 사랑해주고 있고, 아껴주고 있고, 위해주고 있다. 사람이란 이러한 다른 사람들이 보내주는 따스한 정 속에 가장 행복을 느끼고 살아가는 보람도 찾게 된다. 그러나 이 중에서도 가장 큰 정신적인 관계는 사랑일 것이다. 그런데 이처럼 중요하고 위대한 사랑은 주고받는 양이나 부피를 헤아리는 수가 없다. 내가 주는 것이 많은가, 내가 받는 것이 많은가?

사랑에는 조건도 없고 한계도 없다. 구체적으로 말하면 사람들은 사랑을 위하여 자기의 가장 소중한 목숨도 버리고 그밖의 모든 것을 버린다. 사랑을 위하여 명예도 부도 다 바친다. 임금 자리도 버리고 국경도 넘어간다. 사랑에는 아무런 제약도 없고 한계도 없고 조건도 없다. 사람들은 자신도 모르는 중에 이처럼 값을 가늠할 길이 없는 위대한 사랑을 받고 있기가 일쑤이다. 그런 사랑을 받으면서도 아무것도 모르고 살아가고 있는 경우도 있다는 것이다.

물론 사람들의 모든 사랑이 아무런 제약이나 한계도 없이 주어지고 있다는 것은 아니다. 성경에는 "네 이웃을 네 자신과 같이 사랑하라." 하였고, 심지어 "너의 원수를 사랑하라." 고도 하였다. 옛날에 묵자(墨子)는 "모든 사람들을 똑같이 사랑하라."고 겸애(兼愛)를 주장하였다. 자기 이웃을 자기 자신처럼 사랑하고, 자기의 원수를 사랑하고, 세상의 모든 사람들을 똑같이 사랑한다는 것은 불가능한 일인지도 모른다. 사람의 능력으로는 불가능하다고 하는 것이 옳을런지도 모른다. 본시 사람이란 모자라고 못하는 일이 많을뿐더러 잘못도 많이 저지르는 동물이기 때문이다. 실지로 자기 목숨을 바칠 정도로 뜨겁게 사랑하는 대상이 있다 하더라도, 사람은 하루 24시간 변함없이 그를 영원히 사랑할 수 있는 사람이란 있을 수가 없는 것이다. 사랑하는 대상을 잊고 있을 때도 있고 심지어는 그 대상이 밉다고 여겨질 때도 있는 것이다. 이런 사람의 능력으로는 자기 이웃을 자기 자신처럼 사랑할 수도 없고, 원수를 사랑할 수도 없고, 모든 사람들을 똑같이 사랑할 수도 없다.

그런데도 사람이 다른 동물보다 위대한 것은 위에서 얘기한 지극한 사랑을 모든 사람이 추구하기는 한다는 것이다. 사람들에 따라서 그 사랑을 추구하는 방식이나 성격 또는 시기와 여건 등이 모두 다르기는 하나, 모든 사람이 그런 사랑을 추구한다고 보아야 한다. 따라서 깊이 생각해 보면, 우리는 지금도 이 세상 많은 사람들로부터 한없는 사랑을 받으면서 지금과 같은 모습으로 살고 있는 것이다. 다만 사람들에게는 반대로 추악한 성격도 많아서 대부분의 경우 우리는 거기에 가리어져 우리가 남들로부터 알게 모르게 받고 있는 위대한 사랑을 의식하지 못하고 있는 것이다.

우리는 우리가 남들로부터 받고 있는 이 위대한 사랑을 알아야 한다. 그리고 그 사랑에 보답하는 몸가짐을 갖고 살아가야 한다. 그리고 그 남들의 사랑에 감사를 하여야 한다. 이 위대한 사랑은 마치 우리를 존재케 하고 살아가게 하고 있는 하나님의 은총에 대하여 보답할 길이 없듯이 아무리 애써도 이 위대한 사랑에 대하여는 완전한 보답이란 불가능한 것이다.

1982년 초고.

11
사람의 욕심

사람은 누구나 자기가 바라는 일을 추구하면서 그것을 달성하려 한다. 밖으로는 뜻있고 값있는 일을 이루고자 노력하고, 안으로는 행복한 가정을 이루어 안락한 삶을 누리려는 것이 일반적인 사람들의 욕망이다. 그러기 위하여 사람들은 부단히 공부하고 일하고 노력하면서 자신의 지식과 능력을 기르고 재력을 불려나가는 한편 남의 존경과 신용을 받을 수 있는 덕성을 기르기에 노력하게 된다. 이처럼 사회나 국가와 인류를 위하여 일하고 자신을 발전시키고자 하는 사람들의 욕망은 누구나 마땅히 지녀야만 할 요건이다.

이런 욕망은 나쁜 것이 아니다. 그런데도 사람의 욕망은 억눌러야 하고 절제되어야 할 것으로 여겨지는 것은, 그것이 너무 한 편으로 치우치거나 공평하지 못한 경우가 많기 때문이다. 그의 능력이나 여건으로 보아 이루어질 수도 없는 지나친 욕망을 추구하는 경우에도 문제가 생기게 된다. 가장 비근한 예를 들면, 사람이 살아가기 위하여 돈이 필요한 것이기는 한데, 그것을 지나치게 중시하여 수단방법을 가리지 않고 돈을 벌려고 하거나, 필요하지도 않은 큰돈을 벌어야겠다고 날뛰는 것 같은 경우이다. 이러한 비뚤어지거나 지나친 욕망 또는 욕심은 결국은 남도 해치고 자신도 불행하게 만드는 화근이 되고 마는 것이다.

『예기(禮記)』를 보면, 곡례(曲禮)편의 앞머리에 "욕심은 따라서는 안 되는 것(欲不可從)"이란 말이 보인다. '종(從)'은 '방종'이라는 뜻의 '종(縱)'과도 통하여 "욕망은 한없이 추구해서는 안 된다"고 풀이할 수도 있다. 곧 우리의 욕망의 추구에는 절제가 함께하여야 함을 뜻하는 것이다. 욕망은 사람으로써 당연한 마음가짐이라고는 하나 절제를 모르는 욕심이라면 갖지 않는 것만도 못하다. 그런데 사람에게는 그 절제가 무척 어렵기 때문에 도가(道家)에서는 깨끗이 무욕(無欲)을 내세웠던 것 같다. 또 그런 어려움 때문에 유가(儒家)에서는 중용(中庸)과 중화지도(中和之道)를 역설하였을 것이다.

지금 우리나라는 온통 민주화의 열기에 휩싸여 있다. 마침 우리가 오랫동안 바라오던 참된 민주주의를 이룩할 수 있는 적절한 때를 맞이하였다고 여겨지기 때문이다. 온 국민이 열망하고 있는 민주화는 한편 우리나라가 앞으로 참된 의미의 선진국 대열에 낄 수 있게 되느냐 또는 그대로 영영 못 끼고 마느냐 하는 중대한 갈림길이 되기도 한다. 그래서 너나 할 것 없이 우리 모두가 민주화의 열기에 휩싸여있는 것이다.

이러한 열기 속에 우리가 가장 경계해야 할 점은 무엇보다도 지나친 욕심이다. 더구나 우리 주위에는 오랫동안 쌓여온 비민주적이고 불합리한 요소들이 너무나 많기 때문에, 이것들을 하루아침에 다 쓸어 없앤다는 것은 거의 불가능한 일이다. 그 때문에 우리의 민주화 욕망은 자칫하면 과욕으로 치닫기 쉽게 되어있다.

이미 과욕의 낌새가 짙게 드러나고 있는 것 같은 우려를 지울 수가 없다. 여·야당 정치인들의 정치양상에서 그리고 방학 중인데도 끊이지 않고 있는 학생들의 과격한 움직임에서, 더욱이 최근에는 전국을 휩쓸고 있는 여러 기업들의 노사분쟁에서 그런 낌새가 드러나는 듯하여 많은 사람들이 우려를 느끼고 있다.

『예기』의 앞머리에서 "욕심은 따라서는 안 되는 것"이라 가르치고 있는 것은 바로 그 때문이다. 송대(宋代) 성리학자(性理學者)들이 인욕(人欲)을 천리(天理)와 대가 되는 것으로 파악했던 것도 그 때문이다. 『중용(中庸)』에서 "지혜 있는 사람은 지나치게 되고, 어리석은 사람은 미치지 못하게 된다.(知者過之, 愚者不及.)"이라 했지만, 어느 민족 못지 않게 우수하고 총명한 한국 민족은 가장 경계해야 할 일이 지나친 것이 아닐까 한다.

경부고속도로나 독립기념관 건설의 경우 등을 놓고 보더라도 우리는 일을 지나치게 서둘러 완성시키려는 경향이 있는 것 같다. 빠르게 이룩하는 것은 좋은 일이지만, 너무 빨리 이룩하려고 서두르고 너무 한꺼번에 많은 것을 얻으려 욕심을 내면 결과적으로는 많은 경우 큰 화를 불러들이게 된다. 한 개의 길이나 건물은 너무 빨리 이룩하려고 욕심을 부리다가 약간의 결함을 남긴다 해도 뒤에 다시 그것을 보수하거나 심지어는 그 길이나 건물을 완전히 헐어버리고 다시 건설해도 된다. 그러나 지금 우리가 이룩하려는 민주화는 너무 서두르며 욕심을 부리다가 한 번 그르치게 되면 뒤에 두고두고 보수를 하거나 다시 뜯어내고 새로 세울 수도 없는 것이다.

한 번 민주화가 잘못되면 조국의 선진화는 수십 년 뒷걸음질을 치게 되고, 우리 자신뿐만이 아니라 우리 후손들에게까지도 큰 불행을 안겨주게 될 것이다. 민주화의 조건은 무척 다양하다. 하루아침에 이루어질 수가 절대로 없는 것이다. 먼저 우리의 의식이 바뀌어야 하고, 우리 습속이 발전하여야 하며, 또 모든 사회제도도 개선되어야 한다. 이런 것들은 절대로 하루아침에 이루어질 수는 없는 것이다.

그래서 『예기』의 앞머리에 "욕심은 따라서는 안 되는 것"이
라 설교하고 있는 것이다. 우리는 자기와는 다른 남의 의견에
도 귀를 기울이고 상대방을 존중하며 서서히 민주화를 차근차
근 추진해야만 할 것이다.

1987. 9. 1

12
울타리

지난 연말 외국에서 열린 학술회의에 참가했다가 호주대학
에서 온 학자와 차를 마시면서 간단한 얘기를 나눈 일이 있다.
먼저 내가 호주에서는 동양사람들의 이민을 꺼리고 있는 것
같다면서 백호주의를 가볍게 꼬집었다. 그러자 그는 다음과
같은 말로 응대를 하였다.

호주 땅에 많은 동양인들이 옮겨와 살지 못하고 있는 것은
물론 호주사람들의 배타적인 성격 탓도 있지만 동양인들 자신
에게도 적지 않은 책임이 있다는 것이다. 중국 사람들이나 한
국 사람들은 호주로 옮겨와 자기가 살 집을 마련하게 되면, 먼
저 자기 집을 출입하는데 거추장스러운 나무들을 잘라내고 땅
을 파헤치고 길을 넓힌 다음 집 둘레에는 높은 울타리를 친단

다. 나무를 자르고 풀을 뽑으며 땅을 공연히 파헤치는 일은 자연을 사랑하는 그곳 사람들이 가장 싫어하는 일이라는 설명이다. 그리고 높은 울타리를 친다는 것은 이웃을 거절한다는 표현 같기도 하기 때문에 자연히 그곳 사람들이 가까이 하지 않게 된다는 것이다. 결과적으로 동양인들은 그곳 사회로부터 고립되고 환영받을 수가 없게 된다는 것이다.

더 할 말이 없었다. 우리는 온 나라 사방의 산과 들을 골프장과 편의시설을 만든다고 마구 파헤쳐도 되는 고장 사람들 아닌가? 사회치안이 불안하다고 자기 집 담만 높이 쌓아올리고 이웃집에 대하여는 무관심한 우리가 아닌가? 호주 사람들이 반기지 않는 것은 당연한 일이 아니겠는가?

더욱이 울타리는 집 둘레뿐만이 아니라 우리들 마음속에까지도 높이 쳐져 있지 않은가? 한 사람 한 사람 둘레에는 그 사람의 울타리, 한 집안이나 작은 집단 둘레에는 그 주위의 높은 담, 한 지역이나 큰 집단 둘레에는 그 둘레에 높은 성이 둘러쳐져 있다. 울타리나 담이나 성 밖의 사람들에 대하여는 별 관심이 없을뿐더러 배타적이다.

이 울타리와 담과 성이 있는 한 우리나라의 민주주의는 요원하고 남북통일도 이룩될 수가 없을 것이다.

한 그루의 나무, 한 포기의 풀, 한 줌의 흙까지도 아끼고 사랑할 줄 알아야만 우리는 금수강산을 후손들에게 물려주고 밖에 나가더라도 환영받는 사람들이 될 것이다. 우리 주위의 울타리와 담을 헐어버리고 우리 마음속의 담과 성도 허물어 없애버려야만 번영하는 민주주의 국가를 이룩하고 외국인들로부터도 사랑을 받게 될 것이다.

1992. 1. 15

13
염치를 알아야

『논어(論語)』를 보면, 공자는 '염치'라는 말을 두고 이런 설
명을 하고 있다.

　"정령(政令)으로 인도해주고 형벌로 다스리면, 백성들은
처벌은 면하게 되지만 염치를 모르게 된다. 덕으로 인도해주
고 예로써 다스리면, 염치를 알게 되고 또 올바르게 된다."

(爲政편)

　공자의 생각으로는, 백성을 정령과 형벌로 다스리면 어느
정도의 사회 질서는 유지할 수 있지만 진정한 다스림은 못 된
다는 것이다. 그리고 공자의 말속에는, 법을 어기지 않아 처벌
을 받는 일이 없다 하더라도 염치를 모르는 자라면 올바른 백

성이 되지 못한다는 뜻도 담겨져 있다. 무엇보다도 정치를 하는 사람들은 덕과 예를 존중하여 사람들로 하여금 염치를 알도록 해야만 한다는 것이다.

공자가 사람이란 무엇보다도 염치가 있어야 한다고 한 것은 낮은 백성들을 두고 한 말이다. 그러니 정치를 하는 사람이나 사회의 지도층에 있는 사람들이 염치가 없다는 것은 공자로서는 생각도 못할 일이었음이 분명하다.

민주주의는 흔히 법치주의라고도 한다. 법에 따라 정치를 하고 법을 지키는 것이 민주주의라는 것이다. 그 결과 우리 사회에는 법만 어기지 아니하고 법에 어긋나는 짓만 하지 않으면 된다는 생각도 일반화되어가고 있는 것 같다. 그래서 휴지나 쓰레기를 아무 곳에나 버리고, 공원의 잔디를 함부로 밟고 다니고, 남들이 줄을 서 있는 중에 새치기를 별 죄의식 없이 하고 있는 것도 같다.

모두들 염치가 없다. 모두 법 무서운 줄만 알았지, 예의도 없고 위아래도 모르고 남 생각은 전혀 할 줄 모른다. 경우에 따라서는 이처럼 염치를 모르는 자가 잘못하여 법을 어기어 처벌을 받는 사람보다도 더 나쁘다는 것을 알지 못한다.

공자는 낮은 백성들의 염치없는 것을 걱정했지만, 지금 우리 사회에선 낮은 백성들의 경우보다도 위의 지도급 인사들의 몰염치한 짓들이 더 큰 문제이다.

정치가들은 거짓말과 날치기 및 부정한 일을 하고도 법은 어기지 않았다고 강변하면서 뻔뻔스러울 적이 많다. 돈 버는 사람은 부정한 이익을 추구하고 거액의 탈세와 땅 투기를 하고도 모두 합법적이었다면서 태연한 경우가 많다. 학원 경영자들도 경영·인사·입학 등 여러 가지 면에서 부정을 자행하고도, 법은 위반하지 않았다고 큰소리치는 이들이 많다. 이런 지도급 인사들의 염치 모르는 행위의 보기는 일일이 열거할 수가 없을 정도이다. 지도급 인사들의 몰염치가 위로 갈수록 더 심한 것만 같다.

지도급 인사들이 염치를 모른다면 아래 백성들이 염치없는 것은 문제도 되지 않는다. 흔히 우리나라에서는 정치, 사회면에서의 개혁의 필요성이 강조되고 있다. 그러나 그에 앞서 사람들의 의식개혁부터 추진되어야만 할 것 같다. 곧 모든 사람들, 특히 위의 지도층 인사들로부터 염치를 알도록 해야만 될 것이다.

염치가 없다는 것은 곧 윤리(倫理)의 부재를 말하는 것이다. 위의 지도층 인사들부터 옛 성인이 강조한 덕을 존중하고 예를 회복하여 모든 사람들이 염치를 알게 된다면 이 사회는 저절로 올바르게 될 것이다.

1993. 10.

14

생활규칙에 대한 반성

　두어 주일 전 주일예배에 나가니 목사님이 설교 끝에 "우리가 세상을 살아가면서 남을 먼저 배려하고 남들에게 양보하며 살아가자는 운동에 동참하기 위하여 자동차에 붙이고 다닐 '당신 먼저(After you)' 라고 쓰인 스티커를 준비해 놓았으니 필요한 사람은 예배 끝난 뒤 받아가라."는 광고를 하셨다. 나는 마음속으로 참 좋은 운동이니 나도 그걸 내 차 뒤창에 붙이고 다녀야겠다고 작심하였다. 그러나 그날은 급한 일이 생겨 스티커는 뒤로 미루고 서둘러 교회를 떠나왔다.

　며칠 뒤 분당에서 고속도로를 타고 나와 반포대교를 거쳐 신촌 쪽으로 가게 되었다. 고속도로는 버스전용차로제를 시행하고 있어 88대로까지 오는데 생각보다 많은 시간이 지체되었

다. 이러다가는 약속시간에 늦는다는 생각이 드니 남에게 양
보하는 운전을 할 생각은 깨끗이 날아가 버렸다. 약간 빠르다
고 생각되는 3차선과 4차선을 오락가락 하면서 남보다 조금이
라도 빨리 달리려고 운전을 서둘렀다. 고속도로에서 88도로로
방향을 바꾸는 곳에서도 빠르다고 생각되는 2차선을 이용하
여 남들보다 약간 빠르게 달려갔다. 반포대교를 건넌 다음 남
산3호터널까지 가는 길도 양보 전혀 없이 서둘러 갔다. 터널
을 지나 시청 쪽으로 향하는 길은 물론 시청 뒤를 돌아 광화문
쪽으로 가는 길은 운전하는 이들이 앞서기 경쟁을 더욱 잘해
야 제대로 가는 곳이다. 게다가 광화문 앞은 공사 중이라 차선
도 확실치 않고 차선을 바꾸는 차들이 무척 많다. 특히 돌아오
는 길에 사직동 쪽에서 세종문화회관 앞으로 우회전을 할 적
에는 창경궁 쪽으로부터 와서 좌회전 하는 차들과 뒤엉키면서
나는 시청 앞으로 가기 위하여 재빠른 동작으로 차선을 바꿔
가면서 왼편 1차선으로 갔다.

지난 화요일에는 아침에 볼일이 있어 집을 나섰다. 그날따
라 엘리베이터를 타고 내려가 밖으로 나가려니 많은 비가 쏟
아지고 있었다. 버스 정류장까지 가는 동안에 옷이 많이 젖을
형편이다. 내 차는 화요일에는 쓰지 말아야 할 요일제 차지만
비가 많이 와 잠깐 쓰는 것쯤이야 어떠랴 싶어 차고로 내려가
차를 몰고 가서 일을 보고 왔다.

이제 이 모든 것을 되짚어보니 나는 아직 '당신 먼저' 스티커를 달 자격이 없음을 절감하게 되었다. 그뿐 아니다. 아직도 속도위반은 밥 먹듯 하고 있고, 시골 여행에서는 빨간 신호인데도 아무도 보는 사람이 없다고 그냥 통과한 적이 있다. 이전까지 나 자신은 그래도 남에게 양보하는 운전을 하고 있다고 자부하고 있었다. 우리 '성숙사회 모임'의 여섯 가지 실천조항도 나는 대체로 실천하고 있다고 믿고 있었다. 그러나 자청한 요일제를 못 지켰으니 '1. 자신이 한 말에 대해 책임을 진다.'는 첫째 조항도 실천 못하고 있는 것이다. 더구나 '3. 교통규칙을 비롯한 기초질서를 지킨다.'는 조항의 실천은 엉망이다. 아무도 보는 이가 없다고 교통신호도 지키지 않고 바쁘다는 핑계로 속도제한을 어기고 남에게 양보하려는 마음을 날려버리고 있지 않은가?

아직도 너무나 '나' 위주로 생각하고 행동하기 때문일 것이다. 더 '나'를 죽여야만 남을 먼저 배려할 수도 있고 생활규칙도 제대로 지킬 수가 있을 것 같다, 곧 '나'를 죽일 줄 알아야만 성숙한 사람이 될 수 있을 것 같다.

2009. 6. 13

Ⅲ.
사람들의
만남과 나눔

사람들의 만남과 나눔
-공자의 어짊(仁)의 뜻을 생각하며-

1. 남과 함께 할 줄 아는 '어짊'

흔히 '어짊'은 공자의 사상의 중심을 이루는 윤리라고들 설명한다. 공자와 그의 제자들의 대화가 적혀있는 『논어(論語)』만 보더라도 공자의 '어짊'에 관한 가르침은 여러 곳에 보인다. 그리고 공자는 '어짊'의 중요성을 여러 곳에서 거듭 강조하고도 있다.

공자는 이런 말을 하고 있다.

"뜻있는 사람이나 '어진' 사람이라면, 삶을 추구하기 위하여 '어짊'을 해치지 아니하고, 자신을 죽여서라도 '어짊'을 이룩한다."

志士仁人, 無求生以害仁, 有殺身以成仁.
지 사 인 인   무 구 생 이 해 인   유 살 신 이 성 인

- 衛靈公(위령공)

이른바 살신성인(殺身成仁)이란 유명한 숙어는 이 공자의 말
에서 나온 것이다. 곧 뜻있는 사람이나 '어진' 사람에게 있어
서 '어짊'이란 그 자신의 목숨보다도 더 소중한 것이라는 말
이다. 자기 자신을 희생하는 한이 있더라도 '어짊'의 덕은 지
켜야만 할 귀중한 윤리라는 것이다. 이런 말도 하였다.

"군자가 '어짊'을 버린다면 어떻게 명성을 이룩하겠는가?
군자는 밥 먹는 동안이라도 '어짊'을 어기지 말아야 하며, 다
급한 순간이라 할지라도 꼭 '어짊'을 지키고, 넘어지는 순간
이라 할지라도 꼭 '어짊'을 지녀야만 한다."

君子去仁, 惡乎成名? 君子無終食之間違仁, 造次必於
군 자 거 인   오 호 성 명   군 자 무 종 식 지 간 위 인   조 차 필 어

是, 顚沛必於是.
시   전 패 필 어 시

- 里仁(이인)

덕이 있는 군자라면 다급한 짧은 한 순간이라 할지라도 절
대로 놓치거나 소홀히 해서는 안 되는 것이 '어짊'이라는 것
이다. 그러기에 이런 말도 하고 있다.

"사람이라 할지라도 '어질지' 않다면 예(禮)가 무슨 소용이 있겠는가? 사람이라 할지라도 '어질지' 않다면 악(樂)이 무슨 소용이 있겠는가?"

人而不仁, 如禮何? 人而不仁, 如樂何? －八佾(팔일)
인 이 불 인　여 례 하　인 이 불 인　여 악 하

공자는 '예'로서 사람들의 외부를 다스리고, '악'으로서 사람들의 내면을 다스릴 것을 강조하면서 늘 '예악'을 설교하였는데, 그러한 '예'와 '악'도 사람됨이 '어질지' 못한 자들에게는 무용지물이라는 것이다. 『중용(中庸)』에서 "'어짊'이란 사람다운 것이다.(仁者, 人也.)"고 말하고 있는 것도 그런 뜻에서이다.

공자 초상

'어짊'이란 그처럼 공자 사상의 중심을 이루는 소중한 윤리이다. 그러나 공자는 '어짊'에 관한 여러 가지 얘기를 하면서도 구체적으로 '어짊'이란 이런 것이다 하고 정의를 한 일이 없다. 그러기에 '어짊'은 학자에 따라 여러 가지로 설명되고 여러 각도에서 해설되고 있다. 대체로 개인의 수양을 통해서 이룩되는 가장 중요한 덕목의 하나라는 정도만이 모든 학자들의 공통된 의견이라 할 것이다.

공자의 중심사상인 '어짊'을 대체로 개인의 수양과 관계되는 중요한 덕목이라 이해하여 왔기 때문에, 유가사상의 큰 영향을 받은 우리 사회에서는 무엇보다도 개인의 수양이 무척 중시되어 왔다. 무엇보다도 우선 자신의 몸을 닦는 '수신(修身)'이 되어있어야만 집안 일도 제대로 할 수 있고, 나랏일도 제대로 볼 수 있다는 생각이다.

그 때문에 우리 사회에서는 한 사람 한 사람의 문제는 비교적 깨끗하게 잘 처리되고 있다고 할 수 있다. 올바르고 깨끗한 마음을 지니고 살려는 사람들이 많고, 자기 몸이나 자기 집 정도는 모두들 깨끗하게 잘 간수하고 있다. 한 사람씩 떼어놓고 보면 우리 한국 사람들은 매우 똑똑하고 훌륭하다.

그러나 일단 남들과 여럿이 어울리고 보면 적지 않은 문제를 일으키게 된다. 남을 이해하고 돕고 이해하려는 태도보다는 자기 위주의 자기 중심적인 행동을 곧잘 한다. 약간 독선적이고 배타적인 경향이 있다. 자기 집안은 깨끗이 해 놓으면서도 일단 집밖으로 나오면 쓰레기나 담배꽁초 같은 것을 아무데나 버린다. 남들과 만나도 관계가 매끄럽지 못하고, 남들과 물건이나 기쁘고 슬픈 감정 같은 것을 함께 나눌 줄 모른다.

심지어 이기주의적인 경향을 띠는 사람들도 많다. 그리고 자기 마음은 착하고 바르고, 자기 집안은 깨끗하기 때문에, 남이 잘못 하거나 지저분한 것은 잘 찾아내고 또 그것을 용서하려 들지 않는 경향도 있다.

공자의 중심사상인 '어짊'은 한 사람 한 사람 각 개인의 수양만을 뜻하는 것이 아니라 남과 함께 하는 올바른 남과의 만남의 뜻을 가르치고 남과의 나눔을 중시하고 그것을 실천할 것을 가르치는 덕목이기도 한 것이다. 공자의 '어짊'의 뜻을 올바로 파악하여 그 뜻을 제대로 살리어 우리 사회를 올바르게 남과의 "만남과 나눔"이 이루어지는 세상으로 만들어야 하겠다.

2. 자기를 이겨내는 '어짊'

공자의 '어짊'의 개념은 무엇보다도 남과의 만남을 통해서 완성되는 것이다. 남과의 만남을 전제로 하지 않는 '어짊'이란 아무런 뜻도 지닐 수가 없는 것이다.

‘어짊’이라는 글자의 뜻부터 살펴보자. 한(漢)나라 때의 허신(許慎, 98 전후)이 『설문(說文)』에서 해설하고 있듯이 ‘인(仁)’자는 사람이란 뜻의 ‘인(人)’자와 둘이란 뜻의 ‘이(二)’자가 결합되어 이루어진 것이다. 그것은 ‘어짊’이란 ‘두 사람’ 이상의 만남을 통해서 이루어지는 것이며, 남과의 이상적인 어울림을 뜻하는 글자라는 것이다. 『중용』에서 ‘어짊’은 사람다움을 뜻한다고 한 것은, 사람이란 남들과 잘 어울릴 때 비로소 사람다워질 수가 있기 때문이다. 그러기에 『설문』의 주(注)에서 단옥재(段玉裁, 1735-1815) 같은 학자는 남들과 잘 어울린다는 것은 서로 공경하며 예의를 잘 지키고, 남을 돕고 은애(恩愛)를 베푸는 것이라 설명하고 있다.

『논어』를 보면, 번지(樊遲)라는 제자가 공자에게 ‘어짊’이란 무엇입니까 하고 질문했을 때, 공자는 한 마디로 ‘남을 사랑하는 것(愛人)’이라 대답하고 있다. 사랑이란 남을 대할 적의 기본적으로 지녀야 할 마음가짐이기 때문이다. ‘어짊’이란 사람들이 남과 만났을 적에 이루어지는 것이며, 또 그것은 바로 사랑을 뜻한다고 해도 좋은 것이다. 그러기에 공자는 ‘어짊’에 대하여 이렇게도 말하고 있다.

“어짊은 멀리 있는 것일까? 내가 어질고자 하면 곧 어짊이 찾아온다.”

仁遠乎哉? 我欲仁, 斯仁至矣!　—述而(술이)
인 원 호 재　　아 욕 인　사 인 지 의

　어짊이란 멀리 있는 것이 아니라 바로 우리 가까이 있으며, 그것은 남과의 만남이 이루어지는 그 자리에 언제나 옆에 함께 있다는 것이다. 그러니 어짊이란 바로 그가 마음만 먹으면 언제나 취할 수 있는 자리에 있다는 것이다. 또 공자는 이렇게도 말하고 있다.

　"어짊이란 자기로 말미암아 이루어지는 것이지, 남을 통해 이루어지는 것이겠는가?"

爲仁由己, 而由人乎哉?　—顔淵(안연)
위 인 유 기　이 유 인 호 재

　어짊은 남에 대한 사랑이며 주고 베푸는 것이지 받는 것이 아니다. 남에게 주고 베푸는 것이지만 부유해지는 쪽은 받는 상대방보다도 주고 베푸는 쪽이다.

　그리고 그것은 말없이 실천해야 하는 것이다. 사마우(司馬牛)라는 제자가 공자에게 '어짊'에 대하여 질문하자, 공자는 어진 사람은 말을 하기가 어려운 듯이 행동한다고 대답하고 있다(顔淵편). '어짊'은 말보다도 실천이 중요하기 때문이다. 공자는 또 굳세고 꿋꿋하고 질박하고 입이 무거운 것은 '어짊'에 가까운 품성이라고도 하였다(子路편). '어짊'은 남과의 만남을 통해서 실천하여야 하는 것이기 때문에 굳세고 꿋꿋하고 질박할 것이 요구되고, 말보다 실천을 하여야만 하는 것이기 때문에 입이 무거워지는 것이다.

덕행이 뛰어나서 유명했던 제자인 안회(顏回)가 '어짊'에 대하여 물었을 적에 공자는 이렇게 가르치고 있다.

"자기를 이겨내고 '예'로 되돌아가는 것이 '어짊'이다."

克己復禮爲仁. - 顏淵(안연)
극 기 복 례 위 인

자기를 이겨낸다는 것은 남과의 만남에서 자기보다도 남을 더 위해주고 존중하는 것을 뜻한다. 자기를 이겨내는 사람은 자신의 이익이나 자기의 안일보다는 남의 일을 먼저 생각하게 되기 때문이다. '예'로 되돌아간다는 것도 남과의 만남에서 남을 존중하고 자기의 생각과 행동에 적절한 절제를 하게 되는 것을 뜻한다.

이처럼 공자의 '어짊'이란 남과의 만남을 통해서 이루어지는 덕성이다. 그리고 그러기 위하여는 무엇보다도 자기를 이겨낼 수 있어야 한다는 것이다.

3. 남을 먼저 내세우는 '어짊'

공자는 이런 말도 하고 있다.

"어진 사람은 자기가 서고자 할 적에는 남부터 서게 하고,
자기가 이루고자 하는 것은 남부터 이루게 한다."

　　　夫仁者, 己欲立而立人, 己欲達而達人. － 雍也(옹야)
　　　부 인 자　기 욕 립 이 립 인　기 욕 달 이 달 인

자기보다도 남을 먼저 생각하고 남을 먼저 내세우는 것이
'어진' 사람의 행동이라는 것이다. 중궁(仲弓)이라는 제자가
'어짊'에 대하여 질문했을 적에 공자는 이렇게 대답하고 있다.

"자기가 바라지 않는 일은 남에게도 시키지 않는 것이다."

　　　己所不欲, 勿施於人. － 顔淵(안연)
　　　기 소 불 욕　물 시 어 인

이것은 앞의 말을 반대로 뒤집어 표현한 것이다. 자기의 입장
에서 남도 헤아려주고 남을 이해하도록 하여야 한다는 것이다.
　앞에 보인 번지라는 제자가 다시 뒤에 '어짊'에 관하여 질
문했을 때에 공자는 이런 설명을 하고 있다.

"어진 사람은 어려운 일에는 남보다 앞서고, 이익을 얻는
데 있어서는 남보다 뒤지는데, 그래야만 어질다 할 수 있는
것이다."

仁者先難而後獲, 可謂仁矣. —雍也(옹야)
인 자 선 난 이 후 획 가 위 인 의

어려운 일을 남보다 먼저 맡는 것은, 이른바 고통의 분담을
자진하는 것이다. 그리고 이익을 얻는데 있어서는 남보다 뒤
지는 것은 남을 위하고 남에게 나눔을 베풀려는 자세를 지니
고 있기 때문이다. 공자는 '어짊'을 내세우면서 무엇보다도
거듭거듭 자기보다는 남을 먼저 생각하고 남을 먼저 내세우
며, 남과 더불어 살 것을 강조하고 있다.

자장(子張)이란 제자가 '어짊'에 대하여 질문하자, 공자는
'어진' 사람이란 다음과 같은 다섯 가지 것을 실천할 수 있어
야 한다고 대답하고 있다.

첫째; 공손함(恭), 둘째; 너그러움(寬), 셋째; 신의(信), 넷째;
민첩함(敏), 다섯째; 은혜로움(惠)이다(陽貨). 남과의 만남에 있
어 공손해야 하고 신의가 있어야만 한다는 것은 누구나 다 아
는 상식이다. 그런데 여기에 너그러움과 은혜로움을 보탠 것
은, 남을 대함에 있어 자기보다도 남을 먼저 생각하고 남과 함
께 나누는 자세를 지녀야 하기 때문이다. 사람이 너그럽고 은

혜로울 때 그 사람은 자기보다도 남을 먼저 내세울 수 있고 남과 나눔을 함께 할 수 있는 것이다. 그리고 여기에 민첩함이 보태어진 것은 '어짊'이 관념적인 사상에 그치지 않고 실천을 해야만 제값이 발휘되는 것이기 때문이다.

『논어』에는 또 공자에게는 다음과 같은 네 가지 일이 없었다고 강조한 대목이 있다.

> "자의(恣意)가 없었고, 기필코 하려는 것이 없었고, 고집이 없었고, 나만을 생각하는 일이 없었다."

> 子絶四; 毋意, 毋必, 毋固, 毋我. ─ 子罕(자한)
> 자 절 사 　 무 의 　 무 필 　 무 고 　 무 아

'자의가 없다'는 것은 남의 의견을 존중하여 자기 뜻대로 일을 처리하지 않았음을 말한다. '기필코 하려는 것이 없었다'는 것은 남의 입장을 존중하여 자기의 목적만을 추구하는 일이 없었음을 말한다. '고집이 없었다'는 것은 남의 사정을 고려하여 자기의 생각만을 내세우는 일이 없었음을 말한다. '나만을 생각하는 일이 없었다'는 것은 먼저 남의 처지를 생각하여 자기의 이익이나 자신의 편리함만을 추구하는 일이 없었음을 말한다. 이는 공자가 남과의 만남을 중시하고 늘 남을 먼저 내세웠음을 뜻한다.

4. 언제나 이웃이 있는 '어짊'

남과의 만남을 통해서 이루어지는 '어짊'이나 '사랑'은 자기의 것을 남에게 주고 자기의 생각과 행동을 남을 위하여 하는데서 진가가 발휘된다. 남에게 자기가 가진 것을 주고 남을 위한다면 남들은 그에게 모두 친근하게 될 것이다. '어짊'이란 나눔의 가르침은 결국 남과 더불어 사는 철학인 것이다. 그런 '어진' 사람에게는 남이 따르고 남도 그를 위해주게 될 것이다.

공자는 거듭 "어진 사람은 걱정이 없다.(仁者不憂. —子罕·憲問)"고 말하고 있다. 남을 먼저 생각하고, 남을 위하고, 남과 나누며, 남을 먼저 내세우는 사람에게 밖으로부터 어떤 자신을 걱정할 일이 가해질 수가 없는 것이다. 그의 마음은 언제나 사랑으로 따스하고, 늘 남을 위하여 생각하고 행동하고 있어서 자신에 대한 걱정은 끼어들 여지가 없는 것이다. 언제나 마음이 편안하고 행동이 당당하다.

또 공자의 유명한 말에 "지혜있는 사람은 물을 좋아하고, 인한 사람은 산을 좋아한다.(智者樂水, 仁者樂山. —雍也)" 하였다. 이는 남을 먼저 생각하는 어진 사람의 마음은 산처럼 고요하고, 남과 나누는 어진 사람이 하는 일은 산처럼 영원하다는 뜻을 상징적으로 말한 것이라 할 수 있다.

"덕은 외롭지 아니하고 반드시 이웃이 있다.(德不孤, 必有隣. -里仁)"고 공자는 말하였는데, '어짊'에도 언제나 이웃이 있다. '어짊'이란 이웃, 곧 남이 없이는 근본적으로 존재할 수가 없는 것이기 때문에 공자는 새삼 강조하지 않았을 것이다. 어진 사람은 늘 남을 먼저 생각하고 남을 위하기 때문에 언제나 주위에는 사람들이 모여들어 반드시 곁에는 이웃이 있고 친구가 있게 되는 것이다. 그러기에 어진 사람은 외롭지도 아니하고 걱정도 없게 된다. 그래서 그 스스로 산처럼 고요하고 산처럼 영원하여 어진 사람은 산을 좋아한다고도 한 것이다.

5. 지금도 강조되어야만 할 '어짊'

흔히 공자의 제자들은 '어짊'을 '의로움(義)'과 결합시켜 유가의 대표적인 윤리처럼 내세우기도 하였다. 그러나 올바름 또는 정의의 뜻을 지닌 '의로움'은 주로 개인의 수양과 관계되는 윤리이지만, '어짊'이란 '의로움'과는 달리 두 사람 이상의 만남이 없다면 뜻이 없어지는 덕목인 것이다. 다시 말하면, '어짊'이란 사람들의 만남의 원리요, 사람들이 어울리어 나눔을 실천함으로써 이루어지는 덕목인 것이다. 따라서 '어짊'과 '의로움'은 다 같이 소중한 윤리임에는 틀림없지만, 성격상 그 두 가지를 함께 붙여놓는 것은 적절치 못한 일이라고 할 수도 있다.

공자의 '어짊'은 어지러운 현대사회에 있어서도 다시 한 번 되새겨보아야만 할 윤리인 것이다. 복잡한 현대사회에 있어서 더욱 절실해진 윤리라고도 할 수 있다. 이제껏 우리는 흔히 '어짊'이란 사람들 개인의 수양과 관계되는 덕목이라고만 생각하고, 우리 자신의 마음만 깨끗하고 바르면 되는 것이라 믿어왔는지도 모른다. 그래서 자기 수양과 자기 집안을 잘 건사하는 일에만 신경 쓰는 일이 일반적이었는지도 모른다.

그러나 실상 공자의 '어짊'은 자기만 깨끗하고 올바르면 되는 것이 아니다. 공자의 '어짊'은 남과의 "만남과 나눔"의 윤리이다. 그것은 우리에게 자기나 자기 집 또는 자기 집단에 대한 관심 이상으로, 남과 남의 집 또는 자기와 다른 집단에 대한 관심과 배려를 요구하는 윤리인 것이다. 이제부터는 우리 모두가 서로 눈을 돌리어 남을 먼저 생각하며 남과의 "만남과 나눔"을 이룩하도록 노력해야만 할 것이다.

1993. 9.

2
충서론(忠恕論)

　　『논어(論語)』이인(里仁)편을 보면, 공자 자신이 수제자 중의
한 사람인 증자(曾子)에게 "나의 도는 하나로 관통되어있다.(吾
道一以貫之.)"고 말하고 있다. 뒤에 딴 제자들이 증자에게 선생
님께서 "나의 도는 하나로 관통되어 있다."고 말씀하신 것은
무엇을 뜻하느냐고 묻자, 증자는 "선생님의 도는 〈충〉과 〈서〉
일 따름이다.(夫子之道, 忠恕而已矣.)"라는 뜻이라고 설명하고
있다. 곧 공자 스스로 자신의 사상의 기본이 되는 도는 〈충〉과
〈서〉의 두 가지이며, 그것은 공자의 학문과 사상 전체에 관통
되고 있다는 것이다.

　　주희(朱熹, 1130-1200)는 그의『집주(集註)』에서 "자기를 다하
는 것을 〈충〉이라 하고(盡己之謂忠)", 자기로부터 미루어나가

『논어주소(論語註疏)』 첫머리

는 것을 〈서〉라 한다(推己之謂恕)."고 설명하고 있다. 곧 자기의 온 정성과 능력을 다하여 충실히 생각하고 성실히 행동하는 것이 〈충〉이라는 것이다. "자기로부터 미루어나간다"는 것은 곧 자기를 미루어 남을 생각하는 것, 자기 일처럼 남의 일을 생각하는 것이다. 〈서〉란 자기만을 생각하지 않고 남과 더불어 살아가려는 마음가짐과 행동인 것이다. 주희는 『집주』에서 문자의 구성 원리에 따라 "마음(心)을 올바르게(中) 지니는 것이 충(忠)"이며, "자기 마음(心)으로 남도 똑같이(如) 생각하는 것이 서(恕)"라는 설명도 하고 있다.

다시 주희는 자기가 스승으로 받드는 정자(程子)의 말을 인용하여 "〈충〉이란 하늘의 도(天道)이고, 〈서〉란 사람의 도(人道)이다."는 설명도 하고 있다. 『중용(中庸)』에서 "정성이란 하늘의 도요, 정성되게 하는 것은 사람의 도이다.(誠者, 天之道; 誠之者, 人之道.)"고 한 말이 대조적으로 떠오른다. 곧 "자기 자신이 정성을 다하는 것"이 〈충〉인 동시에 〈하늘의 도〉이며, "그 정성을 자기 밖으로 남을 위해 발휘하는 것"이 〈서〉인 동시에 〈사람의 도〉라고 이해할 수도 있게 된다. 그러기에 정자는 다시 "〈충〉은 체(體)가 되고, 〈서〉는 용(用)이 되는 위대한 근본이며 어디에나 통달되는 도이다.(忠者體, 恕者用, 大本達道也.)"라고 체용론(體用論)을 동원한 설명도 덧붙이고 있다.

『대학(大學)』에도 이런 말이 보인다.

　　"그러므로 군자는 자기에게 그런 것이 있게 된 연후에야 남에게도 그런 것을 요구하며, 자기에게 그런 일이 없게 된 뒤에야 남의 그런 일을 비난한다. 자신이 간직하고 있는 것이 〈서〉가 아니면서도 남을 깨우칠 수 있는 사람은 있지 않은 것이다."

　　是故君子, 有諸己而后求諸人, 無諸己而后非諸人. 所
　　시 고 군 자　　유 저 기 이 후 구 저 인　　무 저 기 이 후 비 저 인　　소

　　藏乎身不恕, 而能喩諸人者, 未之有也.
　　장 호 신 불 서　　이 능 유 저 인 자　　미 지 유 야

이것도 실은 남을 먼저 생각하는 〈서〉의 정신을 강조한 말이다. 주희는 『대학장구(大學章句)』에서 이에 대하여 다음과 같은 설명을 하고 있다.

"자기에게 훌륭함이 있게 된 연후에야 남에게도 훌륭할 것
을 요구할 수 있고, 자기에게 악함이 없게 된 연후에야 남의
악함도 바로잡을 수가 있다. 모두 자기로부터 미루어나 가
남에게까지 미치게 하는 이른바 〈서〉인 것이다."

有善於己, 然後可以責人之善; 無惡於己, 然後可以正
유 선 어 기　　연 후 가 이 책 인 지 선　　무 악 어 기　　연 후 가 이 정

人之惡. 皆推己以及人, 所謂恕也.
인 지 악　　개 추 기 이 급 인　　소 위 서 야

그리고 『대학』에서 강조하고 있는 이른바 '혈구지도(絜矩之
道)'라는 것도 실은 〈서〉의 정신에서 발전한 사상이다.

"윗사람이 싫어하는 일을 아랫사람에게 시키지 말고, 아랫
사람이 싫어하는 방법으로 윗사람을 섬기지 말 것이며, 앞에
서 싫어하는 일을 뒤에 먼저 하게 하지 말고, 뒤에서 싫어하
는 일을 앞에서 따라 하게 하지 말 것이며, 오른편에서 싫어
하는 것을 왼편으로 넘겨주지 말고, 왼편에서 싫어하는 것을
바른 편으로 넘겨주지 말아야 한다. 이러한 것을 '혈구지도'
라 한다."

所惡於上, 毋以使下, 所惡於下, 毋以事上; 所惡於前,
소 오 어 상　　무 이 사 하　　소 오 어 하　　무 이 사 상　　소 오 어 전

毋以先後, 所惡於後, 毋以從前; 所惡於右, 毋以交於左,
무 이 선 후　　소 오 어 후　　무 이 종 전　　소 오 어 우　　무 이 교 어 좌

所惡於左, 毋以交於右. 此之謂絜矩之道.
소 오 어 좌　　무 이 교 어 우　　차 지 위 혈 구 지 도

『중용』에서는 더욱 분명히 〈충〉과 〈서〉의 덕을 강조하고 있다.

"〈충〉과 〈서〉는 도로부터 어긋나려 해도 멀리 어긋나지 않는 것이니, 자기에게 베풀어지기 바라지 않는 것은 남에게도 베풀지 말아야 하는 것이다."

忠恕違道不遠, 施諸己而不願, 亦勿施於人.
충 서 위 도 불 원   시 저 기 이 불 원   역 물 시 어 인

『맹자(孟子)』를 보면, 양혜왕(梁惠王) 상편에 이런 말이 보인다.

"자기의 노인을 노인으로 잘 모시어 남의 노인들에게까지 그것이 미치게 하고, 나의 어린이들을 어린이로서 잘 돌보아 주어 남의 어린이들에게까지 그것이 미치게 하는 것이다."

老吾老, 以及人之老; 幼吾幼, 以及人之幼.
노 오 로   이 급 인 지 로   유 오 유   이 급 인 지 유

"옛날 사람들이 뒤의 사람들보다 크게 뛰어났던 것은 다름이 아니라 바로 남을 잘 미루어 생각하며 행동했을 따름인 것이다."

古之人所以大過人者, 無他焉, 善推其所爲而已矣.
고 지 인 소 이 대 과 인 자　무 타 언　선 추 기 소 위 이 이 의

맹자가 강조한 것도 남을 먼저 배려하는 〈서〉의 사상임이
분명하다. 『맹자』 이루(離婁) 하편에서 강조하고 있는 '자기반
성(自反)'의 교훈도 역시 남을 먼저 생각해야한다는 〈서〉의 정
신을 바탕에 깔고 있다.

다시 『논어』 옹야(雍也)편에서는 〈서〉의 정신을 다음과 같이
강조하고 있다.

"어진 사람은 자기가 서고자 한다면 남부터 세워주고, 자
기가 이룩하고자 한다면 남부터 이룩하게 한다."

夫仁者, 己欲立而立人, 己欲達而達人.
부 인 자　기 욕 립 이 립 인　기 욕 달 이 달 인

송(宋)대의 장재(張載, 1020-1077)는 『중용』의 "〈충〉과 〈서〉는
도로부터 어긋나려 해도 멀리 어긋나지 않는다."고 한 말을
인용하면서 다음과 같이 위 『논어』의 말을 설명하고 있다.[1]

"자기를 사랑하는 마음으로 남을 사랑한다면, 곧 어짊을
다하게 된다."

....
1 朱熹의 『論語集註』에 인용된 글.

以愛己之心愛人則盡仁.
이 애 기 지 심 애 인 즉 진 인

곧 〈충〉과 〈서〉의 덕을 실천하면 공자가 강조한 〈어짊〉도 이루어진다고 생각했음이 분명하다. 그러니 〈충〉과 〈서〉의 덕이 이루어지면 의로움(義)·예의(禮)·지혜(知)·신의(信) 등의 다른 윤리도 모두 이루어지는 것은 더 말할 필요도 없다.

『대학』의 첫머리에 이렇게 밝히고 있다.

"대학의 도는 자기가 타고난 밝은 덕을 밝히는 데에 있고, 그것으로 사람들을 새롭게 이끌어 줌에 있으며, 모든 일을 함에 있어서 지극한 선의 경지에 처신함에 있다."

大學之道, 在明明德, 在親民, 在止於至善.
대 학 지 도   재 명 명 덕   재 친 민   재 지 어 지 선

"자기가 타고난 밝은 덕을 밝히는 것"이란 곧 〈충〉이고, "그것으로 사람들을 새롭게 이끌어준다"는 것은 곧 〈서〉이며, "모든 일을 함에 있어서 지극한 선의 경지에 처신한다"는 것은 어짊의 실천을 뜻한다고 할 수 있다. 또 『중용』의 첫머리에서는 이렇게 말하고 있다.

"하늘이 내려준 것을 성이라 하는데, 성을 따르는 것을 도

라 하고, 도를 닦는 것을 교라 한다."

天命之謂性, 率性之謂道, 修道之謂敎.
천 명 지 위 성　솔 성 지 위 도　수 도 지 위 교

하늘이 사람에게 부여해준 '성'을 따르는 것이 '도'라고 할
때 그것은 바로 〈충〉의 실천을 뜻하고, 그 '도'를 닦는 것이
'교'라고 할 적에 그것은 바로 〈서〉의 실천을 뜻한다고 할 수
있다.

이렇게 보면 〈충〉과 〈서〉는 『논어』는 말할 것도 없고 『맹
자』를 비롯하여 『중용』·『대학』을 포함하는 사서의 기본사상
임을 알 수가 있다. 그것은 "하나로 관통되고 있는 공자의 도"
이기에 당연한 일이라 할 수 있다.

『논어』 위령공(衛靈公)편을 보면, 공자에게 제자인 자공(子
貢)이 "평생을 두고 실천할만한 한마디 말이 있습니까?(有一言
而可以終身行之者乎?)"하고 질문을 했을 때, 공자는 바로 이렇
게 대답하고 있다.

"그것은 〈서〉이다. 자기가 바라지 않는 일은 남에게도 베
풀지 않는 것이다."

其恕乎! 己所不欲, 勿施於人.
기 서 호　기 소 불 욕　물 시 어 인

〈충〉은 하늘의 도(天道)이고, 〈서〉는 사람의 도(人道)이며, 〈충〉은 체(體)요, 〈서〉는 용(用)이다. 〈충〉이 이루어진 다음에 그것이 밖으로 작용을 하게 되면 〈서〉가 되는 것이다. 곧 자신의 성실함 또는 충실함을 완전한 경지로 이끌고, 그것이 다른 사람들과의 접촉을 통해서 발휘되면 바로 그것이 〈서〉인 것이다. 남을 성실하고 충실하게 대한다는 것은 곧 남을 자신 못지않게 생각하고 위해주는 것을 뜻하게 된다. 본질적으로 〈충〉과 〈서〉는 하나인 것이다. 같은 충실함 또는 성실함이 한 사람 안에 있을 적에는 그것을 〈충〉이라 하고, 그것이 다른 사람들을 접하면서 밖으로 작용을 발휘하면 〈서〉가 되는 것이다. 그래서 공자는 "나의 도는 하나로 관통되고 있다"고 한 것이다.

이 하나로 관통되는 공자의 '도'에 있어서, 실제로 사람들이 살아나가는데 있어서 중시해야할 것은 〈서〉이다. 인간 생활에 있어서는 『대학』의 가르침을 보면 "모든 일에 지극한 선의 경지에 처신하는" 어짊의 완성을 위하여 "자기가 타고 난 밝은 덕을 밝히고" "그것으로 사람들을 새롭게 이끌어 주는 것"이 중요한 일이 되는 것이다. 『중용』의 가르침에 있어서는 "성을 따르는 도" 못지않게 "도를 닦는 교"도 중요하다는 것이다. 그래서 공자도 사람이 살아가면서 실천할 한마디 말로 〈충〉은 빼고 〈서〉만을 들어 강조하고 있는 것이다.

그것은 본시 유가사상이 자신의 수양보다도 남에 대한 배려를 더 중시했다는 것을 뜻한다. 곧 옛 중국 사람들은 자기보다도 남을 먼저 생각하라고 가르침을 받아왔고, 어느 정도 사회가 그런 윤리를 바탕으로 지탱되어 왔다. 그러기에 한때 중국문화는 이 지구상에서 황금의 전성시대를 누릴 수가 있었을 것이다.

그러나 후세로 와서는 유학자들도 이 〈서〉의 정신은 매우 소홀히 여기게 된 것 같은 느낌이 있다. 자신의 수양에는 극진한 노력을 다하면서도 남을 생각하는 성의는 거의 사라진 지경이다. 유학이 〈충〉에만 얽매이어 자기 수양에만 몰두하며 남을 먼저 생각하고 위해주는 〈서〉의 정신을 소홀히 하게 되면서 중국문화도 정체를 면치 못하게 된 것은 아니었을까 생각해본다.

공자 스스로 〈충〉과 〈서〉를 두고 "나의 도는 하나로 관통되어 있다"고 선언하였다. 〈충〉은 누구나 자기발전을 위하여 노력할 덕목이니 그대로 두고, 지금부터라도 남을 먼저 생각하는 〈서〉의 정신을 현대사회에 살리도록 노력하여야 할 것이다. 그래야만 유학도 바로 서고, 현대사회도 사람 사는 세상다워질 것이다.

2000. 4. 5

3
공자의 '하늘'에 대한 믿음

공자 초상

공자(B.C.551-B.C.470)는 유교(儒敎)의 창시자이다. 공자는 주로 현실적인 문제만을 가르침의 대상으로 삼았기 때문에 지금까지도 유교는 종교가 아니라고 생각하는 분들이 많다. 공자는 언제나 어떤 몸가짐을 가지고 어떻게 행동하는 것이 올바른 길인가를 가르쳐왔다. 그런 올바른 사람들을 바탕으로 하여 이 세상을 질서가 있고 평화로운 세계로 이끌려고 노력하였다.

『논어(論語)』를 보면[1] 공자는 이런 말을 하고 있다.

"사람도 제대로 섬기지 못하는데, 어찌 귀신을 섬길 수가 있겠는가?"

季路問事鬼神, 子曰; 未能事人, 焉能事鬼?
계 로 문 사 귀 신　자 왈　미 능 사 인　언 능 사 귀

"삶에 대하여도 알지 못하는데, 어찌 죽음에 대하여 알겠는가?"

敢問死. 曰; 未知生, 焉知死?
감 문 사　왈　미 지 생　언 지 사

공자는 우리의 현실에서 벗어난 귀신이나 죽음 같은 문제는 학문의 대상에서 제외하였다. 그리고 또[2] 이런 말도 하고 있다.

"선생님께서는 괴이한 일, 힘으로 하는 일, 어지러운 일, 귀신에 관한 일은 말씀하시지 않았다."

子不語怪力亂神.
자 불 어 괴 력 란 신

....

1 『論語』先進.
2 『論語』述而.

공자는 사람들이 올바로 살아가는데 긴요한 일만을 문제로 삼았다. 그러므로 '하늘' 또는 '하나님(上帝)'의 존재나 권능 같은 것에 대하여 얘기한 일이 거의 없다. 그러기에 일찍이 공자의 제자 자공(子貢)은 이런 말을 하고 있다.[3]

"선생님의 학문에 관하여는 듣고 배울 수가 있었지마는 선생님의 본성(本性)과 하늘의 도(道)에 관한 이론은 들어볼 수가 없었다."

　　夫子之文章, 可得而聞也；夫子之言性與天道, 不可得
　　부 자 지 문 장　　가 득 이 문 야　　부 자 지 언 성 여 천 도　　불 가 득

而聞也.
이 문 야

곧 공자는 '본성'이나 '하늘의 도' 같은 형이상학적인 문제는 전혀 제자들에게 가르치지 않았다는 것이다. 그러나 『논어』만을 놓고 보더라도 공자의 사상과 행동의 바닥에는 '하늘'에 대한 믿음이 깔려있음을 알게 된다.

공자는 위기에 몰리거나 결정적인 순간에 직면하면 언제나 자신도 모르게 '하늘'을 찾고 있다. 공자는 56세 때(B.C.496) 자기의 뜻을 펼 곳을 찾아 자기가 태어난 노(魯)나라를 떠나 여러 나라 제후들을 찾아다니게 된다. 먼저 위(衛)나라에 갔다가

....

3 『論語』 公冶長.

10개월 뒤 다시 진(陳)나라를 찾아가는 중에 송(宋)나라 광(匡)이라는 고장에서 큰 수난을 겪게 된다. 이전에 노나라에서 반란을 일으킨 뒤 쫓겨 다니던 양호(陽虎)라는 자가 광 땅에 머물면서 나쁜 짓을 일삼다가 도망간 일이 있었는데, 마침 광 땅 사람들은 공자를 보고는 양호라고 착각하고 공자를 잡아 죽이려고 공자 일행을 포위하였다. 이때 여러 제자들은 모두 두려워 떨었으나 공자는 태연히 이런 말을 하고 있다.[4]

"문왕은 이미 돌아가셨지만 그분의 문화가 여기에 전해져 있지 아니한가? 하늘이 이 문화를 없애버리신다면 후세 사람들은 이 문화를 접하지 못하게 될 것이다. 하늘이 이 문화를 없애버리려 하지 않으신다면 광 땅의 사람들이 나를 어찌할 수가 있겠느냐?"

文王旣沒, 文不在兹乎? 天之將喪斯文也, 後死者不得
문 왕 기 몰   문 부 재 자 호   천 지 장 상 사 문 야   후 사 자 부 득

與於斯文也, 天之未喪斯文也, 匡人其如予何?
여 어 사 문 야   천 지 미 상 사 문 야   광 인 기 여 여 하

공자는 스스로 주(周)나라 문왕이 개척한 문화의 계승자, 곧 하늘의 뜻을 받든 문왕의 이상을 이어 받아 발전시키고 있는 사람이라는 자부심이 있었다.

....

4 『論語』 子罕.

다시 1년 뒤 공자는 송(宋)나라를 지나게 되는데, 이번에는 환퇴(桓魋)라는 장군이 오해를 하여 공자 일행을 죽이려 하였다. 이때에도 함께 있던 제자들은 모두 두려워서 어찌할 바를 몰랐으나 공자만은 태연하였다. 공자는 이때에도 이런 말을 하고 있다.[5]

"하늘이 내게 덕(德)을 부여해 주셨거늘, 환퇴가 나를 어떻게 할 수가 있겠는가?"

天生德於予. 桓魋其如予何?
천 생 덕 어 여   환 퇴 기 여 여 하

공자는 자신의 도덕적 활동의 지지자로써 '하늘'을 굳게 믿고 있었던 것이다. 사람의 힘으로서는 자기를 어찌하는 수가 없다는 강한 신념이 그의 하늘의 신앙에 뿌리박고 있었던 것이다.

또 다음과 같은 대목도 있다.[6]

공자께서 "나는 말하지 않고자 한다."고 하시자, 자공이 말하였다. "선생님께서 말씀하시지 아니한다면 저희들은 무

....
5 『論語』述而.
6 『論語』陽貨.

엇을 따르겠습니까?"

공자께서 말씀하셨다. "하늘이 무슨 말을 하더냐? 사철이 바꾸어지고 만물이 자라나고 하지만, 하늘이 무슨 말을 하더냐?"

子曰 : 予欲無言. 子貢曰 : 子如不言, 則小子何述焉?
자왈　여욕무언　　자공왈　　자여불언　　즉소자하술언

子曰 : 天何言哉? 四時行焉, 百物生焉, 天何言哉?
자왈　　천하언재　사시행언　백물생언　천하언재

하늘은 말이 없지만 '사철을 운행시키고, 만물을 생성(生成)케 하고 있다.'고 믿고 있었던 것이다. 공자는 제자들이 스스로 만물과 자신 속에 작용되고 있는 '하늘'의 존재를 깨닫게 되기 바랐던 것이다. 이러한 '하늘' 또는 '하나님'은 말로써 설명하거나 말로써 그 존재를 증명할 수가 없다. 그래서 공자는 말을 하지 않으려 했던 것이다. 『중용』에서,

"정성이란 하늘의 도요, 정성되게 하는 것은 사람의 도이다."

誠者, 天之道也 ; 誠之者, 人之道也.
성자　천지도야　　성지자　인지도야

고 말하고 있지만, 하늘의 뜻이나 하늘의 도는 설명하기 어려

운 것이다. 그러나 공자에게는 하늘이야말로 이 우주 만물의
지배자이며, 올바른 도(道)의 근원으로서 사람들의 도덕적 행
위를 감시하고 계시다는 신앙이 있었다. 공자는 이런 말도 하
고 있다.[7]

"하늘에 죄를 지으면 빌 곳도 없게 된다."

獲罪於天, 無所禱也.
획 죄 어 천   무 소 도 야

사람으로서는 하늘의 지배를 벗어날 수도 없고, 하늘을 속
일 수도 없다. 더구나 하늘의 뜻에 거슬리는 짓을 하고는 사람
이 무사할 수가 없다고 생각했다.

"내가 누구를 속이겠는가? 하늘을 속이겠는가?"

吾誰欺? 欺天乎?[8]
오 수 기   기 천 호

그러기에 공자는 그가 가장 사랑하던 젊은 제자 안연(顏淵)이
죽었을 적에는 그것을 하늘의 탓으로 돌리며 애통하고 있다.

....
7 『論語』八佾.
8 『論語』子罕.

"아아! 하늘이 나를 망치는구나! 하늘이 나를 망치는구나!"

噫! 天喪予! 天喪予!⁹
희　천 상 여　천 상 여

　　다시 위(衛)나라를 방문했을 적에 위나라 영공(靈公)의 부인
이며 음탕하기로 유명한 남자(南子)를 만나보았을 때 자로(子
路)가 불평을 하자, 공자는 자신의 결백함을 주장하기 위해 하
늘을 두고 맹세하고 있다.[10]

　　"내게 잘못이 있었다면, 하늘이 버리실 것이다! 하늘이 버
리실 것이다!"

子所否者, 天厭之! 天厭之!
여 소 부 자　천 염 지　천 염 지

　　또 공자는 하늘에 대한 믿음을 바탕으로 이런 말도 하고 있
다.[11]

　　"하늘을 원망하지도 말고 사람을 탓하지도 말아야 한다.
아래의 것을 배워 위의 것에까지 통달했으니, 나를 알아주는

---

9 『論語』先進.
10 『論語』雍也.
11 『論語』憲問.

것은 오직 하늘일 것이다."

不怨天, 不尤人. 下學而上達, 知我者其天乎!
불 원 천　불 우 인　하 학 이 상 달　지 아 자 기 천 호

하늘에 대한 신앙은 중국에서는 실은 『시경(詩經)』·『서경
(書經)』에도 보이는 공자 이전부터 있었던 고유의 것이다. 다
만 여기에서는 정치적인 작용이 가장 뚜렷하나, 하늘은 사람
들에게 은총을 베풀고 벌을 주는 역할도 하고 있었다. 하늘은
덕이 많은 사람에게 명(命)을 내리어 그를 천자로 삼고 그로
하여금 온 천하를 다스리도록 은총을 베풀지만, 천자가 덕을
잃고 어지러운 정치를 하면 은총을 거두고 명(命)은 다른 덕
많은 사람에게로 옮아간다. 이것은 공자의 '하늘이 내게 덕을
부여해주셨다'는 자부심이나 '하늘이 버리실 것이다!'고 하면
서 자신에게 죄가 있다면 하늘의 은총이 끊일거라고 한 말과
비슷한 개념이다. 공자의 하늘에 대한 신앙이 『시경』이나 『서
경』의 영향을 받았을 것임은 분명한 일이다. 다만 공자에게
이르러 하늘의 뜻, 또는 하늘의 명(命)은 더욱 개인의 내면적
인 여건들과 결합되어 있어 인간의 의지나 노력과는 관계없이
더욱 여러 가지로 절대적인 작용을 하고 있다는 것이다.

『논어』에 보이는 명(命), 또는 하늘의 명(天命)이라는 말은
사람의 힘으로는 어찌할 수 없는, 모든 개개인이 타고난 운명

(運命) 또는 숙명(宿命)이나 비슷한 말이다. 그러기에 묵자(墨子)는 유가를 하늘만 믿고 노력은 하지 않는 숙명론자(宿命論者)들이라고 공격을 퍼부었다.[12] 공자는 제자인 염백우(冉伯牛)가 문둥병에 걸렸을 때 문병을 가서 앓는 제자의 손을 잡고 이런 말을 하고 있다.[13]

"이럴 수가 없는데! 운명이로구나! 이런 사람에게 이런 병이 걸리다니! 이런 사람에게 이런 병이 걸리다니!"

亡之, 命矣夫! 斯人也, 而有斯疾也! 斯人也, 而有斯
무 지   명 의 부   사 인 야   이 유 사 질 야   사 인 야   이 유 사

疾也!
질 야

여기의 '명' 은 '운명' 으로 번역하는 수밖에 없었다. 공자의 제자 중 덕행(德行)에 뛰어나기로 유명한 염백우 같은 사람에게도 문둥병에 걸리도록 하는 게 '하늘의 명' 인 것이다. 자로(子路)가 공백료(公伯寮)라는 자의 모함을 받아 위험한 지경에 놓였을 때, 어떤 사람이 그를 돕겠다고 나서자, 공자는 다음과 같은 말을 하고 있다.[14]

....

12 『墨子』非命·非儒篇 등 참조.
13 『論語』雍也.
14 『論語』憲問.

"도가 행하여지는 것도 명이며, 도가 폐하여지는 것도 명이다. 공백료가 명을 어찌하겠느냐?"

道之將行也與, 命也 ; 道之將廢也與, 命也. 公伯寮其
도 지 장 행 야 여   명 야   도 지 장 폐 야 여   명 야   공 백 료 기
如命何?
여 명 하

여기의 '명'도 운명 또는 하늘의 명이다. 또 『논어』에는 공자의 제자인 자하(子夏)의 다음과 같은 말도 보이는데, 역시 스승 공자의 사상을 대변하는 것이라 보아야 한다.

"생사는 운명에 정해져 있고, 부귀는 하늘에 달려 있다."

死生有命, 富貴在天. [15]
사 생 유 명   부 귀 재 천

이런 점에서는 공자를 숙명론자라고 공격하여도 할 말이 없을 것이다. 공자가 "쉰 살에는 하늘의 명을 알게 되었다.(五十而知天命. -爲政)"고 한 말도 실은 그가 '하늘의 명을 자각'하게 되었다. 곧 자기의 운명을 통찰하여 자신의 할 일을 자각한 것으로 풀이해도 좋을 것이다.

....
15 『論語』顔淵.

그러나 『논어』에서 보여주는 밝은 분위기와 공자의 평생을 통한 진지한 노력으로부터 볼 때 그를 단순한 숙명론자로 몰아붙일 수만은 없다. 공자에게 있어 하늘은 그의 도덕의 근원인 동시에, 한편으로는 사람들의 지각과 행동에 제한을 가하고 있는 존재로서 받아들여진 것이다. 어느 경우에나 하늘은 절대적인 존재이다. 그는 하늘의 뜻에 입각하여 새로운 윤리의 실현을 목표로 하는 사회개혁에 온 힘을 다 기울였지만, 그 일은 뜻대로 되지만은 않는다는 것을 절감한 것이다. 이러한 자기의 노력에 가해지고 있는 절대적인 힘으로 말미암은 인간이 지닌 한계에 있어서도 공자는 하늘의 명을 인식했던 것이다. 그 때문에 공자는 "하늘을 원망하지 않고, 남을 탓하지도 않으며(不怨天, 不尤人)" 자기의 노력을 계속하였던 것이다. 공자의 운명에 대한 인식은 운명에의 굴복을 뜻하는 것이 아니다. 그런 운명의 제한을 인식하며 인간으로서의 노력을 계속할 수 있었기 때문에 그는 "나를 알아주는 것은 오직 하늘이다!(知我者其天乎!)"고 하면서 자신의 사명을 다할 수 있었던 것이다.

공자가 종교의 창시자라고 보는 이는 드물지만 다음 『논어』의 기록을 보면, 자신은 언제나 종교적인 자세로 하늘을 모시면서 생활하였다고도 할 수 있다. 한 번은 공자께서 무거운 병이 나시자, 제자인 자로가 기도를 드리기를 요청하였다. 이때

공자는 자로와 다음과 같은 문답을 한 기록이 있다.[16]

"그런 선례(先例)가 있느냐?"

자로가 대답하였다. "있습니다. 뇌문(誄文)에 그대에 관하여 위아래 천신(天神)과 지기(地祇)에게 빈다고 했습니다."

공자께서 말씀하셨다. "나는 그렇게 빌어온 지 오래이다."

子疾病, 子路請禱. 子曰 : 有諸? 子路對曰 : 有之. 誄
자 질 병　자 로 청 도　자 왈　유 저　자 로 대 왈　유 지　뇌

曰, 禱爾于上下神祇. 子曰 : 丘之禱久矣!
왈　도 이 우 상 하 신 기　자 왈　구 지 도 구 의

공자는 병들기 전부터도 언제나 하늘에 기도 드리는 자세로 살아온 것이다. 때문에 자연현상에 대하여도 엄숙한 태도로 대하였다.[17]

"천둥이 치거나 바람이 세차게 불어도 반드시 정색을 하였다."

迅雷風烈, 必變.
신 뢰 풍 렬　필 변

공자의 '하늘'이 이 우주와 인간의 주재자로서의 성격을 지

16 『論語』述而.
17 『論語』鄕黨.

닌 것임에는 틀림없지만, 그것이 일정한 의지를 지닌 서양의 하나님과 같은 것이냐, 그렇지 않으면 우주와 자연에 통용되고 있는 필연적인 이법(理法)을 가리키느냐 하는 것은 분명히 말하기 어렵다.[18] 그러나 공자의 하늘에 대한 신앙과 하늘에 대한 경건한 자세만은 확고하였다는 것은 사실이다. 하늘에 대한 믿음을 바탕으로 그의 위대한 사상이 이루어진 것이다.

2002. 6. 27

---

18 馮友蘭·侯外廬 같은 사람은 앞의 이론을, 郭沫若 같은 이는 뒤의 이론을 주장하고 있다.

4

예(禮)와 악(樂)

【1】

공자(孔子, B.C.551-B.C.479)는 예(禮)와 악(樂)을 매우 중시하였다. 『예기(禮記)』 악기(樂記)편을 보면 이런 말들이 보인다.

"위대한 음악은 하늘과 땅이나 같은 조화를 이루며, 위대한 예는 하늘과 땅이나 같은 절조를 이룬다."

大樂與天地同和, 大禮與天地同節.
대 악 여 천 지 동 화　　　대 례 여 천 지 동 절

"음악이란 하늘과 땅의 조화이며, 예란 하늘과 땅의 질서이다."

樂者, 天地之和也, 禮者, 天地之序也.
악 자　천 지 지 화 야　예 자　천 지 지 서 야

"예와 악을 모두 터득한 것을 덕이 있다고 말하는 것이
다."

禮樂皆得, 謂之有德.
예 악 개 득　위 지 유 덕

'예'와 '악'은 하늘의 원리이다. 공자는 이 하늘의 원리인
'악'으로는 사람들의 성격과 감정을 깨끗하게 하고, '예'로는
사람들의 관계와 행동을 바로잡으려 하였다. 그것은 "음악은
안으로부터 나오고, 예는 밖에서 이루어지는 것"(樂記)이기 때
문이다. 그래서 『논어』를 보면 공자는 이렇게 말하고 있다.

"사람은 예의를 통하여 올바로 행동하게 되고, 음악을 통
하여 올바른 사람이 된다."

立於禮, 成於樂. ‒泰伯(태백)
입 어 례　성 어 악

『논어』를 보면 이 밖에도 '악'과 '예'는 함께 짝지어 여러
가지로 얘기되고 있다. 이것들은 공자 윤리의 안팎을 이루고
있는 것이기에 당연한 일이다.

"사람으로 어질지 못하다면 예는 무엇에 쓸 것이며, 사람으로서 어질지 못하다면 음악은 무엇에 쓰겠느냐?"

人而不仁, 如禮何? 人而不仁, 如樂何? -八佾(팔일)
인 이 불 인　여 례 하　　인 이 불 인　여 악 하

"예의와 음악으로 몸가짐을 다스린다면 매우 완전한 사람이 될 수 있을 것이다."

文之以禮樂, 亦可以爲成人矣. -憲問(헌문)
문 지 이 례 악　역 가 이 위 성 인 의

"예다, 예다 하고 말하지만 옥이나 비단을 뜻하겠느냐? 악이다, 악이다 하고 말하지만 종이나 북을 뜻하겠느냐?"

禮云, 禮云, 玉帛云乎哉? 樂云, 樂云, 鐘鼓云乎哉?
예 운　예 운　옥 백 운 호 재　악 운　악 운　종 고 운 호 재

-陽貨(양화)

이 밖에도 더 많은 보기를 찾을 수가 있을 것이다.

"왕자는 나라를 이룩하는 일을 이루면 악을 만들고, 다스림이 안정되면 예를 제정한다."

王者功成作樂, 治定制禮. -『禮記(예기)』樂記(악기)
왕 자 공 성 작 악　치 정 제 례

예와 악은 덕으로 세상을 다스리는 정치의 바탕도 되기 때문이다. 공자는 윤리문제에 있어서 외면적인 것은 '예'로서 해결하고, 내면적인 것은 '악'으로 해결하려 하였음을 뜻한다. 곧 예와 악은 공자 윤리사상의 바탕이 되는 것이다. 말하자면, 인(仁)·의(義)·지(知)·성(誠)·신(信)·효(孝)·제(悌)·공(恭)·경(敬)·양(讓) 등의 실천은 '예'를 통하여 바르게 가르치고 이끌어주며, 이러한 윤리의 내면적인 함양(涵養)은 '악'을 통하여 길러준다는 것이다. 제자인 안회(顔回)가 공자에게 나라를 다스리는 방법에 대하여 질문했을 적에도, 역법(曆法)과 예의를 올바르게 하고 "음악은 순(舜)임금의 음악인 소무(韶舞)를 쓰고 음란한 정(鄭)나라의 음악 같은 것은 몰아내야 한다."[1]고 설명하고 있다.

공자가 음악을 좋아한 일은 매우 유명하다. 공자는 이웃 제(齊)나라로 가서 순임금의 음악인 소(韶)의 연주를 듣고는 감동한 나머지 "석 달 동안 고기 맛을 몰랐다.(三月不知肉味.)"[2]고 할 정도이다. 이 밖에 『논어』만 보더라도 공자가 음악을 논한 대목이 여러 곳에 보인다. 보기를 든다.

"공자께서 말씀하시기를, 순임금의 음악 소는 아름다움도

----

1 『論語』 衛靈公편.
2 『論語』 述而편.

다했고, 또 훌륭함도 다했다. 그러나 무왕의 음악 무에 대하여는 말씀하시기를, 아름다움은 다했으나 훌륭함은 다하지 못하였다고 하셨다."

子謂韶, 盡美矣, 又盡善也. 謂武, 盡美矣, 未盡善也.
자 위 소　진 미 의　우 진 선 야　　위 무　진 미 의　미 진 선 야

－八佾(팔일)

그밖에 사양(師襄) 같은 음악가에게 음악 공부를 하였고,[3] 노나라의 악관 지(摯)의 음악을 비평하기도 하고 태사악(太師樂)과 음악을 논하고도 있다.[4] 공자가 음악을 중시하고 좋아하였음을 알려주는 기록은 무수히 많다. 공자는 사람의 내면적인 함양을 외면적인 문제보다 중시하였기 때문일 것이다.

【2】

그러나 세상의 어지러움이 계속 이어져 가면서 공자의 제자인 유학자들은 악보다도 예가 더 중시되는 경향을 보여준다. 육경(六經)에는 본시 '악'도 들어있었지만 실제로 음악에 관한

3 『闕里誌年譜』.
4 『論語』八佾편.

경전은 전하지 않는 반면, '예'에 관한 경전으로는 『예기(禮記)』와 『의례(儀禮)』·『주례(周禮)』의 이른바 삼례(三禮)가 전한다. 그리고 『예기』 곡례(曲禮)의 기록을 보면 이런 말을 하고 있다.

 "도와 덕과 어짊과 의로움도 예가 아니면 이루어지지 않고, 가르침을 펴고 풍속을 바로잡는 일도 예가 아니면 갖추어지지 않고, 다투는 것을 갈라놓고 소송을 해결하는 것도 예가 아니면 결행할 수가 없고, 임금과 신하와 위아래 사람들 및 아버지와 아들과 형과 아우도 예가 아니면 안정되지 않고, 벼슬살이와 배우는 일과 스승을 섬기는 일도 예가 아니면 친히 할 수가 없고, 조정에서 관원들이 일하고 군사를 다스리는 일과 관청을 다스리고 법을 집행하는 일도 예가 아니면 위엄이 있게 행하여지지 않고, 신에게 제사지내고 조상을 받들며 귀신을 모시는 일도 예가 아니면 정성스럽게 되지 않고 장엄하게 되지도 않는다."

道德仁義, 非禮不成; 教訓正俗, 非禮不備; 分爭辨訟,
도 덕 인 의　비 례 불 성　교 훈 정 속　비 례 불 비　분 쟁 변 송

非禮不決; 君臣上下, 父子兄弟, 非禮不定; 宦學事師,
비 례 불 결　군 신 상 하　부 자 형 제　비 례 부 정　환 학 사 사

非禮不親; 班朝治軍, 涖官行法, 非禮威嚴不行; 禱祠祭
비 례 불 친　반 조 치 군　리 관 행 법　비 례 위 엄 불 행　도 사 제

祀, 供給鬼神, 非禮不誠不莊.
사　공 급 귀 신　비 례 불 성 부 장

이런 때문에 "예는 나라의 줄기이다.(禮, 國之幹也.)",[5] "예는 나라의 기강이다.(禮, 國之紀也.)"[6], "예는 왕의 대 원칙이다.(禮, 王之大經也.)"[7], "예는 정치의 수레이다.(禮, 政之輿也.)"[8] 등의 말도 나오게 된 것이다.

공자보다 200여 년 뒤의 순자(荀子, B.C. 323?-B.C. 238?)를 보면 공자의 예악사상으로부터 적지 않은 변질을 보여준다. 『순자』 중에는 예론(禮論)과 악론(樂論) 두 편이 있으니, 순자가 예와 악을 경시했다고 할 수는 없다. 그러나 예의 목적을 설명하기를, 첫째는 사람들의 다툼과 어지러움을 막기 위한 것이고, 둘째는 멋진 것을 추구하려는 사람들의 욕망을 충족시키기 위한 것이라 하고 있다. 그의 '예'에 대한 기본 개념은 법의 바탕이 되는 보다 중요한 것이다.

"예는 법의 근본이며, 여러 가지 일에 관한 기강(紀綱)이다."

禮者法之大分, 類之綱紀也.
예 자 법 지 대 분   유 지 강 기 야

....

5 『左傳』襄公 30年.
6 『國語』晉語 4.
7 『左傳』昭公 15年.
8 『左傳』襄公 21年.

"예와 악은 법을 보여줌에 빠지는 것이 없다."

禮樂法而不脫.[9]
예 악 법 이 불 탈

예를 어기는 행위에 대하여 권력으로 규제를 가하면 바로 법이 된다. 순자의 문하에서 이사(李斯, B.C. 284?-B.C. 210)와 한비자(韓非子, B.C. 280?-B.C. 233?) 같은 대표적인 법가(法家)가 배출된 것도 매우 자연스러운 일이다.

'악론'에 있어서는 첫머리에 "악은 즐기는 것"이란 정의를 하고 있고, 주로 묵자(墨子)의 음악을 반대하는 주장을 반박하는 데 힘을 쏟고 있다. 그리고 '악'의 역할을 한 고장의 사람들이 모여 술을 마실 적의 예절인 향음주례(鄕飮酒禮) 등의 예식 중에서 찾고 있다. 공자가 생각했던 사람들의 덕을 이루는 윤리의 바탕으로서의 예와 악은 순자에게서 성격이 다르게 이해되기 시작했던 것이다. 오히려 예를 돕기 위하여 악이 필요한 것처럼 여겨지게 하고 있다.

한나라 무제(武帝)가 동중서(董仲舒, B.C. 179-B.C. 104)의 제의를 바탕으로 유학을 봉건전제의 통치이념으로 확정지은 뒤로 청나라가 망할 때까지 유학은 중국 정치와 사회를 지배하는

....
9 이상 『荀子』 勸學편.

윤리로 군림하여 왔다. 동중서는 절대적인 하늘의 뜻에 의하여 사람들 세상이 다스려짐으로 하늘이 정해준 황제를 중심으로 하여 천하는 통일을 이루는 것이 기본 원칙임을 내세웠다. 그리고 정치윤리의 기본 원칙으로 '삼강(三綱)'을 내세웠는데,[10] '삼강'이란 임금과 신하, 부모와 자식, 남편과 아내의 세 가지 절대적인 관계인데, 그것은 하늘이 마련한 절대적인 원칙이라고 하였다. 그리고 이 '삼강'을 바탕으로 하여 모든 사람들의 관계는 이루어지고 있다고 하였다. 그리고 봉건통치를 옹호하고 그 속의 사람들이 살아가는 원칙을 마련하기 위하여 '오륜(五倫)'[11]을 내세웠는데, '오륜'이란 사람의 어짊(仁)·의로움(義)·예의(禮)·지혜(知)·신의(信)의 다섯 가지 품성을 말한다. 그는 세상이 올바로 다스려지려면 이 다섯 가지 품성이 완전무결하게 행해져야 한다고 하였다.[12]

이 뒤로 이른바 '삼강오륜'은 중국 사회의 절대적인 윤리로 발전하고, 부드러운 것 같은 예의는 실상 법보다도 더 무서운 절대적인 하늘이 정해준 윤리로 중국 사람들에게 군림한다. 본시 법이란 '법칙' 또는 '본받다' 정도의 뜻을 지닌 글자여

---

10 『春秋繁露』基義편; 王道之三綱, 可求于天.

11 五倫은 五常 또는 五常之道라고도 한다.

12 『擧賢良對策』一; 夫仁·誼(義)·禮·知·信, 五常之道, 王者所當修飭也. 五者修飭, 故受之天祐, 而享鬼神之靈, 德施于萬方, 延及群生也.

서, 중국의 옛 전적에는 많이 보이지 않는 글자이다. 『논어』에는 두어 번, 『맹자』에는 일곱 번 정도가 책 전체에 보이는 횟수이다. 이 예의를 바탕으로 한 통치윤리 덕분에 한나라 이후 중국은 왕조가 바뀌고 심지어 이민족이 쳐들어와 온 중국을 통치하여도 2000여 년의 역사를 통하여 봉건전제정치는 요동도 하지 않고 지속될 수가 있었던 것이다.

그러다가 송(宋)대의 도학자(道學者)들에 이르러는 예는 그대로 봉건질서의 유지를 위하여 없어서는 안 될 법이나 비슷한 윤리로 존중되지만, '악'은 특히 학문을 위하여 아무런 도움도 안 되는 불필요한 것으로 여겨지기 시작하였다. 남송 주희(朱熹, 1130-1200)에 의하여 주자학이 완성되면서 그러한 생각은 더욱 굳어진다. 주희는 이렇게 말하고 있다.[13]

"나는 시란 뜻(志)에서 나온 것이고, '악'은 시를 근본으로 하고 있는 것이라고 생각한다. 그러니 뜻은 시의 근본이 되는 것이고, '악'이란 그 말단적인 것이다. 말단적인 것은 비록 없어진다 하더라도 근본적인 것의 존재에는 해가 되지 않는다."

故愚竊以爲詩出乎志者也, 樂本乎詩者也. 然則志者詩
고 우 절 이 위 시 출 호 지 자 야 악 본 호 시 자 야 연 즉 지 자 시

之本, 而樂者其末也. 末雖亡不害本之存.
지 본 이 악 자 기 말 야 말 수 망 불 해 본 지 존

---

13 『朱文公集』 권37 答陳體仁.

곧 음악이란 없어도 상관없는 것이라는 말이 된다. 이것은 문학이란 공부를 하는 데 해가 되는 것이라 단정하며, 글을 짓는 행위도 사람들이 어떤 물건이나 일을 지나치게 좋아하여 자기의 뜻을 잃게 된다는 완물상지(玩物喪志)란 말로 문학을 경계한 정이(程頤, 1033-1107)의 사상[14]을 계승한 것이다. 대체로 사람의 감정을 하늘의 이치에 반하는 것이라 생각한 도학자들의 이론의 결집인 것이다. '정'을 부정하는 사람들에게 음악이 존중될 수는 없는 것이다.

【3】

음악의 경시는 사람들의 성격과 감정의 함양을 소홀히 하는 결과를 가져온다. 사람의 내면이 거칠어져 남에 대한 배려를 못하게 되고, 따스한 마음이나 사랑이 결핍되게 된다. 옛날의 양반들은 심지어 가정조차도 사랑을 바탕으로 하여 이루어지는 것이 아니라 형식적인 예를 따라서 이루어지고 유지되는 것으로 생각하였다. 그러니 모든 인간관계에서 사랑 같은 정은 찾아보기 힘들게 되었던 것이다. 곧 악의 교화를 통하여 이

----

14 『近思錄』 권2.

루어지던 따스한 마음이나 사랑의 정 또는 남에 대한 배려 같은 것은 사라지고, 모든 일을 자기 또는 자기 집단 위주로 생각하는 경향이 굳어지게 되었다.

본시 '예'는 사람들이 살아가면서 자기 몸가짐이나 남과의 관계를 통하여 지켜야만 할 법도여서 원칙적으로 법과 다를 바가 없는 것이었다. 옛날에 삼강오륜(三綱五倫) 같은 큰 예를 위반하는 사람은 사람도 아니라고 여겨졌다. 법을 어긴 죄인보다도 더 못된 인간 취급을 받은 것이다. 그러나 '악'으로부터 '예'가 따로 떨어진 뒤 점점 더 사회의 지배집단이 정하는 '법'이 보편적인 윤리인 '예'보다도 중시되는 경향을 보이게 된다. 결국 지금 와서는 '예' 정도는 어겨도 되고 '법'에만 걸리지 않으면 된다는 생각이 사람들 사이에 일반화 되고 있는 것 같다.

특히 민주주의는 법치주의라는 생각이 보편화하면서 그 경향은 더해지고 있다. 사회 지도층의 인사들이 거짓말을 밥 먹듯이 하고, 한 말을 바꾸는 것을 옷 갈아입듯이 하면서도 얼굴 하나 붉히지 않는 세상이 되어가고 있다. 고위층 인사가 엄청나게 많은 돈을 남에게서 받고도 그 대가성만 증명되지 않으면 괜찮다면서 큰소리 치고 있는 세상이다. '예'를 모르는 염치도 없는 사람들이 많아지고 있기 때문이다.

'예'를 바탕으로 하는 윤리가 '법'의 근원임을 알고, 법 못지않게 예를 존중할 줄 알아야 한다. 우리는 '예'의 형식뿐만이 아니라 옛날 '악'의 효용을 살려 우리의 성격과 감정을 순화함으로써, 따스한 마음과 사랑의 정을 갖고 남을 먼저 배려할 줄 아는 사람이 되어야 한다. 공자의 예와 악의 기본정신은 현대에도 다시 살릴만한 사상이다. 그래야만 사람들의 마음이 깨끗해지고 행실이 올바르게 되어 남과 사회를 배려할 줄 아는 올바른 사회의 시민이 될 수 있을 것이다.

2003. 6. 22

5

공자와 스포츠 정신

『논어』를 보면, 공자는 군자의 활쏘기에 대하여 다음과 같은 말을 하고 있다.

"군자는 다툴 일이 없으나, 불가피한 경우로 활쏘기가 있다. 서로 절하고 사양하며 사당(射堂)에 오르고, 내려와서는 벌주를 마시는데 그 다투는 것도 군자다운 것이다."

君子無所爭, 必也射乎. 揖讓而升, 下而飮, 其爭也君子.
군 자 무 소 쟁　필 야 사 호　　읍 양 이 승　　하 이 음　기 쟁 야 군 자

활쏘기란 예를 차리며 규칙을 따라 다투던 옛날의 일종의 스포츠이다. 공자가 활쏘기를 두고서 "다투는 것도 군자다운 것"이라 말한 것은, 이러한 올바른 다툼은 군자의 도를 닦는

길이 된다는 뜻도 되는 것이다.

『주례(周禮)』를 보면, 옛날의 학교에서 젊은이들을 교육하는 학과목으로 예(藝)·악(樂)·사(射)·어(御)·서(書)·수(數)의 이른바 육예(六藝)가 있었다. "수레몰이"인 "어"까지도 스포츠로 친다면, 여섯 과목 중에 활쏘기와 함께 두 과목이나 스포츠라 할 수 있는 과목이 들어있는 것이다.

옛날 분들도 젊은이들을 교육하는 데 스포츠를 상당히 중시했음을 알 수 있다. 옛날이나 지금이나 스포츠에서 가장 중요한 것은 스포츠 정신이다. 곧 교육에 있어서 옛날에도 스포츠 정신은 매우 중시되었다고 할 수 있다.

『예기(禮記)』를 보면, 사의(射義)편에서 활쏘기의 목적과 그 유래 및 방법 등을 자세히 설명하고 있다.

"그러므로 활쏘기라는 것은 나아가고 물러나고 하면서 몸을 움직이는 것이 반드시 예에 합당해야 한다. 속마음은 바르고 겉 몸은 곧은 뒤에야 활과 화살을 잘 살피어 굳건히 잡으며, 활과 화살을 잘 살피어 굳건히 잡은 뒤에야 과녁을 맞히는 일을 얘기할 수가 있다. 이럼으로써 덕행을 살필 수가 있는 것이다."[1]

....
1 故射者, 進退周還, 必中禮. 內志正, 外體直, 然後持弓矢審固; 持弓矢審固, 然後可以言中. 此可以觀德行矣.

"활쏘기란 어짊의 도이다. 활쏘기에 있어서는 자신의 올바름을 추구하여 자기가 올바르게 된 뒤에야 활을 쏘는 것이다. 쏘아서 맞지 않아도 자기를 이긴 사람을 원망하지 아니하고 돌이켜 자기 자신에게서 맞지 않은 까닭을 추구하는 것이다."[2]

곧 활쏘기는 올바른 마음과 곧은 몸가짐을 가지고 예를 따라 움직이면서 여러 사람들이 활 쏘는 기량을 서로 겨루는 스포츠인 것이다. 또 『의례(儀禮)』에는 고을에서 고을의 우두머리나 향대부(鄕大夫)가 주관하는 활쏘기의 예를 쓴 「향사(鄕射)」편[3]이 있고, 제후(諸侯)들이 주관하는 활쏘기의 예를 쓴 「대사(大射)」[4]가 있다. 전체적으로 이 옛날의 활쏘기에서는 활을 잘 쏘는 재주보다도 활쏘기 행사를 하는 중에 그 행사에 참여한 사람들의 몸가짐인 '예'를 훨씬 더 중시하고 있다.

옛날에도 활쏘기나 수레 몰이뿐만이 아니라 축국(蹴鞠)·투호(投壺)·발하(拔河)·씨름 등등 여러 가지 운동경기 같은 것들이 있었다. 모두 올바른 마음가짐과 곧은 몸가짐으로 정정

----

2 射者, 仁之道也. 射求正諸己, 己正而後發. 發而不中, 則不怨勝己者, 反求諸己而已矣.

3 11·12·13卷.

4 16·17·18卷.

당당히 규칙을 따라 서로 기량을 겨루는 스포츠이다. 여기에서 가장 중요한 것은 뛰어난 기량을 발휘하여 가장 뛰어난 성적을 올리는 일보다도, 기량을 다투면서 규칙을 지키고 올바른 마음과 곧은 몸가짐을 유지하는 정신을 기르는 일이다. 옛날의 이것들을 스포츠라 한다면 그때에는 스포츠의 기예보다도 그 스포츠를 하는 정신을 훨씬 더 중시했던 것이다.

더구나 현대사회는 경쟁의 시대라고 할 수 있을 정도로 모든 면에서 경쟁이 치열해진 시대이다. 학교의 공부에서 시작하여 취직은 말할 것도 없고 무슨 일을 하거나 남과의 경쟁은 거의 피할 길이 없다.

더욱이 우리사회는 국제화 방향으로 달려가고 있다. 국제화란 결국 정치 · 문화 · 경제 등 모든 면에서의 외국과의 경쟁을 뜻하기도 한다. 제대로 국제화를 이루기 위하여는 그 경쟁에서 다른 나라들에 뒤지지 말아야 한다.

결국 사람의 생활이란 개개인 사이의 관계에서 시작하여 사회생활에 있어서나 국제관계에 있어서나 모두가 경쟁을 바탕으로 하게 되는 것을 뜻한다. 인간생활 속에서 경쟁이란 피할 수도 없고 피해서도 안 되는 것이다.

그런데도 우리나라 교육에 있어서는 올바른 경쟁방법 곧 스포츠 정신을 가르치는 일에 등한히 하고 있다. 오히려 각종 학교의 입학에서부터 정정당당한 경쟁은 피하고, 편의주의적인 방법을 찾느라 정신이 없다. 초등학교에서 중·고등학교에 이르는 입학방법은 모두 추첨에 의하여 결정이 되어, 학생들의 취향이나 학생들의 자질 같은 것은 무시된 채 운에 따라 좋은 학교에도 가고 나쁜 학교에도 가게 된다.

그러니 학생들은 요행이나 바라며 힘든 공부는 하지 않으려 하게 되고, 경쟁을 죄악시하며 피하려고만 하는 나약한 젊은이가 되고 만다. 그 결과 올바른 마음과 곧은 몸가짐을 지닐 줄 모르게 되어 부정한 짓을 일삼게 되고, 사회생활에 있어서나 국제간에 있어서나 올바른 경쟁을 기피하는 사람들이 되고 만다.

현대에 성행하는 스포츠에 있어서도 우승 메달만을 중시하게 된다. 스포츠는 우승 메달보다도 우승을 하게 된 과정이나 방법이 더 중요한 것이다. 현대에 있어서도 공자가 활쏘기를 통해서 군자의 도를 가르치려 했던 뜻과, 젊은이들이 공부하는 기초과목인 '육예'에 '활쏘기'와 '수레 몰이'의 두 과목을 넣어 올바른 스포츠 정신을 가르치려 했던 뜻을 되살려야만 할 것이다. 곧 지금도 공자의 스포츠 정신을 우리 교육에 살리고 또 모두가 배우기에 힘써야만 한다는 것이다.

1994. 2.

6

공자의 의란조(猗蘭操)

【1】

송(宋)나라 곽무천(郭茂倩, 1084 전후)이 편찬한 『악부시집(樂府詩集)』권58 금곡가사(琴曲歌辭) 중에는 노(魯)나라 공자가 지었다는 「의란조」라는 다음과 같은 금곡(琴曲)의 가사가 실려있다.

> 살랑살랑 골짜기에 부는 바람에
> 날씨 흐리고 비 내리는데,
> 내 님이 돌아가게 되어
> 멀리 교외까지 전송하네.

어찌하여 저 푸른 하늘 계신데

제대로 일이 되지 않는가?

온 세상 돌아다니며

정처도 없는데,

세상 사람들은 몽매하여

현명한 사람 몰라보네.

세월은 흘러

이 한몸 늙어가네.

習習谷風, 光陰以雨.
습 습 곡 풍　　광 음 이 우

之子于歸, 遠送于野.
지 자 우 귀　　원 송 우 야

何彼蒼天, 不得其所?
하 피 창 천　　부 득 기 소

逍遙九州, 無所定處.
소 요 구 주　　무 소 정 처

世人闇蔽, 不知賢者.
세 인 암 폐　　부 지 현 자

年紀逝邁, 一身將老.
연 기 서 매　　일 신 장 로

　곽무천은 또 이 금곡가사에 대하여 다음과 같은 해설을 붙이고 있다.

"일명 「유란조(幽蘭操)」라고도 하는데, 『고금악록(古今樂錄)』에 이렇게 말하고 있다.

　　'공자가 위(衛)나라로부터 노(魯)나라로 돌아와 향기로운 난초를 보고서 이 노래를 지었다.'

　　다시 『금조(琴操)』에 말하였다.

　　"「의란조」는 공자가 지은 것이다. 공자는 여러 제후들을 두루 찾아다녔으나 제후들이 그를 써주지 않자 마지막에 위나라로부터 노나라로 돌아와 으슥한 골짜기 가운데에 향기로운 난초가 무성한 것을 발견하고는 한숨을 쉬면서 말하였다. '난초는 본시 왕자의 향이거늘, 지금 이처럼 무성하게 여러 잡풀과 함께 자라고 있구나!' 그리고 그는 수레를 멈추게 하고는 금을 끌어내어 스스로 때를 만나지 못하였음을 슬퍼하며 향기로운 난초에 기탁하여 가사를 지었다고 한다.'"

공자가 난을 보면서 금을 타고 있는 그림

공자가 자신의 이상을 실현하려고 여러 나라 제후들을 찾아다니며 자신의 정치이상을 설교하였으나 끝내 아무런 성과도 거두지 못하고 위나라로부터 노나라로 돌아온 것은 공자가 68세가 되던 해(B.C. 484, 魯 哀公 11년)였다. 공자는 이로부터 73세에 생을 마칠 때까지 자신의 이상을 실천하려던 욕망을 버리고 만인의 교과서로써 유교의 여섯 가지 경전인 육경(六經)을 편찬하여 젊은이들을 교육함으로써 자신의 이상을 후세에 전하려는 노력을 기울이게 된다.

【2】

그런데 정사(正史)에는 어디에도 공자가 만년에「의란조」같은 금곡을 작사, 작곡하였다는 기록이 없다.『악부시집』금곡가사에는 이 밖에도 공자가 위나라에서 지었다는「장귀조(將歸操)」와 그 전에 노나라의 권신인 계환자(季桓子)의 방자한 꼴을 보고서 그를 귀산(龜山)에 빗대어 지었다는「귀산조(龜山操)」도 실려 있다.

이것은 모두 공자가 음악을 중시하고 또 음악을 좋아한데다가 이들 금곡이 모두 공자의 그때그때의 처지에 잘 부합됨으로, 후세 사람이 그러한 금곡을 지었거나 그러한 금곡들에 그런 전설들이 붙여진 것일 것이다.

「의란조」만 보더라도 앞의 네 구절은 고스란히 『시경(詩經)』 국풍(國風)의 구절 표현을 인용한 것이고, 나머지 부분들도 모두가 『시경』의 표현을 본뜬 것이라 할 수 있다. 그리고 가사의 성격을 놓고 보더라도 이것이 공자가 창작한 것일 가능성은 희박하다. "지자우귀(之子于歸)"란 말은 『시경』에선 본시 '여자가 시집을 가는 것'을 뜻하는 말이나, 여기에서는 공자의 처지에 부합시키기 위하여 '내 님이 돌아간다'는 뜻으로 옮겨 놓았다.

『논어(論語)』만 보더라도 공자가 음악을 존중하고 좋아하였음을 드러내는 기사는 수없이 발견된다. 공자는 이런 말을 하고 있다.

"예의를 통해서 자립하게 되고, 음악을 통해서 완성된다."

立於禮, 成於樂, -八佾(팔일)
입 어 례 　 성 어 악

이것은 사람들의 행실에 대하여 한 말이다. 제자인 안회(顏回)가 나라 다스리는 방법에 대하여 질문했을 적에도 공자는 이렇게 대답하고 있다.

"음악은 소무(舜의 음악)를 쓰되, 정나라 노래(음란한 노래)

는 몰아내야 한다."

樂則韶舞, 放鄭聲. -衛靈公(위령공)
악 즉 소 무   방 정 성

　그리고 공자는 제(齊)나라에 가서 순(舜)임금의 음악인 소
(韶)의 연주를 듣고서 "석 달 동안이나 고기 맛을 잊으셨다."
(三月不知肉味. -述而)고 할 정도로 음악을 좋아하였다.
　한(漢)대 사마천(司馬遷, B.C. 145-B.C. 86?)의 『사기(史記)』 공
자세가(孔子世家)에는 공자가 사양자(師襄子)라는 악관에게 금
을 배우는 예기가 기록되어 있으니 공자는 금에 있어서도 조
예가 깊었을 것으로 여겨진다. 그 밖에 『공총자(孔叢子)』에는
공자가 장홍(萇弘)에게 음악을 배웠다는 기록이 있고, 『논어』
에는 공자가 노나라 태사악(太師樂)과 음악을 논하는 대목과
악관인 사지(師摯)의 연주를
듣고 평하는 대목이 있으며,
『예기(禮記)』 악기(樂記)에는
공자가 주(周) 무왕(武王)의
음악인 대무(大武)의 구성을
자세히 설명하는 대목이 있
다. 그 밖에도 『공자가어(孔
子家語)』에는 공자가 제자인

공자 초상

자로(子路)의 금 타는 소리를 듣고 음악 전문가 같은 비평을 하는 대목이 보이며, 『사기』 공자세가에서는 공자가 『시경』의 시 305편을 "모두 현악기로 반주하며 노래하였다." 하였는데, 이때의 현악기란 주로 금을 말하는 것이다.

따라서 「의란조」를 비롯한 유명한 옛 금곡에 후세 사람들이 공자와 관련된 전설을 만들어 붙일만한 근거는 충분히 있는 것이다. 또 실제로 이것들은 아니라 하더라도 이것들과 비슷한 금곡을 공자 스스로 작곡한 일이 있었을 가능성은 얼마든지 있는 것이다.

【3】

'의란' 이란 난초의 일종이다. 한나라 경제(景帝, B.C.156-B.C.141 재위)가 잠을 자다가 한 마리 빨간 돼지가 구름 속으로부터 곧장 내려와 방란각(芳蘭閣)으로 들어가는 꿈을 꾸고, 그 누각 이름을 의란전(猗蘭殿)이라 고쳤다. 그런데 뒤에 왕후가 이 전각에서 무제(武帝)를 낳았다 한다.[1] 한나라는 음양오행설에 따르면, 화덕(火德)으로 천자가 되었다 하여 '빨간 돼지' 는

....

1 『漢武洞冥記』 의거.

한나라를 흥성케 할 영웅을 상징한다. 그리고 '의란'은 그 전 각에 자라던 난초 이름이라 한다.

그러나 당(唐)나라 한유(韓愈, 768-824)가 지은 「의란조」는 "난지의의(蘭之猗猗)"라는 구절로 시작되고 있는데, 여기에서 의 '의의'는 난초가 '아름답게 잘 자란 모양'을 형용하는 말 로 쓰인 것이다. 따라서 '의란'이란 '아름다운 난'이란 뜻으 로 풀이할 수도 있다.

이른바 사군자(四君子) 중에서도 난은 일찍부터 고결(高潔)함 과 청아(清雅)함을 나타내는 식물로 받아들여졌다. 『시경』정 풍(鄭風)의 시 「진유(溱洧)」에서는 "남자와 여자가 난초를 들고 있다.(士與女, 方秉蕳兮.)"고 노래하고 있는데, 여기의 남녀는 서로 사랑하는 사이이며, 간(蕳)은 난(蘭)과 같은 뜻의 글자이 다. 이들 남녀는 자기들의 깨끗한 사랑을 상징하는 뜻으로 손 에 난초를 들고있다고 여겨진다. 『역경(易經)』에서도 "마음이 같은 사람들의 말은 그 향기가 난과 같다.(同心之言, 其臭如 蘭.)"하였다. 여기에서 의기가 투합하는 사람들의 친한 사귐 을 '난교(蘭交)', 또 그러한 뜻이 맞는 사람들의 대화를 '난언 (蘭言)'이라 말하게 된 것이다. 특히 중국 사람들이 애국시인 이라 떠받드는 전국시대(戰國時代) 굴원(屈原)이 지었다는 『초 사(楚辭)』에서는 자신의 고결한 수행(修行)을 거듭 난에 비유하 고 있다. 특히 거기에는 그윽한 곳에서 향기를 뿜고 있는 '유란(幽蘭)'이 되풀이하여 인용되고 있다. 앞에 인용한 「의란조」에 대한 곽무천의 해설에는 "일명 「유란조」라고도 한다." 하였는데, '의란'이란 말보다는 '유란'이란 말이 더 보편화되고 있는데서 생겨난 호칭일 것이다.

'조'는 금곡(琴曲)을 뜻한다. 금곡에는 '조' 이외에도 '창(暢)'·'인(引)'·'농(弄)' 등의 호칭이 있다. 거기에 대하여 곽무천은 『금론(琴論)』을 인용하여 다음과 같은 설명을 하고 있다.

"화락(和樂)한 작품은 '창'이라 이름 붙이는데, 뜻을 얻으면 천하를 위해 일하며 올바른 도를 아름답게 창달(暢達)시킨다는 뜻이다. 우수(憂愁)에 찬 작품은 '조'라 이름 붙이는데, 궁하여지면 홀로 자기 몸을 잘 간수하여 그의 절조를 잃지 않을 것을 뜻하는 것이다. '인'이란 덕을 쌓고 학업을 닦아 뜻을 이루려는 뜻을 나타내는 것이다. '농'이란 감정과 마음이 화창하여 넓고 편안함을 뜻하는 것이다."

그러나 옛날의 유명한 금곡으로 오곡(五曲)·구인(九引)·십이조(十二操)가 전해지고 있으니, 어떻든 금곡 중에서도 중심을 이루는 것은 '조'임이 분명하다. 한(漢)나라 응소(應劭)의 『풍속통(風俗通)』에서는 '조'의 뜻에 대하여 앞의 『금론』보다도 좀 더 자세히 이렇게 설명하고 있다.

"막히어 걱정할 일을 당하여 작곡한 것에 '조'라는 제명을
붙이는데, '조'란 재난을 당하고 피해를 입어 곤경에 빠지고
어려운 처지에 몰려 비록 원한과 실의에 차 있다 하더라도 역
시 예의를 지키며 절조를 잃지 않을 것임을 뜻하는 것이다."

곧 어려움 속에서도 꿋꿋하고 깨끗이 살아가려는 뜻을 담아
금곡을 '조'라 불렀던 것이다. 그리고 금곡이 '조'가 중심을
이루고 있는 것은 옛사람들이 어려움 속에서도 고결한 절조를
지키는 것을 매우 중시한 때문일 것이다.

【4】

거기에다 금이라는 현악기 자체가 고결한 뜻을 담고 있는
악기이다. 『당서(唐書)』 악지(樂志)에 "금(琴)은 금(禁)의 뜻이
다."고 하였는데, 이에 대하여 곽무천은 『악부시집』의 금곡가
사 해제에서 다음과 같은 설명을 하고 있다.

"금이란 옛 훌륭한 임금들이 수신(修身)을 하고 성정(性情)
을 다스리어 사악함을 금하고 음탕함을 막는 수단이 되었던
것이다. 이런 까닭에 군자들은 언제나 그의 몸 가까이 금이
떠나지 않도록 하는 것이다."

이 때문에 옛날부터 금은 특히 공부하는 선비들과는 불가분의 관계에 있던 악기여서, 금서지락(琴書之樂)이란 말까지 생겨났다. 그것은 공자가 금의 전문가였다는 이유도 크게 작용했겠지만, 옛 선비들의 여유있는 마음가짐이 그렇게 만들었을 것이다. 진(晉)나라 도연명(陶淵明, 365~427)이 유명한 「귀거래사(歸去來辭)」에서 "금과 책을 즐기며 시름을 없앤다.(樂琴書以消憂.)"라고 읊고 있는 것이 그러한 보기이다. 또 시인과 결부되어 '금시(琴詩)'란 말도 생겨났다. 송(宋)나라 한원길(韓元吉)은 「무이서원기(武夷書院記)」란 글에서 서원의 모습을 이렇게 쓰고 있다.

"책을 읽고 학업을 닦으며, 금과 노래와 술과 시로 흥청대었다."

공부하는 사람 곁에 책과 함께 언제나 있었던 것이 금이었던 것이다. 금은 신농씨(神農氏)가 발명했다고도 하고, 복희씨(伏羲氏)가 만들었다고도 할 정도로 중국에 옛날부터 내려오던 악기이다. 따라서 이 악기는 이미 『시경』과 『서경』에도 보인다. 오현금(五絃琴)·구현금(九絃琴) 등 여러 가지가 있다고 하나, 실제로는 칠현금(七絃琴)이 가장 대표적인 것이다. 그리고 한(漢)대에만도 사마상여(司馬相如)의 녹의(綠綺)·채옹(蔡邕)의 초미(焦尾) · 조비연(趙飛燕)의 봉황(鳳凰) 등 역사적인 명금(名琴)이 있었고, 또 호파(狐巴) · 사문(師文) · 사양(師襄) · 성련(成連) · 백아(伯牙) · 방자춘(方子春) · 종자기(鍾子期) 같은 금의 명인들이 있었다.

다시 중국에서는 옛날부터 금슬(琴瑟)이라 하여, 금과 함께 유명한 악기가 슬이었다. 슬도 복희씨(伏羲氏)가 만들었다고도 하고 황제(黃帝) 때 만들어졌다고도 하는데, 여러 가지 형식의 것이 있었으나 25현(絃)의 것이 가장 대표적인 것이었다. 옛날 중국의 문물이 거의 모두 우리나라에 수입되었으면서도 금과 슬만은 들어오지 못하였다. 그것은 이들보다 우리나라의 거문고와 가야금의 성능이 훨씬 더 우수했기 때문이다. 그러나 우리의 선인들이 거문고와 가야금을 즐긴 뜻은 중국의 선비들이 금과 슬을 즐겼던 것과 서로 통하는 것이다.

이상을 종합해 보면, 「의란조」란 '사악함을 막고 음탕함을 방지하여 깨끗한 몸가짐과 마음가짐을 지니도록 한다.'는 큰 뜻이 담긴 금이라는 악기의 연주곡으로, '어려운 처지에 놓여 있다 하더라도 깨끗이 자기 절조를 지킨다.'는 뜻이 담긴 「조」의 곡조로, '고결하고 청아한 모습과 맑고 빼어난 향기를 지닌 아름다운 난'을 연주한 것이 된다. 지금 우리에게 「의란조」의 가사가 전해지고 있기는 하지만 이것이 금곡인 이상, 실제로 가사는 별로 중요하지 않은 것이다.

이제는 다시 작자로 알려진 공자와 「의란조」의 관계를 검토해보자. 공자(B.C. 551-B.C. 479, 이름은 됴, 자는 仲尼)는 주(周)나라 때 춘추(春秋)시대로 들어와 여러 나라의 제후들이 서로 싸우며 약육강식(弱肉强食)으로 남의 나라를 쳐부수고 자기가 차지하려는 합병전쟁이 벌어지고 있던 시대에 살았다. 세상의 기강이 무너져 무질서와 혼란 속에 서로 죽이고 뺐고 하는 판이라, 이때 사람들이 가장 존중한 것은 남과 싸워 이길 수 있는 힘과 남을 속여 넘길 수 있는 간지(奸智) 같은 것이었다.

그러나 공자는 사람의 본성을 중시하여 어짊과 의로움의 덕을 설교하며 예악(禮樂)으로 세상을 다스려야함을 역설하였다. 그리고 공자는 언제나 올바른 도(正道)를 내세웠다. 『논어(論語)』만 보더라도 이런 말들이 보인다.

"정치란 올바름의 뜻이다."

政者, 正也. ―顔淵(안연)
정 자　정 야

"정치를 하는 그 자신이 올바르면 명령을 내리지 않아도 잘 되고, 그 자신이 올바르지 못하면 비록 명령을 내린다 해도 따르지 않게 된다.”

其身正, 不令而行; 其身不正, 雖令不從. ─子路(자로)
기 신 정 불 령 이 행 기 신 부 정 수 령 부 종

그리고 모든 것은 윗사람이 솔선수범하여야만 한다고 하면
서 예의 · 정의 · 신의도 강조하였다.

“윗사람이 예의를 좋아하면 백성들은 공경하지 않을 수가
없게 되고, 윗사람이 의로움을 좋아하면 백성들은 순종하지
않을 수가 없게 되며, 윗사람이 신의를 좋아하면 백성들은
성실하지 않을 수가 없게 된다.”

上好禮, 則民莫敢不敬; 上好義, 則民莫敢不服; 上好
상 호 례 즉 민 막 감 불 경 상 호 의 즉 민 막 감 불 복 상 호

信, 則民莫敢不用情 ─子路(자로)
신 즉 민 막 감 불 용 정

그러나 싸움을 일삼는 사람들에게 이러한 설교가 순순히 먹
혀 들어갈 까닭이 없다. 세상 사람들 눈에는 오히려 가장 어리
석고 아무런 세상물정도 모르는 소리로 들렸을 것이다. 그럼
에도 불구하고 공자가 이처럼 세상에 도덕을 설교한데서, 우리
는 공자의 위대한 성인으로서의 면모를 발견하게 되는 것이다.
공자의 사상은 철저히 인간의 문제를 바탕으로 한 사람들을

올바른 방향으로 이끌려는 이른바 인본주의(人本主義)라고 할 수 있는 것이었다. 그리고 그의 관심은 언제나 사람들이 살고 있는 이 세상의 질서를 회복하려는 현실주의적인 문제에 놓여 있었다.

그러나 공자가 살던 노(魯)나라는 국세도 다른 나라들에 비하여 약한데다가 정치도 아주 형편없는 꼴이었다. 노나라에서 뜻을 이룰 수가 없자 공자는 56세 이후로 자신의 이상을 실천할 나라를 찾아 여러 곳을 돌아다녔다. 그러나 뜻을 끝내 실천하지 못하고 68세에는 다시 마지막으로 위(衛)나라로부터 노나라로 돌아오게 된다. 이 무렵의 공자의 마음은 상심으로 무척 편치 않았을 것이다. 곽무천이 『악부시집』에서 『금조(琴操)』를 인용하여 설명하였듯이 이때 공자는 노나라 산골짜기 으슥한 곳에 피어 향기를 뿜고 있는 난초를 발견하고는 금을 끌어내어 스스로 때를 만나지 못하였음을 슬퍼하며 향기로운 난초에 자신의 신세를 기탁하여 금을 뜯으면서 이 「의란조」를 지었을 가능성이 많다. 역시 「의란조」는 성인 공자의 작품이라 생각하고 아름다운 금의 가락을 머리에 떠올려 보는 것이 좋을 것 같다.

2012. 7.

맹자가 주는 감동

7

맹자의 초상

　맹자(B.C. 372-B.C. 269)는 누구나 다 알다시피 공자의 유학을 계승 발전시킨 사상가이다. 맹자가 있었기에 공자의 유학도 위대한 학문으로 지금 우리에게 전해지고 있는 것이다. 때문에 유학을 공맹사상(孔孟思想)이라고도 흔히 말한다.

　맹자가 살았던 동주(東周)의 전국(戰國)시대(B.C. 481-B.C. 221)는 천자의 권위는 형편없어지고, 제후를 비롯하여 그 밑의 사대부들의 세력이 커져서 그들이 법도 없이 서로 싸우며 힘만 있으면 약한 자를 쳐서 그를 멸하고 그의 것을 모두 **빼앗아버리는** 극도로 어지러운 시대였다. 춘추(春秋)시대(B.C. 768–B.C. 476)만 하더라도 일백 수십 개의 나라가 있었는데 강한 나라들이 약한 나라를 수십 개씩 쳐부수고 정복하여 전국시대에 와서는 일곱 개 정도의 나라만이 남아 계속 서로 싸움을 이어가는 상태였다. 심지어 제(齊)나라 같은 경우에는 대부(大夫)인 전(田)씨가 제후(諸侯)인 강(姜)씨를 죽여 버리고 그 자리를 자기가 차지하기도 하였고, 노(魯)나라에서는 대부 계(季)씨가 제후를 제치고 정치를 제멋대로 하였다. 법도 정의도 거들떠 볼 여유가 없는 시대였다.

그러나 이토록 어지러운 세상에 맹자라는 사상가가 나와 세상을 어지럽히고 있는 제후와 대부들을 향하여 자기 목숨을 걸고 언제나 공자가 가르친 어짊(仁)과 의로움(義)의 길만을 설교하였다. '어짊'은 '사람다움' 또는 '어진 마음', '남을 위하는 것'이고, '의로움'은 '올바름' 또는 '곧은 마음', '정의'를 뜻하는 말이다. 그가 지은 『맹자』라는 책은 맹자가 양(梁)나라 혜왕(惠王)을 찾아갔을 적의 대화로 시작하고 있다. 양혜왕은 맹자를 보자, "영감께서 천릿길을 멀다 하지 않고 찾아오셨으니, 틀림없이 우리나라를 이롭게 해 줄 것이 있겠지요?" 하고 묻는다. 즉각 맹자는 이렇게 잘라 대답한다.

"임금님께서는 어찌하여 이익만을 말씀하십니까? 중요한 것으로는 어짊과 의로움이 있을 따름입니다!"

王何必日利? 亦有仁義而已矣! -梁惠王 上(양혜왕 상)
왕 하 필 왈 리   역 유 인 의 이 이 의

이어 맹자는 임금이란 오직 어진 성품으로 백성을 위하고 올바른 방법으로 모든 일을 처리하여야만 나라를 잘 다스릴 수 있음을 설교한다. 다른 나라와 싸워서 이기는 일과, 남의 것을 빼앗아 자기 이익을 취하는 일에 정신이 팔려있는 임금들 앞에 맹자는 "어진 사람에게는 항거할 적이 없다.(仁者無敵.)"고 당당히 강조하고 있다.

제나라에 가서도 어짊과 의로움을 실천한 옛날 요(堯)임금과 순(舜)임금의 도 및 어짊과 의로움의 덕을 바탕으로 나라를 다스리는 왕도정치(王道政治)를 설교한다. 작고 약한 등(滕)나라에 가서도 예(禮)를 강조하고 어짊을 바탕으로 한 백성들을 위하는 덕을 베푸는 정치를 하여야 함을 역설하고 있다. 어지러운 세상 속에 아무리 힘들고 불리한 처지에 놓여있다 하더라도 맹자에게서는 언제나 바른길만을 추구하는 의기가 느껴진다.

맹자는 그 스스로 이렇게 잘라 말하고 있다.

"삶도 내가 바라고 있는 것이고, 의로움도 역시 내가 바라고 있는 것이다. 이 두 가지 것을 아울러 지닐 수가 없게 된다면, 나는 삶을 버리고 의로움을 취할 것이다."

　　生亦我所欲也, 義亦我所欲也. 二者不可得兼, 舍生而
　　생 역 아 소 욕 야　　의 역 아 소 욕 야　　이 자 불 가 득 겸　　사 생 이

取義者也. -告子 上(고자 상)
취 의 자 야

그에게 의로움이란 목숨보다도 더 소중한 것이었다. 그는
의기(義氣)의 사람이었다.

맹자는 또 그 당시에는 임금들에게 폭탄이나 같은 이러한
말도 하고 있다.

　"나라에 있어서는 백성이 가장 귀하고, 국가는 그 다음이
　며, 임금은 가벼운 존재이다."

　　民爲貴, 社稷次之, 君爲輕. -盡心 下(진심 하)
　　민 위 귀　　사 직 차 지　　군 위 경

봉건전제(封建專制)의 세상에서 임금 앞에 보통 사람이라면
절대로 할 수 없는 말이다. "포악한 임금은 쳐 죽이어 고통 받
는 백성을 위로해 주는 것"이 성인다운 임금의 길임도 거듭 강
조하고 있다. 자기 자신과 자기의 이익만을 추구하는 임금들
이 듣기에 거북한 말이다. 때문에 명(明)나라 태조 주원장(朱元
璋, 1328-1398)은 『맹자』를 읽고 화가 나서 한때 『맹자』를 세상

에서 없애버리려고도 하였다. 맹자에게는 임금이나 권세 앞에
서도 올바른 길을 지키며 물러서지 않는 기개가 있다.

『맹자』에는 그 문장 자체에도 기세가 있다. 등문공(滕文公)
하편에서 맹자가 대장부에 대하여 설명하고 있는 대목을 보기
로 든다.

"천하라는 넓은 거처에 살며, 천하의 올바른 자리에 서서,
천하의 위대한 도를 행하여야 하는 것이오. 뜻을 이루면 백
성들과 더불어 위대한 도를 따라 일하고, 뜻을 이루지 못했
을 적엔 홀로 올바른 도를 행하는 것이오. 부귀도 그의 마음
을 어지럽히지 못하고, 빈천도 그의 뜻을 바꾸지 못하며, 위
압과 무력으로도 그를 굴복시키지 못하오. 이런 사람을 대장
부라 하는 것이오."

居天下之廣居, 立天下之正位, 行天下之大道. 得志與
거 천 하 지 광 거   입 천 하 지 정 위   행 천 하 지 대 도   득 지 여

民由之, 不得志獨行其道. 富貴不能淫, 貧賤不能移, 威
민 유 지   부 득 지 독 행 기 도   부 귀 불 능 음   빈 천 불 능 이   위

武不能屈, 此之謂大丈夫.
무 불 능 굴   차 지 위 대 장 부

맹자 스스로가 대장부임에 틀림이 없다.

이러한 기세나 기개 또는 의기는 『맹자』를 읽는 이에게 큰
감동을 준다. 그리고 그 기세와 기개 및 의기는 그가 말한 호
연지기(浩然之氣)에서 나오는 것인 듯하다. 맹자는 공손추(公孫

丑) 상편에서 자기 자신은 스스로 '호연지기'를 잘 기르고 있다고 말하면서, '호연지기'는 말로 표현하기 힘들다고 전제하고 다음과 같이 설명하고 있다.

"그 기운의 성질은 지극히 크고 지극히 강하고도 곧으며, 잘 길러서 해치지만 않는다면, 바로 하늘과 땅 사이에 가득 차게 되는 것이다. 그 기운의 성질은 의로움과 바른 도에 짝이 되는 것이어서 그것이 없다면 마음이 허탈해지는 것이다."

其爲氣也, 至大至剛以直, 養而無害, 則塞于天地之
기 위 기 야   지 대 지 강 이 직   양 이 무 해   즉 색 우 천 지 지

間. 其爲氣也, 配義與道, 無是餒也.
간 기 위 기 야   배 의 여 도   무 시 뇌 야

대체로 '호연지기'란 하늘과 땅 사이에 차 있는 공명정대하고 큰 기운이라 생각하면 될 것이다. 맹자는 이러한 '호연지기'를 스스로 자기 내부에 기르고 있기 때문에 그의 말과 행동에는 의기가 있고 기개가 있으며 심지어 그의 글에도 기세가 있는 것이다. 그리고 어지러운 세상에 그가 말하는 어짊과 의로움은 잘 받아들여지지 않지만 곧음에서 길러진 '호연지기' 때문에 뜻대로 되지 않아도 허탈해지는 법이 없이 끝까지 자신의 이상을 추구하고 있는 것이다.

맹자는 진심(盡心) 상편에서 군자의 세 가지 즐거움을 얘기하고 있다. 첫째는 가족인 부모형제가 다 무고하다는 일반적

인 즐거움이고, 셋째는 천하의 영재를 교육하는 교육자의 즐거움이니 특별할 것이 없다. 그러나 둘째 즐거움은,

"우러러 보아 하늘에 부끄러울 것이 없고, 굽어보아 사람들에게 부끄러울 것이 없는 것이다."

仰不愧於天, 俯不怍於人.
앙 불 괴 어 천   부 부 작 어 인

고 선언하고 있다. 호연지기를 지닌 대장부의 당당한 즐거움이다. 맹자의 이 글을 읽고는 누구나 그런 즐거움을 누리는 사람이 되기를 바랄 것이다. 우리의 시인 윤동주도 『맹자』에게서 받은 감동이 가슴 깊이 남아있어 「서시」가 이루어졌던 것이 아닐까 하는 생각을 해본다.

죽는 날까지 하늘을 우러러
한 점 부끄럼이 없기를,
입새에 이는 바람에도
나는 괴로워했다.
별을 노래하는 마음으로
모든 죽어가는 것을 사랑해야지.
그리고 나한테 주어진 길을
걸어야겠다.

오늘 밤에도 별이 바람에 스치운다.

이 시를 읽으면 호연지기까지도 느껴져서 여기에 인용한다.

실상 전국시대 공자의 학문을 받든 학자 중 순자(荀子)는 유가의 경전을 후세에 전하는 데에는 맹자보다도 오히려 공로가 많다. 학문도 맹자에 뒤지지 않는다. 그러나 맹자가 사람의 본성은 본시부터 착한 것이라는 성선설(性善說)을 주장한데 비하여, 순자는 사람의 본성은 악하다는 성악설(性惡說)을 내세웠다. 따라서 순자는 어지러운 세상을 바로잡기 위하여 사람들에게 일종의 규제를 가하는 수밖에 없다고 생각하여 특히 '예(禮)'를 강조하였다. 이 '예'의 개념은 법에 가까운 것이어서 결국 순자의 제자 중에서 한비자(韓非子)와 이사(李斯) 같은 법가가 나오게 된다. 후세 유가의 도학자들이 올바른 유학의 전승을 뜻하는 도통론(道統論)을 논하면서 공자의 학문을 올바로 계승한 학자로 순자는 제쳐놓고 맹자만을 내세우게 된 것도 이상과 같은 맹자의 특징 때문일 것이다.

나는 특히 젊은이들에게 『맹자』를 읽을 것을 권한다. 맹자가 어지러운 세상에서도 '어짊'과 '의로움'만을 내세우는 의기와 그 문장이 지닌 기세를 통하여 감동을 받기 바라서이다. 곧 젊은이들이 맹자와 같은 '호연지기'를 지닌 대장부가 되어주기를 바라기 때문이다.

2009. 3. 29

8

사람들의 화합(人和)

『맹자(孟子)』를 읽어보면, 나랏일을 하는 데 있어서는 하늘이 내려주는 기회를 뜻하는 '하늘의 때(天時)'와, 차지하고 있는 땅이 자기 목표를 추구하는 데 얼마나 유리한가를 뜻하는 '땅의 유리함(地利)'과, 일하는 사람들 사이의 화합을 뜻하는 '사람들의 화합(人和)'을 잘 응용해야 함을 논하는 대목이 있다.[1] 이 세 가지를 적절히 활용하지 못하면 외국과의 전쟁에도 이길 수가 없을뿐더러 자기가 추구하는 정치적인 발전과 경제적인 부흥 같은 일도 이룰 수가 없다고 하였다.

그리고 맹자는 이어서 '하늘의 때'보다 더 중요한 것이 '땅의 유리함'이고, '땅의 유리함'보다 더 중요한 것이 '사람들

---

[1] 『孟子』 公孫丑 下편.

의 화합'이라고 그 중요성에 대하여도 분명히 등급을 가리며 밝히고 있다.

'하늘의 때'란 하늘이 마련해 주는 때, 곧 어떤 일을 하기에 알맞는 기회나 계기 같은 것을 말한다. 이러한 계기나 기회는 사람들이 마음대로 마련할 수가 없는 것이다. '하늘의 때'란 하늘이 내려주는 행운과 비슷한 말이다. 사람들은 누구나 개인적으로나 공적으로나 행운을 타고나기 바랄 것이다.

이 '하늘의 때'가 중요한 것이기는 하지만 맹자는 그가 차지하고 있는 '땅의 유리함'만은 못한 것이라 한 것이다. '땅의 유리함'이란 땅이 사람들에게 주는 여러 가지 유리한 요건들을 말한다. 행동하기에 편리한 지형은 물론 땅에서 산출되는 모든 물자들, 곧 국토와 자원이 다 포함된다. 이것들은 어느 정도 사람들의 노력을 통하여 가꾸고 개발하며 그 효용을 자기에게 유리하게 이용할 수가 있는 것이다. '땅의 유리함'은 사람들이 성의와 노력을 기울이면 보다 유리하게 이용할 수가 있는 것이기에 '하늘의 때'보다 소중한 것으로 여겼을 것이다.

'사람들의 화합'이란 사람들 모두가 합심하고 힘을 합치는 것을 말한다. 모든 사람들이 화합하여 뜻을 같이 하고 힘을 합친다면 이 세상에 못할 것이라곤 없다. 국가 단위로 볼 적에는 국민의 총화와 단결을 뜻한다. 모든 사람들이 화합하여 '사람

들의 화합'을 이룬다면 어떤 집단이나 국가이거나 무슨 일이
건 제대로 이루어져 크게 발전을 이룩할 것이다.

아무리 좋은 '하늘의 때'가 주어지고, 또 아무리 풍부하고
좋은 '땅의 유리함'을 지녔다 하더라도, 일을 하는 이들이 '사
람들의 화합'을 이루지 못한다면 아무런 일도 이룩할 수가 없
다. 반대로 '하늘의 때'가 극히 불리하고 '땅의 유리함'이 매
우 빈약하고 불편하다 하더라도 사람들이 합심하고 힘을 합쳐
'사람들의 화합'을 이루기만 한다면, 어떤 어려움이라도 극복
하고 큰일을 이룰 수가 있을 것이다. 그러기에 맹자가 '하늘
의 때'보다는 '땅의 유리함'이, 그리고 '땅의 유리함'보다는
'사람들의 화합'이 중요하다고 강조하였던 것이다.

물론 '사람들의 화합'을 이루고 있는데다가 '땅의 유리함'
도 갖추어지고 '하늘의 때'까지도 주어진다면 그것은 만사형
통이 될 것이다. 누구나 바라는 부러운 상황이다. 그러나 실제
로 그런 경우란 거의 있을 수가 없는 것이다. 언제나 '하늘의
때'가 제대로 들어맞지 않거나 '땅의 유리함'의 일부가 불리
하게 마련이다. 따라서 우리는 그러한 모든 조건을 '사람들의
화합'으로 극복해야만 일을 크게 이룰 수가 있을 것이다.

지금 우리에게 우루과이 라운드나 쌀의 수입개방 압력 같은
것은 '하늘의 때'에 속하는 것이다. 그리고 우리 쌀, 우리 농
산품 및 우리 공산품 같은 것은 '땅의 유리함'에 속하는 것이

다. 우리나라는 지금 이롭지 않은 '하늘의 때'를 만났고, 또 빈약하고 불리한 '땅의 유리함'을 안고 있다고도 볼 수 있다. 그러나 우리에겐 무엇보다도 중요한 '사람의 화합'을 이룩할 수 있는 여건이 주어져 있다. 우리가 이 '사람들의 화합'만 이룬다면 '하늘의 때'나 '땅의 유리함'에 속하는 다른 조건들은 아무리 좋지 않다 하더라도 전혀 문제가 되지 않는 것이다.

우리가 조금만 더 마음을 써서 서로 남을 생각하고 남을 위하려는 자세로 마음을 합쳐 화합을 이룸으로써 '사람들의 화합'을 이룩하기만 한다면, 아무리 우리 농촌의 생산력이 빈약하고 공산품이 국제적 경쟁력이 없다 하더라도 두려워할 게 없는 것이다. '사람들의 화합'만 있다면 우리 쌀, 우리 농산물은 쉽게 지킬 수가 있을 것이다. '땅의 유리함' 같은 것은 아무런 문제도 되지 않는다.

그리고 지금의 우루과이 라운드가 아무리 우리에게 불리하게 타결된다 하더라도, 우리가 '사람들의 화합'만 유지한다면 그것이 전혀 우리에게 고통을 줄 수가 없을 것이다. 곧 '하늘의 때'도 전혀 문제가 되지 않는 것이다.

맹자가 가르친 '사람들의 화합'이 가장 중요하다는 교훈을 우리는 현대에도 살려가도록 힘써야만 할 것이다. '사람들의 화합'은 모든 것을 극복하고 모든 것을 이룩할 것이다.

1994. 1. 1

IV.
먼저 가신 분들
생각하며

차상원(車相轅) 선생님과
서울대 중국어문학과 및
한국의 중국어문학 연구

1

1. 차상원 선생님과 서울대 중국어문학과

6·25사변으로 서울대학교가 부산으로 피란 내려가 동대신동 구봉산의 산기슭에 천막을 여러 개 친 가교사를 세워놓고 문을 연 1952년 3월 어수선한 분위기 속에 나는 대학에 입학하였다. 그때 전국 대학에는 중국어 중국문학과가 서울대학 한 곳 뿐이었는데, 전국에 유일한 중문과에 전임교수도 차상원(車相轅, 1910–1990) 선생님 한 분 뿐이었다. 6·25 이전에는 김구경(金九經) 교수와 이명선(李明善) 교수 두 분의 선생님도 계셨는데, 9·28 수복 뒤에 월북하시고 서열이 가장 낮은 차상원 선생님 홀로 남아 중문과를 유지시키고 계셨다. 그때 우리

학과에 강사로는 경성제국대학의 중국문학 전공 1회 졸업생이신 최창규(崔昌圭) 선생님이 나오셔서 중국문학사 강의를 맡으셨고, 우리 과 대선배이신 장심현(張深鉉) 선생님이 중국어 강의를 담당하셨다.

당시 학교에 나오시던 중문과 선배 학생으로는 고관영·윤재정·김기동·윤영호·김영호의 다섯 명이 있었다. 나의 동기로는 12명이 합격했다고 하였는데, 정식으로 등록을 하여 내가 함께하였던 동기생은 이병한·차영순·박임복(여)·이혜영(여)·박승윤·신영균·김용섭에 나를 합쳐 8명이었다. 우리 뒤로는 해마다 계속 10명이 넘는 학생들이 학과에 입학하여 차츰 학과로서의 모양새를 갖추게 된다.

부산에서는 학교 교사도 엉성하고 학과 모양도 빈약하기 짝이 없었지만 강의 운영이나 내용도 형편없었다. 차상원 선생님과 최창규 선생님은 강의시간이면 다 낡아빠진 대학 노트를 한 권 들고 들어와 읽어주면서 학생들에게 그것을 받아 적도록 하셨다. 한 시간 내내 열심히 노트에 받아 적어 보았자 몇 줄 되지도 않는 분량일뿐더러 무슨 말인지 내용도 이해하기 어려웠다. 제국대학의 일본인 교수들이 그런 방식의 강의를 많이 하여 그 방법을 따른 것이라 한다.

장심현 선생님은 중국어 강의를 담당하셨다. 차상원 선생님 말씀으로는 북경 사람들과 똑같은 표준 중국어를 구사하는 분이라는데 그분이 중국어를 하거나 중국 문장을 읽는 것을 한 번도 들은 기억이 없다.

6·25사변 통에 없어질 뻔한 우리나라 유일한 서울대 중국어문학과가 선생님 덕분에 겨우 명맥만 유지하였던 것이다. 1953년에 시작하여 서울대학이 서울로 수복한 뒤로는 1955년에 와서는 전임교수도 세 분이 더 보강되고, 1학년으로부터 4학년에 이르는 학부 전 학년의 학생 수도 갖추어져 학과의 모양새가 제대로 이루어졌다. 그리고는 발전을 거듭하여 서울대학교가 관악으로 옮겨오고, 선생님이 정년퇴직을 하신 1975년 무렵에는 인문대학에서도 가장 성적이 우수한 학생들이 입학하는 중요한 학과의 하나로 발전하였다. 그리고 전국의 거의 모든 대학에 중국어문학과가 생기기 시작하여 한국의 중국어문학계가 무척 크게 발전하였다. 선생님이 나라가 어려운 시기에 홀로 전국에 유일하던 중국어문학과를 유지하여 마침내는 전국 대학에 중문과가 없는 대학이 없을 정도로 발전하는 바탕을 마련한 공로는 위대하다고 칭송할 수 있을 것이다.

2. 차상원 선생님의 풍도

본인이 서울대 중국어문학과에 입학하여 많은 것을 배우고 크게 영향을 받은 것은 학교 교실의 강의가 아니라 교수님과 선배들이 모여 담소하는 술자리였다. 부산 시절의 중문과는 교수도 한 분이고 학생 수도 적어 교수와 학생들이 함께 가족처럼 어울리는 분위기였다. 특히 차상원 선생님과 선배이시고 강사였던 장심현 선생님은 대단한 애주가여서 거의 하루도 약주를 드시지 않는 날이 없을 정도였다. 때문에 외부의 선배들도 자주 찾아와 선생님들을 술자리에 모셨고 그때마다 학교에 나와 있는 학생들도 함께 술자리에 데리고 갔다. 현역 고급 장교로 부산에 근무하던 이명규 선배가 가장 자주 찾아와 선생님을 모셨다. 대체로 나의 동기생들은 대학에 들어와 가장 먼저 배운 것이 중국어나 중국문학이 아니라 술 마시는 법이다.

우리 동기생들은 술 마시기를 선생님들 밑에서 배운지라 모두가 2학년이 되기도 전에 주호로 자처할만한 술 실력을 먼저 갖추었다. 그에 비하여 함께 강의를 듣던 선배들은 모두 술을 좋아하지 않아 술자리를 피하는 경향이었다. 따라서 술자리에 따라다니는 학생은 주로 1학년 학생들이었고, 그중에서도 나는 술자리에 가장 충실히 참석하였다.

대학에 들어와 차 선생님과 선배들의 회식자리에 참여하게 되면서 그분들 잡담을 통하여 많은 것을 배우고 깨닫게 되었다. 우선 그분들의 대화를 통해서 느껴지는 그분들의 많은 독서를 통한 교양과 상식은 나의 머리를 숙여지게 하였다. 그리

고 곧 그분들을 통하여 서울대 문리과대학의 개성적이고 자유
주의적인 성향에 물들게 되었다. 새로 사귀는 동창을 비롯한
친구들도 내게 여러 면에서 많은 자극을 주었다.

첫 번째 중문학과의 인상적인 모임은 신입생환영회라는 구
실로 시내 모 중국집에 벌여졌던 자리이다. 신입생은 3명이
참석하였으나 교수님들과 선배들은 7~8분 정도나 나오셨다.
이 자리에서 생전 처음 중문과 신입생들은 차상원 선생님 명
을 따라 빼갈을 맥주컵으로 마셨다.

서울로 대학이 옮겨온 뒤로 나는 선생님 술자리에 더욱 자
주 따라다녔다. 심지어 점심시간에 선생님은 나 한 명만을 데
리고 명륜동 대포집으로 가서 간단한 음식을 시켜놓고 술을
드시기도 하였다. 선생님은 학교 운동장 옆의 옛날 관사였던
주택에 사셨는데, 소사에도 사시던 곳이 있어서 가끔 돌보러
가셨는데, 시골로 가실 적에는 가끔 나를 불러 선생님 댁에 가
서 자면서 집을 보아달라고 부탁도 하셨다.

서울대학을 졸업한 큰 아드님은 따로 사셨고, 작은 아드님
은 군에 나가 있어서 댁에는 자당과 사모님 및 따님들만이 계
셨기 때문이다. 1954년에 대우전임으로 우리 학과에 부임하셨
던 김정록 선생님은 약주 드시는 데에는 대가의 실력과 풍도
를 유지하고 계셔서 우리 학과 강의를 맡으신 뒤로는 늘 선생
님과 약주 자리를 함께 하셨다. 미학과의 박의현 교수님과 법

대의 인영환 교수님 등 서울대 호주가로 알려진 교수님들도 가끔 약주 자리에 함께 하셨다.

1955년의 어느 날 차상원 교수님이 학과 업무를 논의하기 위하여 학과의 전체 교수인 차주환·장기근·김정록 선생님과 학생 대표로 나와 이병한을 댁으로 초청하여 만찬을 베푸셨다. 차주환 선생님과 장기근 선생님은 맥주를 한 잔씩 앞에 놓고 별로 마시지도 않으셨으나 차상원 선생님과 김정록 선생님은 뜻이 맞아 수없이 정종 잔을 기울이시며 학생인 우리에게도 술을 권하셨다. 술이 상당히 취했을 적에 사고가 발생하였다. 김정록 선생님께서 우리에게 "어떤 얘기를 해도 용서할 것이니, 지금부터 여러 교수들 강의에 대하여 멋대로 비평해 보라."는 것이다. 우리는 극구 사양하였으나 김 선생님은 완강히 요구를 거두어들이지 않으시면서 나에게 먼저 말하라고 강요하시었다. 이에 나는 술기운도 있어서 마음속에 생각하고 있는 대로 "강의를 정해진 시간대로 하기나 하면서 비평을 하라고 하셔야지, 모두들 강의는 별로 하시지도 않는데 비평이고 무어고 할 게 어디 있습니까?" 하고 말하였다.

그러자 내 말을 이어받아 나보다도 술이 더 취해 있던 이병한은 "강의도 안하는 늙은이들이 죽지도 않고 강의시간만 맡고 있다."고 폭언을 선생님들에게 늘어놓았다. 약주를 별로 들지 않으셨던 차주환 선생님과 장기근 선생님이 특히 크게 노하시며 우리를 한참이나 꾸짖으시었다. 한참 꾸짖은 뒤에는 이놈들 벌주나 마시라고 하면서 술을 큰 잔에 따라주며 단숨에 마실 것을 명하였다. 이미 취한 뒤에 벌주를 두세 잔 마시자 몸을 가누기도 힘들 지경이 되었다. 이병한이 먼저 자리에서 일어나 화장실에 간다고 나가더니 다시는 돌아오지 않았다. 조금 뒤에야 이병한이 도망쳤다고 생각하고 나도 화장실에 간다는 핑계를 대고 일어나 선생님 댁을 도망 나와 하숙집으로 돌아왔다. 뒤에 안 일이지만 그때 이병한은 화장실에 들어가 쓰러져 정신을 잃고 있는 것을 사모님이 발견하여 다른 방에 끌어다 뉘어주었다 한다. 그 시절 화장실은 수세식이 아니었다.

이병한은 새벽에 눈을 뜨고는 선생님 댁을 몰래 도망쳐 멀지 않은 곳에 있던 내 하숙집으로 돌아왔다. 이 사건 이후로 나를 무척 사랑하시던 김정록 선생님이 나를 미워하기 시작하여 노골적으로 나를 상대하려 하지 않으셨다. 그러나 이병한에게는 호의를 베풀어 편의를 보아주기도 하였으니, 폭언보다도 어느 정도 진실성이 담긴 내 발언이 더 미웠던 것 같다. 다행히도 차상원 선생님께서는 댁에서 사고를 쳤는데도 이 문제에 대하여 전혀 개의치 않으시는 듯 이전과 우리를 대하시는 품이 전혀 달라지지 않으셨다. 선생님은 학사나 공사에는 엄격하시면서도 소절(小節)에는 별로 개의치 않으신 것으로 안다.

그것은 인사문제를 통해서도 드러나는 일이다. 선생님은 후임으로 부산에서부터 강사로 계시던 장심현(문리대 4회 졸업) 선생님과 중국말을 중국 사람들보다도 더 유창하게 구사하시는 이원식(5회 졸업) 선생님 같은 이들을 쓰지 않고 해방 뒤에 서울대로 편입한 차주환 선생님과 장기근 선생님을 발탁한 것은 학문에 대한 성취도와 학자로서의 몸가짐을 엄격한 기준으로 삼았기 때문이라고 믿는다.

선생님은 경성제대를 졸업하고는 고향의 해주고보에서 교편을 잡으신 일이 있는데 그때 가르친 제자로 해주고보의 한 학년에서 서울대 영문과의 황찬호 교수, 불문과의 김붕구 교수, 의과대학 내과의 이문호 교수, 고려대학 영문과의 조성식 교수 등 8명의 명교수들이 배출되었다고 한다. 시골 도시의 고등학교에서 한 학년에 이처럼 많은 학자가 나오기는 정말 어려운 일이다. 특히 앞에 든 네 분 교수님들은 자주 뵐 수 있는 기회가 있었는데 나를 은사의 제자라 생각하시어 각별히 여러 가지로 보살펴 주었다.

선생님께서 퇴임한 뒤 우리 제자들은 80년대 초기까지는 설날이면 무리를 지어 세배를 가고 또 가끔 개별적으로 찾아뵙고 문안도 드렸다. 그러나 선생님은 1985년 직전부터 치매가 생기기 시작하여 사모님께서 우리에게 댁을 방문하는 일을 삼가도록 하셨다. 선생님 뒤뜰에 진로 소주궤짝이 쌓이도록 좋아하시던 약주를 건강을 염려하여 가족들이 못 드시도록 한 뒤로 생긴 병환이라 하였다. 85년 7월 내가 서울대학교 동창회보에 「잊을 수 없는 나의 스승」이라는 제목으로 선생님에 관한 글을 쓴 일이 있다. 선생님께서 그 글을 읽으시고 무척 기뻐하시면서 김학주를 보고 싶다고 하셨으니 한 번 집으로 놀러오라는 전화가 사모님으로부터 왔다. 나는 곧 학과의 동료 교수들과 함께 선생님 댁을 방문하였다. 선생님은 우리를 보자 무척 기뻐하셨다. 어떻게 지내셨느냐고 인사를 여쭙자, 선생님께서는 "어제도 최창규 선배(이미 작고하심)와 종로 5가 술집에 가서 멋있게 한 잔 했지." 하고 말씀하시며, 사모님께는 빨리 술상을 차려오라 하시고, 우리에게는 담배들 내놓고 피우라 하셨다. 우리는 사모님의 사전 지시를 받은지라 조용히 앉아 있으면서 담배는 모두 끊었노라고 말씀드렸다. 선생님은 "담배도 피우지 않고 무슨 맛으로 세상을 사느냐?"고 꾸짖은 뒤 김시준 교수와 최완식 교수에게는 "너희들은 아직도 대학을 졸업 못하고 있으니 걱정이다."고 하셨다. 선생님 말씀이 점점 딴길로 흐르자 사모님은 우리에게 그만 일어서라는 눈짓을 주셨다. 그때 느꼈던 쓰라린 마음은 아직도 잊을 수가 없다.

3. 차상원 선생님과 한국의 중국어문학 연구

우리 중국어문학계의 본격적인 연구업적은 1960년대에 들어와서야 나오기 시작한다. 일정시대 우리 대선배님들과 6·25사변 이전 선배님들의 연구경향을 종합해 보면 몇 가지 특징이 드러난다. 첫째, 조선문학에 대한 관심이 많다. 전공을 바탕으로 하여 우리 한문학 연구에 많은 힘을 기울이었다. 둘째, 중국문학에 있어서 정통적인 시보다도 시정적(市井的)인 성격이 두드러진 소설과 희곡에 대한 관심이 컸다. 셋째, 중국어중국문학에 있어서는 중국 현대문학과 어학에 비교적 많은 관심을 보이고 있다. 전체적으로 볼 때 중국 어문학 연구에 본격적으로 손을 대지 못하고 있다. 이를 증명하기 위하여 아래에 이전 주요 선배님들의 연구 업적을 살펴보기로 한다.

우선 경성제국대학 법문학부에서 지나어학급지나문학과(支那語學及支那文學科)를 거친 선배는 모두 아홉 분인데, 그중 학계와 인연을 맺었던 분들은 제1회(1929) 졸업생이신 최창규 선생님을 비롯하여, 제3회 김태준(金台俊) · 제8회 차상원 · 제12회 이명선 · 제16회 박노태의 다섯 분이시다.

최창규 선생님은 1929년부터 1930년대 초기에 이르는 기간에 경성제국대학의 조선인 학생들이 모여 내었던 『신흥(新興)』이라는 잡지 1권 1호(1929. 7.)에 소설도 싣고 있으나, 2호(1929.

12.)에는 「원곡(元曲) 설자고(楔子考)」, 3호(1930. 7.)에는 「관한경 (關漢卿) 작 두아원(竇娥寃) 일고찰(一考察)」이란 논문을 싣고 있을 정도로 고전 희곡에 관심이 있으셨다.[1] 그러나 선생님은 대학보다도 중ㆍ고등학교 교육에 진력하여 연구업적은 별로 많지 않다.

김태준(1905-1949) 선배는 김재철(金在喆)의 『조선연극사』와 쌍벽을 이루는 『조선소설사』(청진서관, 1932)의 작자로 잘 알려져 있다. 1931년 경성제대를 졸업하는 해 말에 『조선한문학사』(조선어문학회)를 내고 있는데, 동아일보에 연재한 『조선소설사』도 졸업 전에 연재를 마치고 있다. 이어 여러 편의 논문을 발표하면서 또 『조선고가요집성』(조선어문학회, 1934)ㆍ『청구영언(青丘永言)』과 『고려가사(高麗歌詞)』의 교주(학예사, 1939)를 내고 『조선민란사화』(1936)ㆍ『조선가요개설』(1938)을 신문에 연재하였다. 이런 업적이 높이 평가되어 1939년에는 조선 사람으로는 처음으로 경성제국대학에서 조선문학 강의를 담당할 강사로 위촉된다. 그러나 1940년에 들어와서는 조선남로당 활동에 적극 가담하여 검거 투옥되기도 하고, 1944년에는 마오쩌둥(毛澤東) 주석이 있는 옌안(延安)으로 가다가 1945년 제2차 세계대전이 끝나 중도에 귀국하여 다시 공산주의 활동

....

1 김용직 『김태준 평전』(일지사, 2007. 7. 25) PP. 62-69 참조.

을 하다가 1949년 체포되어 한창 나이에 처형된다.[2]

이명선(1914-1951) 선배는 1940년 졸업논문으로 「루신연구(魯迅研究)」를 쓰고 해방 후 1946년에 서울대 중문과 조교수로 취임하지만 적극적으로 좌익 활동에 가담하다가 결국 1949년에는 서울대를 떠났다. 1950년 한국전쟁이 일어난 직후 북한군이 서울을 점령하자, 서울대 교수로 복귀한 뒤 다시 서울대학교 교책(校責)으로 활동하다가 서울이 국군에게 수복되자 이북으로 가다가 37세의 나이로 일생을 마감한 것 같다.

이토록 짧았던 학계생활에도 불구하고 적지 않은 업적을 남기고 있다. 1946년에는 『중국현대단편소설집』, 1947년에는 『조선고전문학독본』(선문사), 1948년에는 유물사관에 입각한 『조선문학사』(조선문학사)와 『임진록(壬辰錄)』(국제문화관)의 교정을 내고 있다. 그리고 『문학』·『문학비평』 같은 잡지에 논문과 글을 싣고 있다. 뒤에 순천향대학의 김준형 교수가 『이명선전집』 4권을 냈다고 하는데 나는 그 책을 아직 보지는 못하였다.

1943년에 제16회로 졸업하신 박노태 선생님은 성균관대학 총장도 역임하셨다. 「중국신문학운동의 회고」(『사상계』 5-2호)·「당대소설연구」(성균관대 『논문집』)·「노신론(魯迅論)」(『지

....
2 김용직 교수 역저, 『김태준 평전』(2007, 일지사)이 있으니 참고 바람.

성」3) 등 몇 편의 논문이 있는 것으로 안다.

해방 뒤 문리과대학을 졸업한 선배로 학계에서 크게 활약한 분은 이경선 교수와 문선규 교수시다. 이경선(李慶善, 1923-1988) 선생님은 뒤늦게 한양대학교 국문과 교수로 뵙게 되었다. 6·25사변 전에 우리 학과 교수를 역임하신 이명선(李明善) 교수의 계씨시다. 선생님은 전공이 중국문학이지만 국문과에 계시며 국문학 강의를 담당했기 때문에 특히 국문학과 중국문학을 바탕으로 하는 비교문학적인 연구에 많은 관심을 갖게 되었던 것 같다. 「가사(歌辭)와 부(賦)의 비교연구」·「삼국지연의의 한국 전래와 정착」·「한국의 군담소설(軍談小說) 및 구운몽(九雲夢) 옥루몽(玉樓夢)과 삼국지연의의 비교」·「한국문학 작품에 끼친 삼국지연의의 영향」 등 논문과 함께 『비교문학: 이론과 자료』(국제신보사 출판부, 1957)·『비교문학 논고』(일조각, 1976)·『삼국지연의의 비교문학적 연구』(일지사, 1976) 등의 저서를 내고 있으니 우리 학계에 있어서 비교문학 연구의 선구자라고 할 수 있을 것이다. 그리고 『전등신화(剪燈新話)』·『임진록(壬辰錄)』·『박씨전(朴氏傳)』 등을 우리말로 번역하여 국문학 연구에 기여한 것도 특기할 일이다.

문선규(文璇奎, 1925-1987) 선생님은 전북대학 국문과 교수로 계시다가 전남대학 중문과로 옮겨가 만년을 보내셨다. 선생님도 중국문학을 전공하였지만 먼저 우리 한문학에 관심을 두시

어 여러 편의 논문과 함께 『한국 한문학사』(정음사, 1961) · 『한 국한문학 : 개론과 사(史)』(이우출판사, 1979) · 『조선관역어연구 (朝鮮館譯語研究)』(경인문화사, 1972) 등의 저서와 함께 『화사(花 史)』 · 『주생전(周生傳)』(이상 통문관, 1961) 등의 역주서(譯註書) 를 내시기도 하였다. 중국에 대하여는 문학 쪽보다도 어학에 더 많은 관심을 기울이어 여러 편의 논문과 함께 『중국언어학 개론』(세운문화사, 1977) · 『중국언어학』(민음사, 1990) · 『한어음 운론집』(신아사, 1994) 등의 저서를 남기셨다. 중국 고전과 문 학작품의 번역도 여러 가지 남기셨다.

석사학위 논문을 제외하고 보면 우리 중국문학계에서 본격 적으로 중국어문학 연구 결과가 나오기 시작한 것은 차상원 선생님이 『중국문학사』(동국문화사, 1954)를 내신 뒤 1960년대 에 들어와 「육기(陸機)의 문학이론」(『중국학보』 2집, 1964) · 「문 심조룡(文心雕龍)과 시품(詩品)에 나타난 문학이론」(『중국학보』 3 집, 1965)을 비롯한 중국문학론에 대한 논문 10여 편을 연이어 발표하면서부터이다. 『중국문학사』를 집필하시면서 본격적인 연구를 준비하셨는데, 차주환 · 장기근 교수님도 이 책의 집필 을 도우면서 선생님과 중국어문학 연구에 본격적으로 착수하 려는 뜻을 받들어 그 뒤를 뒤따르게 되었다. 그 뒤로 시작된 차상원 선생님의 중국문학론 연구는 뒤에 『중국고전문학평론 사』(범학도서, 1975)라는 대저로 종합되어 마무리된다. 차주환 교수의 「종영시품교증(鍾嶸詩品校證)」(『아세아연구』 6-7호, 1960-1)·「문심조룡소증(文心雕龍疏證)」(『동아문화』 6-7호, 1966-7)과 장기근 교수의 「한어(漢語)의 기본구조적 파악」(『문리대학보』 10호, 1962)·「한어 통사론(統辭論)의 기본문제」(『아세아연구』 9호, 1963)·「한어 계사(繫辭)에 대하여」(『동아문화』 2호, 1965) 등의 논문이 나오면서 우리 학계는 중국어문학에 대한 본격적인 연구에 자신을 얻어 이 뒤에 이병한·최완식·김시준 교수와 필자가 연구 작업에 합세하게 된다. 이경선·문선규 선배님의 중요한 연구업적들도 이 무렵 이후에 나온 것이다. 한편 차상원 선생님은 전공을 희곡이라 내세우시면서 뒤에는 「중국희곡」·「중국소설희곡사」·「배월정(拜月亭)」·「근세희곡사」 같은 강의를 하셨다.

차상원 선생님의 이 시기의 문학론 연구는 차주환·이병한 교수를 거치면서 지금까지 우리 중국문학계에 뚜렷한 중국고전문학 연구의 흐름 줄기를 이루고 있다. 차상원 선생님이 이 시기 이전에 보인 희곡에 대한 관심도 김학주를 거친 뒤 양회석·오수경 교수 등이 본격적으로 연구에 달려들어 우리 학계에 또 다른 연구의 큰 흐름 줄기를 이루고 있다.

선생님은 중국어문학회 창설과 발전에도 중심 역할을 하셨다. 1965년 전후 우리 학과의 강사들은 모이기만 하면 이제는 중국어문학 관련 학회를 만들어야 할 때라고 의견이 합치되었으나 차상원 선생님을 제외한 선생님들의 반응이 냉담하였다. 1965년 12월 이병한 · 김용섭 · 이한조 · 최완식 · 김시준 · 이석호 · 공재석의 7명과 본인이 모여 학회 결성을 의논한 끝에 윗분들이 호응을 안 하시니 중우회(中友會)라는 연구회를 만들어 앞으로 매월 연구발표회를 개최하고 발표한 논문을 모아 『중우』라는 연구지를 우리 손으로 내기로 의결하였다. 우리는 학술발표회를 1966년 1월부터 시작하여 4월까지 매달 충실히 진행하면서 우리 손으로 등사판을 긁어 『중우』 창간호를 4월에, 제2호를 7월에 내었다. 그러나 외부의 사정이 복잡해져서 이 연구 모임은 중단되었다.

1969년에는 한양대학의 이경선 선배님이 적극적으로 차상원 선생님을 설복하여 회장으로 모시고 한국중국어문학회를 창립하게 된다. 학회 창립 발기인이 차상원 · 이경선 · 이병한과 필자였다. 곧 학보 발간에 착수하여 1973년 4월에 『중국문학』 창간호를 내었다. 차상원 선생님은 논문을 싣겠다고 하며 내게 창간사를 쓰라고 하셨다. 이 학술지가 지금은 제64호(2010)가 출간되고 한국의 중국어문학계를 대표하는 학술잡지로 자리 잡고 있다.

선생님은 한국의 동란기간 전국 대학에 유일한 중국문학과를 홀로 지탱하여 크게 발전시켰을 뿐만이 아니라 한국에 본격적인 중국문학 연구의 길도 여셨고, 한국의 중국어문학계를 대표하는 학회도 만들어 놓으셨다.

4. 맺는 말

서울대학이 관악으로 옮겨온 1975년 8월 한국전쟁 이후 서울대 중문과를 지탱해 오신 차상원 선생님이 정년퇴직을 하셨다. 선생님의 호는 연파(淵坡)인데, 도연명(陶淵明)과 소동파(蘇東坡)로부터 한 글자씩 따온 것이다. 도연명은 동한 말에 중국문학사상 본격적인 시의 창작이 전개된 이래 동진(東晉) 시대(317-429)에 개성적인 새로운 풍격의 시를 지어 중국시의 발전을 이끈 대가이고, 소동파는 중국시의 발전이 정점에 이르렀던 북송 시대(960-1127)의 대문호이다. 선생님은 이들의 문학정신을 이어받아 우리나라에 새로운 중국문학 연구의 학풍을 이룩하려는 뜻에서 그러한 아호를 썼을 것이다. 일제 아래 어렵고 혼란한 시대에 공부를 하고 해방 뒤 6·25 때에는 같은 학과의 동료들이 모두 희생당하고 홀로 남아 한국 유일의 중국어문학과를 지탱하여 결국은 완전한 중국어문학과를 이룩해 놓고 한국에 본격적인 중국어문학 연구의 길을 열어놓았으니 선생님은 호가 암시하는 목표를 어느 정도 달성한 셈이다.

선생님은 약주 드시는 풍도도 도연명과 같았다. 도연명의

「음주(飮酒)」(其七) 시를 읽으면 선생님 모습이 떠오른다.

가을 국화는 아름다운 빛깔 지녔으니

이슬 적시며 그 꽃을 따다,

이 시름 잊게 하는 술에 띄워

세상에서 뜻을 이루려는 정으로부터 나를 멀어지게 한다.

한잔 술을 홀로 들고는 있지만

잔이 다하면 술병은 자연히 기울어진다.

해 져서 모든 움직임 쉬게 되자

깃드는 새도 숲 속으로 울며 날아간다.

동쪽 툇마루 아래 휘파람 불며 거니니

또 다시 이 삶을 얻은 듯하다.

秋菊有佳色, 裛露掇其英.
추 국 유 가 색　　읍 로 철 기 영

汎此忘憂物, 遠我遺世情
범 차 망 우 물　　원 아 유 세 정

一觴雖獨進, 盃盡壺自傾.
일 상 수 독 진　　배 진 호 자 경

日入羣動息, 歸鳥趨林鳴.
일 입 군 동 식　　귀 조 추 림 명

嘯傲東軒下, 聊復得此生.
소 오 동 헌 하　　요 부 득 차 생

선생님이 그토록 약주를 좋아하셨던 것은 극도로 어지러운 시대에 생겨나는 마음의 갈등을 극복하려는 방편이기도 하였을 것이다. 여하튼 도연명처럼 명리에 초탈하고 세상일에 초연하셨다. 그러나 하루도 건너지 않고 많은 약주를 드시면서도 앞에 다 소개하지도 못한 수많은 논문을 발표하시고 『중국문학사』와 『중국고전문학평론사』 같은 대저를 남겼으니 언제나 자신의 중심은 올바로 잡고 계셨음이 분명하다. 1971년 6월에 발행된 선생님 회갑 때 낸 『연파차상원박사송수논문집(淵坡車相轅博士頌壽論文集)』 전면의 선생님 '주요저작목록'을 보면, 이미 간행된 저서 이외에 조판중인 것으로 『유가사상사(儒家思想史)』(장원사)와 『신해천자문(新解千字文)』(명문당)이 있는데 뒤의 책만이 출간된 것 같다. 근간(近刊)이라 예고된 책으로 앞에 나온 책을 수정 보충한 『신편중국문학사』 상·하(과학사)와 『중국 고전문학의 이론과 비평』(문리사)이란 두 권의 대저는 퇴임 직전에 출간되었다. 다시 명문당에 『한비자(韓非子)』와 『소학(小學)』의 번역을 내기로 하고 작업 중이셨으나 이들 번역본은 출판되지 못하였으니 번역을 끝내지 못하신 것 같다. 1976년에 선생님은 『중국고전문학평론사』로 대한민국 학술원상을 수여받았다.

선생님이 오랜 세월을 보내신 동숭동 캠퍼스의 연구실은 선생님의 사랑방이기도 하였다. 선생님은 남쪽 창문 앞에 대나무를 심었는데 서울의 추위에도 불구하고 잘 자랐다. 나는 그

용인 공원묘지의 선생님 묘소.
제자들이 세워 놓은 송덕비(頌德碑)가 서 있다.

대나무를 분양받아 장위동 우리 집 서재 창 앞에 심었는데 굉
장히 무성하게 우거져 그 동리의 명물이었다. 나뿐 아니라 다
른 여러 명의 제자들이 선생님 대나무를 분양 받아다가 자기
집에 잘 길렀던 것으로 안다. 선생님의 학문과 풍도는 대나무
처럼 제자들에게도 전하여져 서울대 중국어문학과의 풍격을
형성한 것으로 안다.

　만약 선생님이 계시지 않았다면 우리나라 대학에 중국어문

학과는 1980년 무렵에야 다시 생겨나기 시작했을 것이고, 한국의 중국어문학계 발전이 지금보다 30년 이상 뒤져 있을 것이다. 선생님은 1910년 6월 10일에 태어나시어 1990년 11월 29일에 작고하셨다.

2010. 10. 8

2
한당(閑堂) 차주환(車柱環) 선생님

6·25사변이 일어난 뒤의 우리나라 대학에는 중국어문학과가 서울대학 한 곳뿐이었고 거기에 전임 교수도 차상원(車相轅, 1910-1990) 선생님 한 분만이 계셨다. 그처럼 학문의 불모지나 다름없던 1954년에 차주환(車柱環, 1920-2008) 선생님은 장기근(張基槿) 선생님과 함께 서울대학 중국어문학과의 석사학위를 마치자마자 바로 그곳의 대우조교수로 들어와 전임 교수로 정년퇴임을 할 때(1986)까지 계속 복무하셨다. 1954년은 필자가 학부 3학년 때였다.

차주환 선생님은 대학 강의를 맡으면서 장기근 선생님과 함께 먼저 그 학과의 강의 분위기를 바꾸어 놓았다. 이전에는 학과의 강의를 차상원 선생님과 강사인 경성제대 제1회 졸업생이신 최창규(崔昌圭) 선생님 및 서울대를 졸업하신 장심현(張深鉉) 선생님의 세 분이 주로 맡으셨는데, 차상원 선생님과 최창규 선생님은 강의시간에 늘 오래된 대학 노트를 들고 들어와 우리에게 읽어 주면서 그것을 받아쓰라고 하셨고, 장 선생님은 중국어 강의를 주로 맡으셨는데 대부분이 휴강이었다. 그밖에 조용욱(趙容郁) 선생님과 정래동(丁來東) 선생님 같은 노교수들이 강사로 나오셨으나 모두 옛날 서당 훈장님 같은 강의였다. 차주환 선생님과 장기근 선생님이 들어와서야 서울대 중국어문학과에서는 비로소 강의 과목에 따라 자신이 공부하고 연구한 주제를 정리하여 학생들에게 전달해 주는 새로운 방식의 강의가 시작되었다.

차주환 선생님의 무엇보다도 중요한 학문상의 공적은 차상원 선생님을 도와 본격적으로 우리나라의 중국문학 연구의 길을 열었다는 것이다. 경성제국대학 시절에도 중국어문학을 이수하고 학계에서 활동한 분들이 계시고, 중국의 대학에서 중국어문학을 공부하고 귀국한 분들도 계셨다. 경성제대 제1회(1929) 졸업생으로 최창규 선생님, 제3회 김태준(金台俊), 제8회 차상원, 제12회 이명선(李明善), 제16회 박로태(朴魯胎) 선생님 같은 분들이다. 많은 뛰어난 연구업적을 남긴 김태준 선생님의 경우도 모두 그 주제가 『조선소설사』와 『조선한문학사』 같은 저서와 수많은 논문 등 모두가 우리 한국 고전문학에 관한 것이다. 그리고 모든 분들이 중국어문학에 관한 글을 쓰고 있지만 모두 중국의 것을 소개하는 수준을 넘지 않은 것이다. 중국에서 공부한 정래동(丁來東) 선생님, 윤영춘(尹永春) 선생님, 김구경(金九經) 선생님 같은 분들이 쓴 글도 마찬가지이다. 특히 사변 전에 서울대 중문과 전임으로 계셨던 김구경 선생님은 중국의 현대문학이 이루어지던 1925년을 전후하여 북경대학에 계시면서 루신(魯迅, 1881~1936)을 비롯한 중국의 유명한 문인들과 교류를 하였으나, 역시 그들 작가와 그들의 작품을 소개하는 글만을 쓰고 계시다. 본격적인 중국의 문학이나 어학을 연구한 업적은 1960년대 이전에는 학위논문을 제외하고는 알려진 것이 하나도 없다.

1956년에 차상원 선생님이 『중국문학사』(동국문화사)를 출간했는데, 이때 차주환 선생님과 장기근 선생님은 몇 년 동안 그 저술을 직접 도와드리면서 중국문학과 중국어학 연구에 대한 자극을 많이 받았던 것 같다. 차주환 선생님은 1952년에 학부를 졸업하고 대학원에 진학한 뒤 바로 대만대학(臺灣大學) 국문연구소(國文硏究所)로 가서 1년 가까이 공부를 하고 오셨다. 이때 그 대학에 계시던 교감학(校勘學)의 세계 최고의 권위이신 왕슈민(王叔岷, 1914~2011) 선생님을 만나 그 분의 영향을 크게 받게 된다. 두 선생님의 인연은 매우 깊어서 1958년 미국 Harvard 대학의 Harvard Yenching에 가서도 함께 한동안 지

내시게 된다. 왕슈민 선생님은 중국의 옛날 시인 중 도연명(陶淵明)을 무척 좋아하셨는데, 차주환 선생님의 석사학위 논문이 『도연명 연구』이고, 곧이어 여러 편의 도연명에 관한 논문을 발표하고 있는 것은 우연이라 할 수가 없다. 물론 그에 앞서 차상원 선생님이 연파(淵坡)라고 스스로 호를 정하실 정도로 도연명과 함께 송대의 문호 소동파(蘇東坡)를 좋아하신 것도 영향을 끼쳤을 것임이 분명하다.

그보다도 세계 중국문학계에 크게 알려진 선생님의 연구업적은 한문체(漢文體)의 글로 쓴 『종영시품교증(鍾嶸詩品校證)』[1]과 『문심조룡소증(文心雕龍疏證)』[2]이다. 이는 왕슈민 선생님 지도 아래 이루어진 교감학적인 연구의 성과이다. 교감(校勘)이란 옛날 책이 전해 내려오면서 그 본문의 글자나 내용이 잘못된 것을 바로잡는 중국의 고전 연구에서는 매우 중요시 되는 작업이다. 외국의 중국학자로서는 정말 손을 대기도 어렵고 그 필요성을 깨닫기도 어려운 분야의 공부이다. 60년대의 우리 중국문학계에서는 종영(鍾嶸, 468?-518)의 『시품(詩品)』이나 유협(劉勰, 464?-532?)의 『문심조룡(文心雕龍)』 같은 고대 문학

....

1 고려대학교 아세아문제연구소 『亞細亞研究』 6호·7호, 1961·1962에 실림.
2 서울대 동아문화연구소 『東亞文化研究』 6·7호, 1966·1967에 실림.

론에 관한 책은 읽은 사람도 몇 명 없었을 것이다. 보통 학자들은 이런 책의 본문을 그대로 읽기도 어려운데 그 책의 교감이야 어찌 감히 꿈이나 꿀 수가 있었겠는가? 그러나 차주환 선생님은 이 두 책의 교감을 하면서 동시에 이에 관한 논문도 여러 편 발표하고 있다. 선생님이 교감학 연구의 대상을 문학론에 관한 책으로 잡은 것은 차상원 선생님 영향일 것이다. 차상원 선생님은 60년대에만도 『시품』과 『문심조룡』을 비롯하여 중국 고전문학 이론에 관한 논문을 10여 편이나 발표하고 있고, 70년대에 가서는 이를 바탕으로 『중국고전문학평론사(中國古典文學評論史)』라는 600여 쪽이나 되는 큰 저서를 이룩하였다. 어떻든 한국 학자에 의하여 나온 두 가지 교감학 업적은 세계 중국학계를 놀라게 하였고 한국의 중국학자들에게도 큰 자극제가 되었다.

우리나라의 본격적인 중국문학 연구는 60년대 초에 차상원 선생님을 모시고 차주환 선생님이 이상 든 논문을 바탕으로 선도함으로써 이루어진다. 이때 차주환 선생님의 새로운 연구 업적을 따라 장기근 선생님과 전북대에 계시던 문선규(文璇奎) 선생님이 중국어학 연구로 여기에 합류하였고, 한양대학에 계시던 이경선(李慶善) 선생님은 한·중 고전문학의 비교연구로 새로운 업적을 내셨다. 필자도 1961년 봄에 서울대학 강사가 되면서 중국 고극(古劇) 연구에 관한 논문을 몇 편 발표하였다.

선생님은 1962년에 『고려사악지당악고(高麗史樂志唐樂考)』[3]를 발표한 이후 이에 관련된 논문을 몇 편 더 발표하여 『고려사』악지 연구의 새 지표를 열었으며, 이를 계기로 중국 사문학(詞文學)에 관한 관심이 깊어져 특히 만년에는 사(詞)에 관한 논문을 여러 편 발표하셨다. 특히 1978년에는 『한국도교사상연구(韓國道敎思想硏究)』라는 책을 내셨는데, 그와 함께 앞뒤로 발표한 한국 도교에 관한 연구논문은 그 방면의 괄목할만한 새로운 업적이라고 할 수 있다. 이 밖에 중국의 시와 사 등 중국고전문학에 관련된 수많은 논문도 발표하셨다.

1964년에 『동양의 지혜』[4]라는 제목 아래 낸 사서(四書)의 번역을 시작으로, 『논어(論語)』[5]·『맹자(孟子)』[6]·『중용(中庸)』·『대학(大學)』[7]·『역해눌재집(譯解訥齋集)』·『역해사암집(譯解思庵集)』[8] 등 옛날 책의 현대적인 역해서를 많이 내어 우리 학문 발전에 크게 공헌하였다.

선생님의 이러한 착실한 학문연구와 활동은 후학들에게 좋

----

3 『震檀學報』 23호에 실림.

4 『을유문화사 발행.

5 1969, 을유문화사 乙酉文庫.

6 1970, 明文堂 발행.

7 이상 1975, 을유문화사 乙酉文庫.

8 이상 1979, 同發刊委員會 刊.

은 귀감이 되어 우리나라 중국어문학 발전에 크게 기여하였
다. 그리고 중국어문학계의 외국과의 교류도 선생님이 물꼬를
트신 셈이다. 차주환 선생님은 누구보다도 많은 연구업적을
쌓으시면서 본격적인 우리나라 중국문학 연구를 개척하고 발
전시킨 대학자 중의 한 분이시다.

2013. 7. 24

3

고 이한조(李漢祚) 교수와 나

　나와 이한조 교수는 같은 대학 같은 학과 출신일 뿐만이 아
니라 1958년에 우리나라 문교부에서 중화민국의 요청으로 공
개로 시행한 중화민국 정부 초청 국비유학생 선발 시험에 함
께 합격하여 대만으로 건너가 그곳 국립대만대학 국문연구소
에서 함께 공부한 인연이 있는 각별한 사이이다. 학교는 내가
이 교수보다 일 년 앞섰지만, 나이는 이 교수가 나보다 한두
살 위라 우리는 내내 서로 형이라 부르며 지냈다.

　그토록 인연이 깊고 관계가 친밀하였으나 우리 두 사람의
성격은 여러 면에서 서로 달랐다. 이 교수는 학문에 관한 한
오만한 편이어서, 은사들을 포함하여 국내의 학자들과 선후배
들을 모두 공부 열심히 하지 않는다고 싸잡아 대수롭게 여기

지 않는 경향이 있었다. 대만대학에 대하여도 개설 강좌 내용이나 강의 방식이 지나치게 보수적이라는 점과 자기가 전공하려는 중국 고전소설에 관한 강좌가 하나도 개설되지 않고 있다는 등의 이유로 늘 불만이 적지 않았다.

그러나 나는 『탕현조연구(湯顯祖硏究)』라는 제목의 논문을 준비하면서도, 희곡에 관한 강의는 한 시간도 듣지 않고, 그 학교 대학원인 국문연구소에 개설된 명교수들의 강의를 듣는 데 열중하였다. 그 당시 대만대학 문학원(文學院) 중문과에는 북경대학(北京大學)을 중심으로 한 대륙으로부터 건너온 교수들이 모여 전무후무(前無後無)한 대학자들로 교수진이 채워져 있었다. 그 당시 내가 수강한 과목은 취완리(屈萬里) 교수의 『시경(詩經)』과 『서경(書經)』 강독, 타이징눙(臺靜農) 교수의 『초사(楚辭)』 강독, 왕슈민(王叔岷) 교수의 교수학(校讎學) 및 『장자(莊子)』 강의, 다이쥔런(戴君仁) 교수의 『경학역사(經學歷史)』 강의, 정쳰(鄭騫) 교수의 『송시선(宋詩選)』 강의였다. 다섯 분의 교수님들은 모두 중국고전문학 각 분야에 걸쳐 세계적인 석학들이었다.

내가 외국학생으로는 연구소의 제1호 학생으로 정식 등록하였다. 그 시절 외국학생들은 모두 학점은 따지 않고 자기가 좋아하는 강의만 듣는 방청생(傍聽生) 자격으로 공부하고 있었다. 내가 정식 학생으로 그곳 대학자들의 강의에 빠져들자 이 교수도 하는 수가 없다는 듯이 정식으로 학교에 등록을 하고 나와 행동을 같이 하였다. 둥퉁허(董同龢) 교수와 허세영(許世瑛) 교수의 중국어학에 관한 학부강의를 청강할 적에는 이 교수는 노골적으로 쓸 데 없는 것까지 욕심을 낸다고 나에게 야단을 치면서도 결국은 끝내 나와 행동을 함께하여 주었다.

이 교수는 중국어를 따로 중국여학생에게 개인지도를 받아 약간 느리기는 해도 매우 정확한 표준어를 구사하였다. 그러나 나는 한국 사람이 어떻게 중국 사람처럼 중국말을 하겠느냐고 강변하면서 부정확한 중국어 발음에 전혀 신경을 쓰지 않았다. 논문이나 리포트를 쓸 적에도 이 교수는 일일이 중국학생에게 문장 교정을 받은 다음 교수님께 그것을 제출했으나, 나는 늘 문법상으로는 내 중국어 문장이 중국학생들보다도 정확하다고 우기면서 내 홀로 리포트를 써서 제출하였다.

그때 이 교수가 중국어 개인지도를 받고 작문교정까지 받으며 친밀한 내왕을 한 학생으로 장헝(張亨)·팽이(彭毅) 교수 부부가 있다. 지금은 이 부부도 노년기로 접어들고 있고 부부가 함께 대만대학 중문과 교수로 재직하고 있는데, 이 교수로 인하여 가까워진 인연이지만 지금은 오히려 나와 더 관계가 친밀해져 있다. 사람들 사이의 인연이란 묘한 것이라는 느낌이 든다.

나와 이 교수는 함께 밥도 많이 먹었고 술도 많이 마셨다.

특히 밥을 먹는 양은 이 교수가 나의 두 배도 넘는 정도여서 대식가로 이름이 나 있었다. 김치 생각이 날 때면 우리는 가끔 살림을 하고 있는 선배들 집을 방문하였는데, 우리 둘이 문 앞에 들어서는 것을 보면 그 댁 사모님과 부엌일 하는 사람은 이 교수를 바라보며 당황하기 일쑤였다. 언제나 그 집의 밥과 김치를 바닥내 주었기 때문이다.

이 교수는 술도 청탁 가리지 않고 무척 많이 마셨다. 간혹 어떤 이가 "이한조 교수는 술을 너무 많이 마셨어!" 하고 이 교수가 작고하게 된 탓을 술로 돌릴 때면, 나는 늘 함께 많은 술을 마신 데 대한 자책감이 느껴지기도 한다. 그러나 술 마시는 품은 나와 전혀 달랐다. 나는 친구만 좋으면 쉽게 술을 시작하고, 쉽게 마신 다음, 쉽게 술자리를 끝낸다. 그저 무지막지한 폭음족(暴飮族)처럼 보일 정도로 멋이라곤 하나도 없는 술 마시는 습성이다. 그러나 이 교수는 술을 어렵게 시작하고, 어렵게 마신 다음 술자리도 어렵게 끝낸다. 나보다 술 마시는 것을 조심하고, 술 종류도 따지고, 술 마시는 분위기도 챙기며, 그의 음주에는 풍류도 곁들이게 된다. 일단 술자리가 시작되면 간단히 끝나는 법이 없다. 술이 거나해지면 덩실거리던 이교수의 멋진 어깨춤이 지금도 눈앞에 선하다.

이 교수가 대만유학을 끝낸 뒤 다시 일본 경도대학(京都大學)에서 공부를 하고 귀국하면서 학문에 대한 우리 두 사람의 취향은 전보다도 훨씬 더 가까워졌다. 우리는 그 뒤로 특히 두시(杜詩)와 유종원(柳宗元) · 소식(蘇軾)의 문학의 특성에 관한 의견 교환을 많이 했다고 기억하고 있다.

　그러나 곧 이 교수의 결혼문제가 제기되었을 적에, 나 혼자 나서서 한동안 반대하는 바람에 두 사람 사이에 틈이 벌어졌다. 결국 결혼은 해야만 한다는 이 교수의 뜻에 나도 승복하고, 결혼 전에 이 교수의 광주 처가까지 쳐들어가 술을 대판으로 등쳐 마시기도 하였다. 이 교수의 결혼식 때에는 내가 사회를 맡아 멋진 진행을 해 주었다. 사실 같지 않은 얘기지만 이 교수 말로는 뒤에 사모님께서 "결혼식 인상은 주례나 누구보다도 사회자에 대한 기억만이 남아있다."고 말하면서 내게 고맙다고 치사할 정도였다. 그러나 그의 큰일을 놓고 두 사람 사이에 일단 벌어진 틈은 옛날처럼 깨끗이 다시 우리 두 사람 사이를 붙여주지 않았다. 지금 와서는 고인에게 무조건 사죄하는 수밖에 없는 일이다.

　이 교수가 고려대 중문과로 옮겨간 뒤에도 우리는 가끔 만났고, 또 여러 번 밤이 짧다면서 술도 마셨다. 그때에야 이 교수가 몇 번 털어놓았던 자기 집안과 자기 자신의 숨은 고민거리와 학교의 교수생활 속에서의 여러 가지 갈등 같은 것은 내게만 얘기해 준 비밀이 많았을 것 같다. 인간에게 운명으로 짊어진 풀 수 없는 고민과 마음속의 갈등을 털어 버리려는 듯 이 교수는 나를 만나기만 하면 술잔을 거듭 비웠고, 나도 주책없이 그를 따라 술을 마시기만 했다.

그러다가 이 교수는 훌쩍 먼저 이 세상을 떠나면서, 내게 두 번이나 눈물을 흘리게 하였다. 첫 번째는 이 교수가 명동 성심병원에 입원해 있을 적에 병문안을 간 일이 있다. 그때 입원해 있는 이 교수의 몰골은 너무 초라하여 내 마음을 무척 아프게 하였다. 그보다도 내 고향 친구가 이 교수의 담당 의사였는데, 이 담당 의사가 이 교수의 병은 절망적임을 내게만 알려주었을 때 돌아서서 눈물을 흘리지 않을 수가 없었다. 두 번째는 이 교수가 작고한 뒤 그의 영전에서이다. 살아있는 사람은 눈물을 흘렸지만, 떠나버린 사람은 지난날의 고민이고 마음의 갈등이고 모두 훌훌 털어 버리고 떠나가 지금은 평온한 저 세상에서 명복을 누리고 있기만을 간절히 빈다.

2002. 10. 20

4

홍인표(洪寅杓) 교수 영전에

홍 선생! 홍 선생은 연세로 보나 학문상으로 보나 우리 서울 대학교 중문과의 중심 되는 자리에 있었습니다. 앞으로 우리 중국문학계를 지탱해 나가야만 할 동량(棟梁)이었습니다. 홍 선생 집안에 있어서도 항열(行列)로 보니 중간 자리이더군요. 그런데도 이런 막중한 자리 다 버리고 홀로 저 세상으로 남들보다 먼저 가버렸습니다. 정말 말로 다할 수 없이 가슴 아프고도 야속한 일입니다!

집에는 사랑하는 부인과 자녀들을 남겨둔 채, 학계에는 홍 선생에게 기대를 걸고 있는 여러 선후배들을 버려둔 채, 그리고 온 세상의 바램을 외면한 채 먼저 저 세상으로 훌쩍 떠났습니다. 학교에는 아직도 홍 선생의 강의를 기다리는 수많은 제자들이 있습니다.

그런데 어제 학교에 나가보니 인문대 건물 4층 우리 과 방의 창문에 학생들은 넓고 긴 검은 천을 걸어놓고 선생님을 애도하고 있었습니다. 인문대 교수 휴게실에는 한 선배 교수가 칠판에다 다음과 같은 도연명(陶淵明)의 〈만가시(挽歌詩)〉를 적어놓아 선생을 잃은 인문대 교수들의 심금을 울리게 하고 있습니다.

삶이 있으면 반드시 죽음이 있으니,
일찍 죽는다 해도 비명에 죽는 것 아니네.
어제 저녁까지도 같은 사람이었는데
오늘 아침엔 귀신 명부에 이름이 올랐네.

有生必有死니　早終非命促이라.
유 생 필 유 사　조 종 비 명 촉

昨暮同爲人이러니　今旦在鬼錄이라.
작 모 동 위 인　　　금 단 재 귀 록

필경 그 시를 적어놓은 교수는 통곡을 삼키며 〈만가시〉를 칠판에 적었을 것입니다.

홍 선생은 학문에 대한 욕심도 많았고 학구(學究)의 열정도 대단했습니다. 〈한문문법(漢文文法)〉을 비롯하여 〈유하동시연구(柳河東詩研究)〉·〈홍만종시론연구(洪萬宗詩論研究)〉·〈맹자(孟子)〉 등의 저서와 역서가 그것을 말해줍니다. 유종원을 중심으로 하는 당대(唐代) 문학 연구에 우리 학계가 홍 선생에게 걸었던 기대는 무척 컸습니다. 홍 선생 스스로는 한 걸음 더 나아가 당대 문학에만 국한되지 아니하고, 상고(上古)에서 현대에 이르는 다양한 중국문학 여러 분야와 고문문법(古文文法)에서 한국한문학(韓國漢文學)에 이르는 넓은 분야에 탐구의 손길을 뻗치어 왔습니다.

그처럼 많은 할 일과 하고 싶은 일들을 두고, 남들의 기대까지 뿌리치면서 어떻게 우리 곁을 떠나갈 수가 있었습니까?

공자(孔子)가 자신의 임종을 감지하고 스스로 읊었다는 "태산이 무너지려는가! 들보가 부러지려는가! 철인이 시들어 버리려는가!(泰山其頹乎아! 梁木其壞乎아! 哲人其萎乎아!)"의 탄식이 홍 선생을 두고 내 가슴에 일고 있습니다. 세상에서 태산 같았던 사람이 사라졌기 때문입니다. 우리 서울대학교 중문과는 들보 같은 분을 하나 잃었기 때문입니다. 우리 학계로부터는 철인(哲人)이 하나 없어졌기 때문입니다.

지금 홍 선생이 비워놓고 간 텅 빈 자리는 우리에게 너무나 큽니다. 이 엄청나게 큰 빈 자리를 우리로서는 어떻게 메워가야만 할는지 막막하기만 합니다.

1994. 3. 10

5

남세진(南世鎭) 교수의 아호(雅號)

『상서(尙書)』 대우모(大禹謨)에 "사람의 마음은 위태롭기만
하고, 도를 지키려는 마음은 미약한 것이니, 정성을 다하고 한
결같이 올바른 길을 잘 지켜야 한다.(人心惟危, 道心惟微, 惟精惟
一, 允執厥中.)"고 가르치고 있습니다. 언제나 정성을 다하여
한결같은 마음, 한결같이 올바름을 추구하는 마음을 지녀야만
한다는 거지요.

사람이 한결같은 마음을 지니면 몸가짐도 옛날과 다름없게
되어 '일여기왕(一如旣往)'이라 하였고, '시종여일(始終如一)'
이라고도 했습니다. 그런 사람은 '심구여일(心口如一)'하고
'표리여일(表裏如一)'하게도 됩니다.

지어달라고 부탁한 아호 '일여(一如)'라 하면 어떻겠습니

까?

　교회 나가기 시작했다지요? 『성경』에도 "마음을 같이하여
같은 사랑을 가지고 뜻을 합하며, 한 마음을 품어"(빌립보서 2장
2절)라 하였고, 그러한 마음은 곧 "그리스도의 마음"(상동 5절)
이라 했습니다. 곧 '일여'는 그리스도의 마음이기도 합니다.

1995. 5. 14

6

김준철(金俊喆) 이사장

－도량이 넓고 몸가짐이 묵직한 인격자－

　내가 처음 김준철 이사장님을 뵌 것은 1980년 전후이다. 사무실로 예방을 하였을 적에 이사장님은 마침 청주대학 중문과에 근무하다가 막 숙명여대로 자리를 옮겨간 양동숙 교수 말씀을 하시면서 대학 교수들 전체를 폄하하는 것 같은 표현을 하셨다. 아마도 아끼시던 교수가 갑자기 몸담고 있던 학교를 버리고 딴 곳으로 가버린 데 대한 섭섭한 감정이 무의식중에 그런 표현을 쓰게 하였을 것이다. 그러나 나는 자존심이 상하여 즉각 거세게 반발을 하고 사무실을 나와 버렸다.

　젊은 교수가 대선배인 대학 이사장님께 덤벼들었으니 이제 나는 청주대학과는 완전히 인연이 끊긴 것이라고 생각하고 있었다. 그러나 1983년 타이완(臺灣) 타이중(臺中)의 동해대학(東

海大學)에서 중화민국 중한문화기금회(中韓文化基金會) 주최로 제오계(第五屆) 중한학자회의(中韓學者會議)가 열렸을 적에 한중교육기금회의 이사장인 김준철 선생님은 나를 한국 측 발표자의 한 사람으로 초청해 주었다. 나는 이사장님의 나에 대한 반응을 은근히 걱정하였으나 다시 뵙게 된 이사장님에게서는 일호의 이상한 기색도 없을뿐더러 나를 오랜 친지처럼 반갑게 맞아주었다. 나는 이사장님의 넓은 도량과 곧은 인격을 직감하였다. 그리고 이런 도량이 있는 분이기에 청주대학을 이만큼 발전시켰다고 생각하면서 이사장님을 존경하게 되었다. 타이완 측에서 주최한 학술회의였는데도 이때의 회의 주제가 마침 '한국의 중국어 교육'이라서 여기에서 논문을 발표한 학자들(한국 7명, 타이완 14명)이 모두 나와 가까운 사람들이었다. 나는 논문도 발표하고, 사회도 하고, 한국학자 대표로 끝머리에 종합보고도 하면서 누구보다도 열심히 회의에 임하였다. 회의가 끝나고 타이베이(臺北)로 돌아온 날 저녁에는 이사장께서 나를 따로 불러 수고했다면서 번화가에 있는 무척 호화로운 술집으로 데리고 가서 술을 사 주었다. 이사장님 호가 석우(石牛)라는 것을 뒤에 알았지만 정말 묵직한 본인의 몸가짐과 흔들림 없는 인격에 어울리는 아호라 여겨진다.

이로부터 나는 특히 한중교육기금회 활동을 통하여 이사장님과는 더욱 돈독한 관계로 발전하였다. 더욱이 청주대 중문과에 내가 추천하여 교수요원이 된 고려대학 출신의 선정규 교수가 부임한 뒤 기금회의 사무총장직을 맡으면서 나는 거의 매년 빠지지 않고 기금회 활동에 참여하게 되었다. 결국 그 활동은 지금까지도 계속되어 기금회의 이사를 거쳐 지금은 고문이란 자리에 놓여있다. 한중교육기금회와 중한문화기금회에서 타이완과 한국을 오가면서 개최한 한중학술회의에는 내가 가장 많이 참가한 것이 아닐까 생각하고 있다.

그런 중 1902년에는 우리 정부가 사전에 아무런 교감도 없이 타이완 중화민국 정부와의 관계를 끊어버리고 중화인민공화국과 국교를 맺게 되었다. 타이완은 우리와 비슷한 처지의 가장 가까운 반공을 국시로 삼는 우방이라 여겨왔음으로 외교적으로 이는 배신행위였다. 중화민국 정부는 과거 우리의 독립운동도 적극 도와주었던 우방이고 타이완으로 밀려와 자기 자신의 안정도 아직 찾지 못하고 있던 1957년부터 국비로 장학금을 지급하면서 우리나라 학생을 매년 4명씩 불러가 공부를 시켰던 나라이기도 하다. 때문에 중화민국에서는 다시는 배신자인 한국은 상대도 하지 않으려고 했을 것이다. 때문에 1976년에 설립된 한중교육기금회는 타이완의 맞상대인 중한문화기금회와 매년 두 기금회의 연석이사회(聯席理事會)와 한중학자회의를 개최하여 왔는데 1902년에는 그 때문에 열지를 못하였다. 그러나 1903년에는 한국으로 타이완 사람들을 초청하여 제15차 양기금회 연석이사회 및 제14차 한중학자회의를 개최하였다. 1904년은 타이완에서 개최할 차례였으나 그쪽에서는 우리 정부에 대한 섭섭한 마음이 가시지 않아 회의를 열지 않았다. 그때 중한문화기금회에는 중화민국을 대표할만한 총통부(總統府) 국책고문(國策顧問) 왕승(王昇) 같은 총통부 고문 송시센(宋時選), 교육부 장관을 지내고 총통부 자정(資政)으로 있던 리환(李煥), 중국국민당 주임위원(主任委員)인 친샤오이(秦孝儀) 등 정부의 거물이 상무동사(常務董事)로 자리 잡고 있었고, 동사장(董事長)·부동사장(副董事長)·동사(董事) 등도 관계 및 재계와 교육계의 거물들이었다. 그러나 1905년 한중교육기금회 차례가 되자 다시 한국에 상대방을 초청하여 제대로 회의를 개최하고 친선을 도모하였다. 이에 중한문화기금회도 더 이상 버티는 수가 없어서 1906년에는 다시 한국 쪽 사람들을 타이완으로 초청하여 회의를 엶으로써 이후 두 기금회의 관계는 다시 정상화 되었다. 이는 모두가 오로지 김준철 이사장의 용단 덕분이다. 우리 정부는 두 나라의 관계를 망쳐 놓았지만 김준철 이사장은 민간외교를 통하여 두 나라 사이의 관계를 다시 정상화시킨 것이다. 중화민국 정부로부터 문화장장(文化獎章) 및 수교훈장 등을 받은 것은 당연한 일이다. 이 점만으로도 이사장님이 이끌어온 한중교육기금회의 공로는 매우 크다고 할 수 있다. 나는 이 때문에 기금회의 활동에 적극

가담하고 있다.

그 밖에도 한중교육기금회의 업적은 위대하다. 2007년 9월 한중교육기금회와 중한문화기금회의 창립 30주년 기념으로 이제까지 두 기금회가 개최한 학술회의에서 발표한 논문집을 한중교육기금회가 청주대학과 공동으로 발행하였는데, 상권이 1158쪽, 하권이 1183쪽에 달하는 거질이다. 이 논문집은 두 나라 기금회의 업적을 웅변적으로 대변해준다. 그리고 이 논문집 속에는 나의 시원찮은 글이 가장 많이 들어있는 것 같아 흐뭇하기도 하다.

미수(米壽)를 맞이하신 김준철 이사장님 더욱 건강하시어 청주대학을 더욱 크고 충실한 명문대학으로 발전시키시고 더 많은 여러 방면의 업적을 쌓으시며 한중교육기금회를 통하여 중화민국과의 문화교류와 양국 국민의 우호에 더욱 큰 공헌을 하게 되시기 간절히 빕니다.

2010. 5. 20

7

차상원 선생님 사은송덕비
(謝恩頌德碑)

연파(淵坡) 차상원(車相轅) 선생님은 1910년 황해도(黃海道) 해주(海州)에서 출생, 해주고보(海州高普)를 거쳐 경성제국대학(京城帝國大學)에 진학 중국문학을 전공하셨고, 몇몇 학교의 교직을 거쳐 1947년 서울대학교 교수로 부임하신 이래 작고하시기까지 오직 우리 중국문학계의 발전과 중국문학 연구에만 전념하신 분이다.

온 나라가 소용돌이 속 같던 6·25사변 때에도 선생님은 서울대학교에 남아 당시에는 유일하였던 중국어문학과를 홀로 지키셨다. 선생님의 노력 덕분에 지금은 전국 대학에 중국문학과가 80여 개로 불어났고, 대학에서 중국문학을 전공한 무수한 인재들이 나와 국내외에서 활약하게 되었다.

선생님께서 지으신 《중국문학사》는 불모지 같던 중국문학계에 학문연구의 지표가 되었던 역저(力著)이며, 《중국고전문학평론사(中國古典文學評論史)》와 《신편중국문학사》는 그 차원을 한 단계 더 높여놓은 대저(大著)이다. 그밖에도 여러 가지 저서와 역서 및 수많은 논문은 우리나라 중국문학 발전의 이정표나 같은 업적들이다.

선생님의 아호 연파(淵坡)는 중국의 대시인 도연명(陶淵明)과 대문호 소동파(蘇東坡)를 어우른 것이다. 중국문학 연구를 한국에 뿌리내리게 하려는 바램이 담긴 아호일진대, 선생님의 소망은 어느 정도 이루어진 셈이다. 한편 도연명처럼 술을 좋아하시어 매일 두주(斗酒)로 속운(俗韻)을 멀리하셨고, 소동파처럼 대나무를 좋아하시어 선생님 연구실 창 앞에는 손수 심은 대가 서울의 추위에도 아랑곳하지 않고 무성하였다.

선생님의 은덕을 오래 두고 기리고자 하여 제자들이 정성을 모아 이 작은 돌에 추모의 마음을 새겨놓는 바이다.

1995.

서울대학교 중국문학과 제자 일동

서재에 흘린 글 ● 제2집

초판 인쇄 2014년 2월 17일
초판 발행 2014년 2월 20일

저 자 | 김학주
디자인 | 이명숙 · 양철민
발행자 | 김동구
발행처 | 명문당(1923. 10. 1 창립)
주 소 | 서울시 종로구 윤보선길 61(안국동)
　　　　우체국 010579-01-000682
전 화 | 02)733-3039, 734-4798(영), 733-4748(편)
팩 스 | 02)734-9209
Homepage | www.myungmundang.net
E-mail | mmdbook1@hanmail.net
등 록 | 1977. 11. 19. 제1~148호

ISBN 979-11-951643-7-0 (03810)
10,000원